A LUZ
da NOITE

EDNA O'BRIEN

A LUZ
da NOITE

Tradução de
MAURETTE BRANDT

EDITORA RECORD
RIO DE JANEIRO • SÃO PAULO
2009

CIP-BRASIL. CATALOGAÇÃO-NA-FONTE
SINDICATO NACIONAL DOS EDITORES DE LIVROS, RJ

O'Brien, Edna, 1932-
O14L   A luz da noite / Edna O'Brien; tradução de Maurette Brandt. –
Rio de Janeiro: Record, 2009.

Tradução de: The light of evening
ISBN 978-85-01-08059-2

1. Mãe e filhas – Ficção. 2. Escritoras – Ficção. 3. Romance irlandês.
I. Brandt, Maurette. II. Título.

08-5552

CDD: 823
CDU: 821.111-3

Título original irlandês:
THE LIGHT OF EVENING

Copyright © 2006 by Edna O'Brien

Todos os direitos reservados. Proibida a reprodução, no todo ou em parte, através de quaisquer meios.

Direitos exclusivos de publicação em língua portuguesa somente para o Brasil adquiridos pela
EDITORA RECORD LTDA.
Rua Argentina 171 – Rio de Janeiro, RJ – 20921-380 – Tel.: 2585-2000
que se reserva a propriedade literária desta tradução

Impresso no Brasil

ISBN 978-85-01-08059-2

PEDIDOS PELO REEMBOLSO POSTAL
Caixa Postal 23.052 – Rio de Janeiro, RJ – 20922-970

EDITORA AFILIADA

*"O passado não está morto e enterrado.
Na verdade, ele nem mesmo é passado."*

William Faulkner

Para minha mãe
e
para minha terra natal

Prólogo

Existe uma fotografia de minha mãe ainda muito jovem, com vestido branco, de pé ao lado da mãe dela, sentada ao ar livre, numa cadeira da cozinha, em frente a um pequeno bosque de pinheiros. A mãe dela tem uma expressão grave, os dedos nodosos firmemente cruzados, como se estivesse rezando. Apesar da beleza virginal do vestido branco e da postura obediente, minha mãe já ouvira o chamado sensual do mundo lá fora — e vira a imagem de um navio branco muito ao longe no mar. Seus olhos são assustadoramente doces e belos.

A fotografia deve ter sido tirada num domingo, e por alguma razão especial — talvez a partida iminente da filha. Reina uma quietude no ar. Pode-se sentir o abafamento, o sol batendo nas copas das árvores sonolentas e sobre os campos indistintos, estendendo-se morosamente até as montanhas de tonalidade azulada. Mais tarde, com o tempo mais fresco e depois de já terem entrado, os gritos dos frangos-d'água farão ecoar por esses mesmos campos, sobre o lago e até as montanhas envoltas na névoa azulada, um solitário canto de entardecer, como o que as mães entoam à noite, e que parece dizer que não é nossa culpa o fato de chorarmos tanto; a culpa é da natureza, que primeiro nos preenche e depois nos esvazia.

É esse o ódio das mães, é esse o grito das mães, é esse o lamento das mães, sempre o mesmo até os últimos dias, até a última réstia de azul, as formigas, o lusco-fusco e o pó.

PARTE UM

Dilly

— Quer calar a boca aí fora? — diz Dilly. — Eu disse para calar a boca aí fora que a Dilly mandou!
Diabo de corvo esse lá fora, grasnando antes mesmo de o dia clarear e reclamando, fuçando na palmeira que nem palmeira é, mas por alguma razão a chamaram assim. Bicho esquisito, solitário ou solitária, nem pinto nem criança, com seus augúrios e seus enigmas.
O bicho faz Dilly se arrepiar, ah faz, e ela ocupada em guardar seus preciosos pertences por questão de segurança. Embrulha seus cristais lapidados para o caso de Cornelius, o marido, enlouquecer a ponto de usá-los ou exibi-los na frente de Crotty, o operário, que os arremessaria numa cerca ou numa vala como se fossem latas velhas. Seus pequenos tesouros. Cada item a lembrar-lhe alguém ou alguma coisa. A porcelana com o desenho de flores que Eleanora adorava; quando criança, ficava sentada em frente à cristaleira inventando histórias sobre os ramos de rosas e miosótis pintados com vida sobre a porcelana finíssima

e o prato de bolo de dois andares. A jarra de vidro, lembrança daquela caminhada pelo vasto cemitério no Brooklyn, no décimo segundo mês, com o homem alto e barbado, à procura de nomes de irlandeses falecidos entre as lápides e placas mais simples, e de ter encontrado o túmulo de uma certa Matilda, a viúva de Wolfe Tone, herói do movimento pela independência da Irlanda e da Rebelião Irlandesa de 1798, e de fazer uma pausa para prestar-lhe uma homenagem.

Ela pede aos seus pertences que tomem conta da casa, que fiquem de olho em Rusheen; pede aos pratos enfeitados com peras e romãs, pede às xícaras branquíssimas de porcelana, com suas belas bordas douradas, um pouco esmaecidas aqui e acolá pelo roçar dos lábios — algumas trincadas pelo ímpeto de visitantes descuidados, como aquele louco que comia por quatro, falando sem parar sobre Maire Ruadh, sabe-se lá quem foi, algum assunto no qual Eleanora era versada. A filha passara a vida inteira entre livros e mitologias, que a desencaminharam desde muito cedo.

A mala já está na entrada, amarrada com uma tira de couro porque as fivelas de latão já estão um pouco frouxas. Sorte que Con precisou viajar para longe, para a cobertura das éguas. Dilly não quer nem choro nem lamúrias. Incrível como ele amolecera ao longo dos anos, particularmente nos últimos nove meses, e ela derrubada pela herpes, muitas vezes andando sonâmbula, qualquer coisa para aliviar a dor. Numa dessas ele a encontrou à beira do tanque, jogando água em si mesma para aplacar a cólera.

— O que foi que eu fiz de errado? — perguntava ele repetidamente, tirando e pondo o boné na cabeça, muito lento, com ar ausente.

— Nada, você não fez nada de errado — respondia ela, anulando os anos de atribulações.

Insistiu para que o marido levasse consigo a cadela Dixie, pois sabia que, na hora da partida, Dixie também se deitaria no chão e se lamentaria como se fosse gente.

Afofa as almofadas nas poltronas da sala do café da manhã, conversa com elas, conclui que a camada de fuligem atrás da chaminé vai funcionar como uma espécie de escudo e impedir que pegue fogo. Conhece os hábitos de Con, de empilhar folhagens e troncos, louco por uma chama bem alta, perdulário com a madeira a ser queimada como se não houvesse amanhã. O grande bilhete que escreveu está colado na lareira: "Não se esqueça de apagar o fogo antes de ir para a cama nem de puxar o sofá de volta para o lugar." Por alguma razão, dá corda novamente ao relógio e o coloca no lugar de sempre, virado para baixo, batendo teimosamente.

Lá fora, na ordenha, escalda os baldes, latas e vasilhas de leite, pois se há uma coisa que não quer sentir é cheiro de leite azedo, um odor persistente que a aborrece e a faz recordar sensações que não deve.

O corvo reclamão continua na sua lenga-lenga e ela responde com outro grito enquanto segue para o varal; vai pendurar algumas roupas, peças dele, dela, e mais um monte de paninhos de mesa.

Manhã fria, a grama molhada com o que restou da geada, e, nas depressões do morrinho em frente, algumas prímulas bem precoces são reduzidas a pedaços. Engraçado como elas brotam num lugar e não em outro. Quando pensava em flores eram as prímulas que lhe vinham à mente, elas e os botões-de-ouro, mas agora pensava em outras coisas: tarefas, dívidas, a família, a cadela Dixie, os pacotes de sopa que misturava e depois esquentava para o lanche matinal ao lado de Con; enfim companheiros, como Dixie e seu amigo Rover antes de ele ser atropelado. Pobre Dixie, tão sentida e desconsolada, sem querer comer durante semanas, meses, esperando o companheiro voltar.

O vento de março sacudia tudo — as roupas que ela pendura para secar, os pedaços de sacos plásticos e sacos de forragem que ficam presos no arame farpado e fazem tanto barulho —, e as lágrimas escorrendo em seu rosto e nariz, por causa do frio e pela perspectiva de ficar longe por várias semanas. Potros imundos com a lama e o estrume de onde acabaram de rolar, estrume por toda parte, nas caudas e na grama que comem, os dois potrinhos brincalhões, suas crinas cobertas de estrume, alegres e logo a seguir tristonhos, seus gritos quase como balidos ao perceberem que a mãe saiu do seu raio de visão. Nenhuma colina ou arbusto lhe era estranho, conhecia tudo aquilo, o lugar onde sofrera tanto e que mesmo assim lhe era tão caro, e quantas vezes eles quase o perderam? O meirinho um dia demonstrava compaixão, dizia que lhe cortava o coração ver uma dama como ela numa situação tão difícil, as contas, as contas não pagas amarfanhadas, espetadas num prego enorme, o nome deles agora nas páginas da *Gazette*. Sim, a pobreza e os campos sendo vendidos na bacia das almas, e sua filha Eleanora, a cabeça nas nuvens, a citar o trecho de um livro que dizia que "tudo o que uma pessoa precisa é de um lugar esplêndido e seguro". Ainda assim, as visitas dela eram como o céu, a lareira acesa na sala de estar e as conversas sobre estilo; nada de sair correndo para lavar os pratos, e sim refestelar-se e conversar, ainda que soubessem que havia coisas que não podiam ser discutidas, questões privadas da vida que Eleanora levava. Como ela rezava para que a filha não morresse em pecado mortal, a alma eternamente condenada e perdida, assim como Rusheen estava quase perdida.

Houve um tempo, um "era uma vez", em que o muro de calcário cinza estendia-se do portão de baixo e seguia toda a vida, passava os chalés e chegava até a cidade, demarcando suas terras; mas isso ficou no passado. Terras vendidas por nada ou quase nada para pagar juros ou contas, madeira cortada nem sempre com a concordância do dono... O mesmo acontecia com o musgo do pântano: qualquer um tinha permissão para entrar e tirar musgo, guardar musgo e levar para casa em plena luz do dia. Quantas e quantas vezes estiveram a um passo de perder tudo aquilo? Ainda assim seu orgulho fora preservado; Rusheen era deles, as velhas e fiéis árvores a montar guarda, e cabeças de gado em número suficiente para pagar as despesas por uns seis meses ou mais. Sem passar fome como pessoas desafortunadas em outros países, reduzidas a atônitos esqueletos por chuvas, inundações e guerras.

Madame Corvo ainda em seu poleiro, com seus grasnidos, manhã ainda fria, mas não um frio cortante como o da semana anterior, quando teve de usar polainas para suas frieiras, precisou arrastar o único aquecedor de quarto em quarto para evitar que tudo ficasse úmido, que o papel de parede rasgasse, os ornamentos duros como pedra, como se estivessem queimados pelo frio. E, com uma pontada, a lembrança de quando encostou seu rosto no rosto de uma dama de gesso chamada Gala, e de repente o pensamento voltou àquele cemitério no Brooklyn com o homem barbado, Gabriel, e o beijo com gosto de neve derretida, mas, meu Deus, que fogo tinha. Gabriel, o homem com quem poderia ter se casado, só que não era para ser. Adormecer todas aquelas lembranças era como abater um animal.

De certo modo estava contente por estar se aguentando, contente porque o Dr. Fogarty finalmente lhe conseguira um leito, após meses de enrolação e adiamentos, porque acreditava que não havia nada de errado com ela, só os nervos e os efeitos da herpes; explicava-lhe que a doença deixava as pessoas deprimidas e outras bobagens, que a herpes levava muito tempo para abrandar, e ela dizendo que nunca abrandava, estava sempre lá, pior antes da chuva, uma espécie de barômetro. Patsy, que fazia as vezes de enfermeira e vinha duas vezes por semana cuidar dela, lavava as feridas, lembrava de alguma coisa do seu tempo de enfermeira, que tipo de unguento passar, sempre atenta para que as feridas não formassem um anel em suas costas, pois esse círculo seria fatal. Patsy chamava-as por seu nome em latim, *Herpes zoster*, e explicava como a dor atingia a linha dos nervos, algo que Dilly sabia melhor do que qualquer palavra latina quando chorava noite após noite, vendo-as vazar e sangrar, quando nada, nenhum remédio, prece ou intervenção, podia fazer coisa alguma por ela; uma punição tão violenta que muitas vezes achava que uma metade do seu corpo estava se amotinando contra a outra, um castigo por algum crime terrível que talvez tivesse cometido.

— Quanto tempo falta? — perguntava a Patsy.

— Precisam seguir o seu curso, madame — respondia, e assim foi.

Quase todas as manhãs ela se virava para olhar no espelho do armário, para ter certeza de que não tinham aumentado, que o círculo fatal não tinha se formado. E nunca esqueceria o momento em que Patsy soltou um grande "viva" e disse:

— Estamos ganhando, madame, estamos indo muito bem! — porque as pequenas feridas tinham mudado de cor, ficaram mais desmaiadas, sinal de que tinham resolvido ceder e que logo as cascas começariam a cair.

Depois veio o tormento seguinte, uma questão tão íntima, tão constrangedora que não podia ser discutida nem com Patsy nem com o próprio Dr. Fogarty. Pediu que acreditasse que ela estava pingando sangue — e que não a examinasse, mas receitasse algo que fizesse aquilo estancar, resistindo à ideia de ter que se despir e ser vista seminua, ou ter suas partes íntimas investigadas.

— Você não vai sentir dor... só um desconforto — disse ele.

— Não me peça, doutor, não me peça isso — implorou, e ele não conseguia entender os medos, até que deixou escapar um desabafo. — Fomos criadas na idade das trevas, doutor.

O médico resmungou, contrariado, depois abriu um biombo meio cambeta para que ela se trocasse.

Poucos dias depois ele foi pessoalmente até Rusheen para conversar em particular com Cornelius. Quando retornaram da sala de estar, disseram que ela teria de ir a Dublin para ficar em observação. Observar para quê? Ela não era nenhum céu estrelado...

Dentro de casa, usa o casaco castanho de pele de camelo e a boina angorá marrom, depois passa batom nos lábios, sem sequer olhar no espelho, e fica atenta à buzina de Buss, o motorista contratado, que prometera estar lá às onze em ponto. Mergulha os dedos na fonte de água benta, benze-se repetidas vezes e diz à casa:

— Vou sair agora mas volto logo, volto logo — quando, para sua surpresa, Buss antecipa-se e entra na cozinha. Apanhada desprevenida e um pouco aturdida agora, porque sua hora chegou, diz, com uma efusividade quase juvenil:

— Buss, você é o melhor homem e o melhor pastor dessa terra!

Jerome

A conversa durante a viagem é sobre morrer, sobre morte — e não só de pessoas velhas, mas de jovens na flor da idade, como Buss insiste em lhe contar; há cinco dias Donal, pai de quatro filhos, trabalhava em sua bomba de gasolina, de repente, reclamou de uma dor no peito e antes do final da manhã estava morto, e a pobre esposa e as crianças em estado de choque.

— Será o clima? — pergunta Dilly.

— Será o que a gente come? Será que estamos comendo as coisas erradas? — torna Buss.

Nenhum dos dois sabe a resposta. Tudo o que sabem é que tem havido mortes demais, enterros demais, túmulos espremidos lado a lado, espaços só em pé, caixões empilhados em túmulos apertados, cheios até a borda.

— Fico mais triste quando são pessoas jovens — diz Buss, e ela recua, pois vê isso como uma crueldade. Sentindo-se atingida, mergulha no silêncio.

Muitos caminhões, problema comum nas manhãs de segunda-feira. Um na frente deles e outro atrás, ansioso para ultrapassar. O da frente está carregado de areia molhada, que, levada pelo vento, suja todo o para-brisa.

— Difícil enxergar — diz Buss, pegando no porta-luvas o pedaço de pano que deixa à mão para tentar limpar o para-brisa, até que o caminhão de trás decide ultrapassar e quase provoca um acidente com o da frente. Freia bruscamente diante de uma área de construção, derrapa na pista, espalha areia por todos os lados, e os dois motoristas começam a discutir.

— Outro bangalô sendo erguido, só dá bangalôs por aqui — diz Buss enquanto dirige, na esperança de retomar a conversa.

Aos 77 anos, decerto não é jovem; deveria estar pronta para partir, mas não está, implora covardemente por mais alguns anos. Buss tosse um pouco, uma tosse seca, e pergunta se ela vai só para fazer exames de rotina, pois nesse caso terá prazer em esperá-la, não se importaria nem um pouco. Seu tom de voz é tão conciliatório que ela releva o acontecido e a pequena zanga passa.

— A herpes — responde, evasivamente.

Buss chama a doença de demônio, diz que sua irmã Lizzie ficou quase um ano de cama por causa dela, desesperada, até que o bom Deus a guiou para a cura. Cura! A beleza da palavra, um bálsamo. Com crescente perplexidade ela o ouve contar como esse homem cura com o seu sangue, fura o próprio dedo, passa o sangue na ferida, derrama-o em cima do paciente, repete o procedimento após 11 dias e, depois da terceira visita, já não há uma só ferida: o milagre se completa.

— Ele consome uma boa dose de sangue, nisso — diz Buss, e continua a enaltecer as qualidades de um homem com uma vocação tão santa quanto a de qualquer padre, um homem que viajaria quilômetros só para ajudar alguém, sem cobrar um tostão sequer. Tudo o que ele pediu à sua irmã foi que não arranhasse ou coçasse a ferida para deixar o sangue fazer o seu trabalho. Criatura mais gentil ela não poderia ter encontrado, com uma linda casa e fazenda, uma linda esposa, aplicando seu dom, um dom que já vinha de várias gerações, cinco até então.

"Nunca estudou, nem um caderno, nem um livro... os livros que lê são as pessoas que vão até ele — conta Buss, acrescentando que o homem tem especial afinidade com os idosos, pois sabe como ficam deprimidos, mal compreendidos pelos mais jovens. Dilly cria coragem e pede, e Buss diz: — Por que não?, talvez a Providência o tenha colocado no nosso caminho.

As estradas vicinais são estreitas, protegidas, as casas com fachada de pedras pintadas de branco como ornamentos em cada píer. Os pássaros andam, ciscam, cantam, todos os sinais da primavera, e árvores jovens com toda aquela seiva a fluir em suas veias. Decidiram tentar, já que a fazenda do curandeiro ficava a apenas 10 quilômetros da estrada principal e por dentro havia agora lufadas de esperança, a sombria morbidez de antes já afastada. Devia haver algo de muito sagrado no fato de esse homem usar o seu próprio sangue, como fez o Salvador. Dilly imagina que o carro fará um retorno e, em vez de ir a Dublin, voltará para casa, o jantar na mesa, aquele pedaço de bacon que colocou de molho para Cornelius fervendo na panela, o repolho na mesma panela para pegar sabor, cozinhando devagar, nada desses modismos de cozimento rápido. Diverte-se com a tirada de Buss sobre o operário no trator, que nunca sai de dentro da máquina nos 365 dias do ano.

— Esse aí não seria o melhor dos operários — diz Buss com azedume, ressentido por ter um homem apoiado em suas costas, a lâmina afiada a podar sebes que não precisavam de poda, só para enganar o governo.
— Que sebes são aquelas? — pergunta Dilly amigavelmente.
— Espinheiro branco e salsaparrilha, e tudo o que ele faz é encher a estrada de espinhos e lascas, por puro despeito, só para alguém furar um pneu.

Dilly e Jerome, o curandeiro espiritual, estão num pequeno cômodo no andar de baixo, ao lado da cozinha. Há uma cama de solteiro, uma cadeira de balanço e um abajur de leitura em metal preto, cuja cúpula repousa sobre a fronha, como se fosse também um paciente. Por questão de modéstia Jerome baixa a persiana de madeira, ainda que no campo lá fora não haja nada, nem mesmo um animal. Dilly ergue seu blusão e depois, sem jeito, desabotoa o sutiã cor-de-rosa em *broderie anglaise*, que vai até bem abaixo das costelas, e despe a cinta elástica que usa para manter as aparências, mas que a está matando desde que saíram de casa. Jerome acende o abajur e percorre com a lâmpada o corpo, frente, costas e laterais, e com o conhecimento de um arguto observador é capaz de lhe dizer quando a herpes começou e quando iniciou a melhora. Fortalecida por essa precisão, pede a fricção, o sangue que irá curá-la.
— Não é só herpes, senhora — diz e afasta a lâmpada dela, e deles.
— Eu sei, eu sei disso, mas se você consegue curar uma coisa, pode curar outra.
— Oh, Deus, se eu pudesse — responde, rememorando as milhares de pessoas que já tinham chegado ali com as mesmas

esperanças que ela, o mesmo sonho, seu coração partido porque ele vive para curar pessoas e mandá-las felizes para casa.

— Talvez você pudesse tentar.

— A pessoa tem dom para uma coisa, mas não para outra — diz ele, impotente, e faz menção de deixar o quarto para que ela possa se vestir.

— Há algum outro curandeiro que eu possa procurar? — pergunta.

— Não que eu conheça... a senhora estará melhor com os homens lá em Dublin, os especialistas — responde.

— Mas você vê... você viu...

— Apenas suspeitei... sou um sujeito muito simples — responde, desconcertado.

Seus olhos se encontram e se despedem, cada um olhando para o espaço vazio, uma ponta de frustração — ele porque é incapaz de ajudá-la, e ela por ser novamente atirada ao seu próprio atoleiro de terror.

Flaherty

Dilly deu entrada, foi registrada, passou pelos raios X, fez punção, apanhou, levou marteladas no peito e entre as omoplatas, um estetoscópio foi encostado no coração e, depois de lhe pedirem para respirar profundamente, passou pelo vexame de tossir incessantemente. Diferentes enfermeiras levavam-na de um lado para o outro, para cima e para baixo pelos longos corredores, cheiro de cera líquida, laranja e desinfetante. Espiou dentro das enfermarias. Algumas pessoas com visitantes, sentadas; outras, meio dopadas, recém-saídas de cirurgias. Observou também as várias estátuas e gravuras de santos, especialmente a grande pintura do Sagrado Coração na entrada do andar superior, o vermelho-carmim de suas vestes tão ricas e opulentas, uma figura solitária numa paisagem deserta.

Dizer adeus a Buss foi um sofrimento, dizer adeus ao mundo tal como era, o pobre Buss de pé do outro lado da porta de vidro, acenando sem parar com seu boné. Não lhe era permitido ir mais além, e, no entanto, relutava em partir.

Agora está em seu leito, num canto da enfermaria que é bem isolado da área principal. Seu pequeno nicho com vista para o jardim lá fora: os ramos escuros, magros e delgados das árvores, ainda sem folhas, rabiscam seu código Morse contra o céu noturno. Não um céu tão escuro quanto o do interior, mas colorido pelo reflexo dos carros, ônibus e postes de iluminação. Está ansiosa — a estranheza das coisas, sons estranhos, tosses, gemidos e o suspense do que ainda está por vir. As mil perguntas à queima-roupa que lhe fizeram quando deu entrada, tanto que teve de revolver o passado. Sua mãe morreu de quê? Seu pai morreu de quê? Não conseguia responder, o que só comprovou o quanto tinha sido insensível. Não, ela não lhes tinha dado amor suficiente, e isso também era uma mancha em sua alma. Outra pergunta que a apavorou: por que tinha ido primeiro ao seu médico de família? Porque estava aterrorizada, pura e simplesmente. A naturalidade deles era decerto força do hábito.

A enfermeira Flaherty está de pé ao lado da cama, as mãos na cintura, assombrando como se quisesse saber por que ela ainda não está dormindo.

Flaherty é uma mulher grande, o cabelo cinza-arroxeado bem puxado para o topo da cabeça e cacheado atrás, onde é preso com uma larga travessa metálica. Desde o momento em que se conheceram, estabeleceu-se um antagonismo inato entre as duas, a enfermeira Flaherty um tanto sarcástica, perguntando em voz alta como é que a Sra. Macready conseguiu o melhor leito de toda a enfermaria, quem tinha mexido os pauzinhos; depois comentou que a respiração dela estava curta e descartou a sugestão de que era consequência de ter subido os 14 degraus da escada, um tanto íngremes e aos quais não estava acostumada.

— São 17 degraus — corrigiu a enfermeira Flaherty.

— Tem certeza, enfermeira?

— Dezessete degraus — sentenciou, deixando clara a sua superioridade.

Dilly, por sua vez, também não gostou nem um pouco quando, ao observar uma jovem enfermeira dobrar e guardar suas roupas até ela ter alta, Flaherty comentou que eram fantásticas, que muita gente adoraria tê-las. Uma peça em particular a fascinou — a ponto de dizer que, se a dona algum dia se cansasse dela, saberia a quem dar. Era um cardigã em lã mesclada com botões de madrepérola, que Dilly tinha tricotado durante um inverno inteiro e raramente usava, guardado em papel de seda com pedras de cânfora para aquela ocasião especial. E depois o interrogatório: de onde veio, que localidade, qual a cidade mais próxima... Tendo descoberto a localidade exata, lança a seguinte pergunta:

— Você vive no lago?

Deu a entender que conhecera seu filho Terence, o químico, na festa anual de Natal, quando enfermeiras, médicos, químicos etc. se encontravam naquele hotel em Dunllaoghaire para um jantar dançante. Um jovem muito simpático; estava sentado com inúmeras moças no início da festa e mais tarde tirou-a para dançar, um cavalheiro.

Agora parece mais mandona ainda depois de ter lido, como alegou, o prontuário do médico. Estava a par da condição clínica de Dilly, o sistema imunológico enfraquecido pela herpes, a pressão altíssima, artérias bloqueadas e entupidas, caroços e inchaço, batimentos cardíacos erráticos, daí aquele desmaio na padaria em Limerick — e concluiu, triunfante, que conhecia o quadro completo.

— Você devia ter feito um exame de Papanicolau anos atrás... qualquer mulher sensata faz isso... é o padrão... — diz a enfermeira, sacudindo vigorosamente o termômetro como se a irritasse.

— Bem, padrão ou não, o fato é que eu não fiz — diz Dilly, categórica. Depois cai na besteira de perguntar se há algo que ela deve saber, e saber agora.

— Eles não têm condições de dizer até você entrar na faca... só depois disso é que vão saber se você já está toda tomada.

— Não, enfermeira, não.

— Você perguntou, não foi?

— Pois agora eu despergunto — diz e, mudando de assunto, comenta como é bom estar ao lado da janela, com vista para o jardim, os arbustos e aquelas árvores imensas.

Uma gata rajada de preto e cinza acaba de se posicionar no peitoril da janela, do lado de fora, olhando para elas, a miar e arranhar a estrutura de ferro da janela, determinada a entrar.

— Ela está falando com você — diz a enfermeira.

— Mande-a embora — diz Dilly.

— Pspspsps... — faz a enfermeira num tom persuasivo.

— Mande-a embora.

— Mas ela não quer ir... vem todas as noites... teve gatinhos numa caixa de sapato, dentro do seu armário, há algumas semanas... enroscou-se toda lá dentro... esse canto estava vazio em função da decoração, então ela fez dele seu quartel-general. Um dos gatinhos morreu e ela sempre volta para procurá-lo.

— Não gosto do jeito dela — diz Dilly.

— Oh, ela bem poderia operar você... podia chegar aos seus ovários — diz a enfermeira e, num tom estranhamente exaltado, canta, enquanto sai: — *Toque o gato de debaixo do colchão, toque o gato de debaixo da mesa.*

Irritadíssima agora, Dilly fica tentando imaginar quem poderá resgatá-la daquele lugar. Não pode ser Cornelius, nem Fogarty, nem seu filho Terence, tão rude. Tem de ser Eleanora. Imagina-a lá longe, na Inglaterra, com as estantes cheias de livros até o teto, e flores brancas — normalmente lírios — num grande vaso de estanho, despreocupada, sem saber desse pedido. Recorda as cartas que lhe escrevia de noite, em papel cor-de-rosa, pergaminho, folhas pautadas ou papel barato, despejando seus problemas para que a filha soubesse das coisas profundas, das feridas que tinha de suportar:

Queridíssima Eleanora,
    Perdi o equilíbrio em cima de uma escada de mão e quase levei um tombo feio. Estava pintando o teto para quando você viesse. Sei que gosta de um teto bonito. Até mencionou um que há no Vaticano, feito por um mestre e muitas mãos. Você já viajou muito e mesmo assim não esquece que tem uma mãe. Sua carta e o que veio dentro são uma bênção. Não preciso nem dizer, pois você já sabe por experiência própria que os homens acham que cinco libras duram um ano. Com o primeiro pagamento que recebeu desses sovinas para quem trabalha, você me mandou o suficiente para um vestido de verão e uma escova de cabelo. Como pensou em mim! Hoje em dia não gosto de gastar comigo, invisto em Rusheen. Quando se vive num lugar por mais de cinquenta anos, não se quer vê-lo destruído, em ruínas. Quanto às suas instruções, comprei outro cobertor elétrico com o dinheiro e deixei-o ligado por meia hora antes de ir para a cama e, por Deus, é como estar nas Canárias (não que já tenha estado ou venha a estar lá algum dia). Com parte da sua remessa paguei também a TV a cabo e instalei no fogão duas chapas com aquecimento instantâneo. O forno também não estava

bom. Se a vida fosse sempre fácil... mas não é. Os bolos nunca solaram comigo antes, mas agora solam. O último que fiz foi um fracasso, mais parecia um pudim e só se tornou aceitável com um espesso creme derramado por cima. Logo te mando outro, pois um bolo sempre quebra o galho no caso de visitas inesperadas. Como sabe, continuo com o estranho inquilino. É uma companhia, além de garantir um dinheirinho. Tive aqui um alemão e seu filho por algum tempo, mas o menino foi para Munique, pois a mãe obteve a custódia por três meses. Veio buscá-lo em Dublin. Foi triste vê-lo partir. Lembrou-me da primeira vez que você foi para o colégio interno; fiquei olhando enquanto descia pelo gramado e senti que era para sempre. Não se pode recuperar uma flecha atirada.

Queridíssima Eleanora,

Quando é que você vem? Vi no jornal que participou, com outras pessoas, de um protesto contra armas nucleares. Imagino que não possa vir antes de começarem as férias de verão dos meninos. Como eles adoram correr pelos campos! Recebeu minha última carta? Às vezes fico confusa e não consigo lembrar se coloquei no correio ou se a carta pode estar atrás de algum prato à espera de um selo. Seu postal da Espanha chegou. Viajou a trabalho ou a passeio? A Sra. Reeves deixou a Irlanda e voltou para a Inglaterra; já estava cheia daqui. Recebi uma carta simpática de Bude: saiu do país na última terça-feira, com todos os seus bens e serviçais, até mesmo o cão e o papagaio — e, acredite, sentia-se só. Ficou aqui quatro dias e quatro noites, e você sabe como ela é toda cheia dos detalhes; mas pareceu-me que gostou. Comia e bebia tudo o que eu punha na sua frente. Quando estava de saída, estendeu-me um envelope; disse que não teria condições de mandar nenhum presente, pois talvez eu tivesse de pagar impostos pelo fato de o pacote vir da Inglaterra. E me disse para comprar um presente para mim mesma, mas não aceitei, pois não gostaria que pensasse que estava lhe cobrando. Acho que ficou satisfeita, não por causa do dinheiro, mas por questão de princípio. Não sei o que havia no envelope, mas, mesmo se fossem cem libras, eu não pegaria.

Hooligans atacaram algumas das nossas lindas árvores antigas, na rua de trás; jogaram pilhas de esterco nelas. Puro despeito. Seu bom amigo Shane, coitado, se foi. Há uns seis meses me escreveu do norte da Inglaterra para dizer que tinha perdido quase 20 quilos, e que perdera as juntas dos dedos trabalhando para a ferrovia, mas que esperava receber uma boa indenização, já que o sindicato estava defendendo o seu caso. No entanto, não viveu para ver isso. Estaria muito melhor no interior, com uma vida ao ar livre, como a maioria das pessoas. Como você o amava quando criança... Era louca por ele, dizia que iam se casar quando crescesse, e que iriam viver no galinheiro. Nós costumávamos rir disso. Pensei que iriam trazer os restos mortais para cá, como é de costume, mas não foi assim. Com certeza deixou um bocado de dinheiro, mas quando a pessoa morre, poucos ligam. A vida não é cheia de voltas e reviravoltas? Gostaria que você viesse por seis meses. Escrever essa carta parece que me deu um pique de energia, embora às vezes eu não tenha forças nem mesmo para segurar uma caneta ou um lápis. Você entenderá isso quando for mais velha. Preocupo-me contigo e com essas viagens para lugares diferentes. Hoje em dia nenhum lugar é seguro.

Receba o meu amor eterno.

Querida Eleanora,
Se você estivesse aqui na semana passada, teria ficado com pena do seu pai e de mim. Perdemos uma vaca, uma excelente Friesian, por negligência de um jovem veterinário que tinha

vindo extrair os chifres dos animais, mas estava com tanta pressa para chegar a uma exposição de cavalos na cidade que não se deu o trabalho de anestesiar as têmporas deles, e, por isso, todos os animais ficaram como loucos pelos cantos, batendo uns nos outros como se fossem touros em vez de gado, rugindo, berrando. Foi uma cena medieval vê-los chocarem-se uns contra os outros, provocando tantas feridas e lacerações que o campo mais parecia uma zona de guerra. Uma tragédia sobre a qual seu pai e eu não tínhamos controle. Tudo o que conseguimos fazer foi ficar dentro do curral e testemunhar a carnificina que iria nos custar tão caro, pois quando a jovem Friesian caiu, outros animais que davam vazão à sua fúria e impaciência se juntaram, começaram a atacá-la, fizeram o que de mais sujo podiam fazer, e logo a seguir vieram cães por todos os lados, brigando entre si pelas pernas, canelas e patas da infeliz que morreu.

Querida Eleanora,

Sim, batizei você com o nome de uma jovem sueca com quem dividi um quarto nos Estados Unidos, na esperança de que te desse sorte. O primeiro nome dela era Solveig, mas o nome do meio era Eleanora. Há algumas coisas que você precisa levar quando vier: 11 pratos Doulton, um quebrou, que pena. Não me culpe, querida, por ter ficado nervosa naquela vez, cinco anos atrás, quando recebi à meia-noite um telegrama daquele idiota do seu marido, dizendo que você tinha desaparecido, abandonado as crianças, que você estava muito doente da cabeça (palavras dele) e estava indo a um psicólogo. Então pensei: deve ser grave. Caí na conversa dele, quem não cairia? A única coisa que peço é para não beber, pois o álcool enfraquece a vontade.

A TV que você mandou para a gente deu problema de novo e mandamos consertar, mas não ficou boa. Nossa rede de esgoto também entregou os pontos e, ao que parece, está parada há anos. Ontem caiu um cano da chaminé e a chaminé do salão de café estava entupida com ninhos de corvo, então estamos de cabeça para baixo e virados do avesso, como se diz. Vi sua foto no jornal, mas devo dizer que a roupa que usava não lhe fez justiça. Parecia estar dois números acima do seu — e as pregas e o cinto te engordaram. Você atrai muitos invejosos por aqui. O pobre Dunny morreu sozinho, na guarita da porteira. Os ratos quase o levaram antes que fosse encontrado. Aliás, aquela guarita tem mesmo de ser demolida. Até agora, umas 20 pessoas ou mais estiveram aqui querendo tomar posse dela — inescrupulosos! Uma noite dessas, foi invadida: alguém dormiu lá e deixou o lugar em péssimas condições. Não temos recebido visitas, só William nas noites de domingo, discursos infindáveis sobre questões internacionais e, depois de umas duas horas, veio me dizer que a companhia está transferindo a Sra. M. O irmão dele, Edward, comprou um novo sobretudo, talvez de segunda mão, para que possam ir juntos à missa aos domingos, pois antes um tinha de esperar o outro voltar da primeira missa para pegar o casaco emprestado. Ao que parece, os dois nunca conversam, só brigam. O testamento da mãe não estava muito claro. Edward recebeu uma área acima de Commons, onde William queria construir por causa da vista extraordinária; sobreveio uma disputa, jogo sujo, um riacho onde os animais bebiam água foi desviado. Edward concluiu que tinha sido um trabalho sujo do seu irmão, e o delegado teve de ser chamado.

Um estranho apareceu aqui uma tarde dessas, uma tarde maravilhosa e ensolarada, e me pediu que desculpasse o seu atrevimento, mas que nunca tinha visto uma casa tão bonita; afinal de contas a gente não está numa área de moradias muito simples mesmo. A trepadeira representa um banho de cor, em contraste com o arenito — e, obviamente, as árvores são uma atração à parte. Antigamente você tinha um balanço na nogueira e falava sozinha. Seu irmão diz que cortará relações conosco, a menos que façamos o que ele deseja e deixemos Rusheen para ele. Esqueci de mencionar que há dois bolos no correio; um ficou um fracasso, e no outro você pode confiar. Você tem tão pouco tempo para fazer bolos — e lembre-se de que pode assar pedaços do mais fraquinho em caso de emergência. Você nunca sai do meu pensamento. Sinto muito mais frio do que antes, e essa casa é grande, o teto é alto e uma lareira não esquenta o suficiente. O pub do Moroney tem dois novos aquecedores elétricos daqueles grandes, mas Pa com certeza fará os jovens biriteiros pagarem por eles. O médico vai casar com a cunhada, coisa que nenhuma Bula Papal jamais permitiria, mas há um velho e verdadeiro ditado que diz que a esposa de um homem nunca morre. Pequenas coisas retornam à minha mente. Lembrei de quando você era pequena e um dia estava sentada no degrau de trás, dizendo: "Mamãe, adoraria ter umas roupas bonitas." Acho que andar na moda realmente levanta a pessoa quando se é jovem e sem nenhum pneuzinho para atrapalhar. Seu pai tem úlcera há anos, não melhora, sempre toma magnésia ou algum tipo de paliativo, mas não aceita ir ao médico, diz que não tem ninguém para tomar conta dos cavalos, diz que não pode deixá-los morrer, então tem de esperar. Como eu gostaria que se livrasse deles, que são um sorvedouro de dinheiro!

Gabriel

Luz fraquinha na enfermaria agora, uma luz do corredor, miscelânea de sons, roncos, tossidas e gemidos, dorminhocos pegos em seus sonhos, em seus pesadelos, presos neles, e Dilly desejava não ter vindo, ter ficado em casa, doente ou não. Os pensamentos entram em sua mente sem ser convidados, como aqueles morcegos que entram pela janela no verão e vagam agitados de um lado para outro a noite inteira. Sua mente toda embaralhada. Coisas que decorou na escola: "A harpa que uma vez, à entrada de Tara... Gearoid Og... A queda da casa de Kildare." De novo lembra-se de quando partiu solitária para a América, o navio singrando o alto-mar, ondas tão altas quanto uma casa quebrando no convés, a louça voando, preces e gritos no nascimento daquela criança indesejada.

Uma enfermeira assistente que faz a ronda vê que ela está irrequieta, murmurando para si mesma e para para perguntar se ela precisa de alguma coisa. Dilly, desavisadamente, conta-lhe que sua cabeça está girando, há morcegos, o grande navio, inspetores em Ellis Island que gritam com as pessoas para que "continuem andando, continuem andando"... Diante disso, a enfermeira foge, alarmada.

É só uma questão de minutos e a enfermeira Flaherty chega com dois comprimidos para dormir num copinho de plástico, que balança animadamente, como uma criança que agita para as fadas o primeiro dente que cai.

— Ah não, ah não, eu não preciso dessas coisas — diz, mas a enfermeira não aceita. Essas coisas lhe trazem um sono tão fantástico e suave, e sonhos tão doces, momento tipo "Moonlight in Mayo".* Dilly está inflexível. Ela nunca toma pílulas para dormir e não será dessa vez que o fará.

— Bem, você vai tomá-las agora porque tem quase 90 anos — diz a enfermeira.

— Até uma colher de xarope é capaz de me dopar... é uma das minhas regras — diz ela.

— Só que quem faz as regras aqui sou eu — diz a enfermeira Flaherty, em tom decisivo.

— Veja, o sono que elas provocam não é natural — diz Dilly, um pouco mais conciliadora.

— E como você sabe? Nunca tomou uma na vida.

— Tomei quando estive hospitalizada anos atrás, e fiquei meio bêbada durante uma semana inteira.

— A medicina moderna é diferente... atualizada. Seis ou sete boas horas de sono e acordará novinha.

— Não me peça isso, enfermeira — diz Dilly, quase chorando.

---

*Referência à canção "When it's Moonlight in Mayo", de 1914, dos americanos Percy Weinrich (música) e Jack Mahoney (letra). Tem como tema a localidade de Mayo, na Irlanda, local de veraneio. (N. da T.)

— Escuta aqui: não me provoque, pois quando me provocam viro um demônio.

— O médico não disse que eu devia tomá-las.

— O médico faz o seu trabalho e eu o meu... é assim que as coisas funcionam na enfermaria São José.

Enche o copo com a água da jarra ao lado da cama e lhe estende as duas cápsulas azul-turquesa que estão na palma da sua mão. Dilly engole uma delas. O gosto é amargo e fica mais amargo ainda depois de engolir; tem ânsias de vômito, indignada.

A enfermeira já aproxima a segunda cápsula dos lábios dela, desenhando-os como se usasse um lápis ou batom. Uma não basta; o procedimento ficaria incompleto, tem de ser duas ou nada.

Dilly tomou a segunda e, mal deitou-se de novo, começaram os delírios. Agarrou-se aos ferros da cama, mas logo sentiu-os amolecer e a cama em si começar a afundar, enquanto diante de seus olhos galopava um cavalo sem cavaleiro, e o curandeiro que a examinara torcia o pescoço de um galo morto. *Eu sou Dilly e eu não sou Dilly*, diz, agarrada às fitas de sua camisola, puxando-as para cima e para baixo, para baixo e para cima, como se estivesse ordenhando uma vaca, o último rastro de lucidez de sua mente, que começa a se esvair, a se esvair e desaparece, enquanto as pílulas começam a fazer o pior. Pede a si mesma para ficar calma. Até acredita que tem controle sobre esses ataques, e, no entanto, naquele momento a derradeira porta dentro dela é escancarada e abre e fecha loucamente nas dobradiças, depois algo se rompe, como o nascer de uma criança, e as comportas todas se abrem.

Eu sou não sou não sou. Procure a campainha, procure, Dilly, está em algum lugar, encontre e aperte: enfermeira, enfermeira.

Ela não pode me ouvir. Eles não ouvem. É assim que morro, é assim que se morre, ninguém para me dar os Sacramentos, sozinha não balancei o berço dos meus filhos como tantas outras mães. Oh bom Deus estou escorregando, estou escorregando. Bem... se não for ele em pessoa que está aqui, se não for o Gabriel, os olhos do mais doce tom castanho, o castanho dos juncos, o juncal do lago nunca dá um junco sequer mas o do pântano sim, macios no começo, antes de se transformarem naqueles rígidos bastões marrons. Os homens são estranhos, duros e doces, também cheios de artimanhas quando te querem, tão doces e sussurrantes, mais doces que uma mulher, depois não. Distantes. As íris selvagens mais adiante naquele campo parecem balançar-se. Difícil superá-las. A parte superior do seu rosto me é familiar, assim como seu belo terno azul-marinho. Seu patife. Nada foi esquecido. Até os sete anos St. Collumcile era um menino muito indisciplinado. As coisas se extraviam. Cartas. Presentes. O colete que eu estava fazendo para você, naquele Natal fatídico, mandei pelo correio para Wisconsin, para o meio do mato onde você cortava árvores o dia inteiro, do amanhecer até o pôr do sol, você e um finlandês perderam dois dedos lá. O jasmim e a margarida prensados que você roubou no parque municipal naquele domingo eu mandei emoldurar. Uma moldura comum verde-escura sobre um fundo de seda branca, renda. Talvez você tenha escrito. Cada detalhe de sua vida diária me interessa. Escrevi esses dias, há duas semanas, mas a carta voltou. Alguém violou. Você por acaso morreu? Uma funcionária do correio é especialista em abrir cartas dos outros. Não é fácil arranjar tempo para escrever. Tenho um homem muito difícil e os operários fazem três refeições por dia, com jarras de chá e pão entre elas. Meu querido, você sempre terá uma mensagem minha, mesmo que seja só um cartão-postal quando não tiver tem-

po para escrever uma carta. Eu saberia se você estivesse morto. Talvez você esteja a caminho. Não deixe de trazer uma vela, uma vela de Natal; precisamos de um pouco de luz para lançar sobre as coisas. Tantos desentendimentos. Eu estava passando dos limites com você e você comigo, mas me recomendaram que voltasse atrás, disseram para sentar e esperar, que você estaria comigo daqui a sete anos. Se você puder fotografar-se de frente e de perfil e mandar para mim eu mando o dinheiro da postagem. Pede ao fotógrafo para registrar o seu cabelo caído, a sua barba escura aparada. Já me disseram que você estará comigo abertamente daqui a sete anos. Melhor ligar de noite quando as luzes estiverem apagadas. Às vezes uma mulher bem-vestida e a cavalo passa por aqui com folhetos para distribuir, tem algo em mente, suponho. Uma vez havia uma criança com ela, cavalgando em dupla. Contorne a casa toda em caso de espiões e depois bata na janela, uma boa pancada seca, e eu estarei alerta. Podemos ir ao iate clube em Googy Park, barco meio estragado, mas ficaremos seguros lá na ilha, ninguém para nos separar. Escreva para mim. Estou cansada de escrever, cansada de pedir.

Dilly luta por um pouco de ar, por respirar, seus olhos se recusam a se abrir, é como se estivessem colados, pandemônio, gritos, "Localize Counihan, localize Counihan". Está lutando contra alguém, uma freira, o rosto de uma freira e o hábito branco de uma freira, dura como gesso de Paris, a voz lhe diz:

— Você está bem, está bem agora — e ela é trazida de volta das escadas, de volta à própria cama, quase carregada; duas, uma de cada lado a ajudá-la, não consegue sentir o chão, não liga, elas a deitam novamente na cama, consternação no rosto da pobre freira.

— Acho que estava em terra ianque — diz Dilly, desculpando-se.

— Se a enfermeira Aoife não a encontrasse, estaria no Reino de Deus... Graças ao bom Deus e à Virgem Maria e a Seus anjos e santos. Vou chamar o Dr. Counihan para vir vê-la.

— Foram aqueles comprimidos, eles me tiraram do ar. Agora sou eu mesma de novo. Não preciso de médico nenhum — diz e pergunta, timidamente, se há possibilidade de lhe conseguirem uma xícara de chá.

Agora não está mais agitada, só divagando um pouquinho; vê sua vida passar diante de si numa rápida sucessão, como nuvens, formas e cores diferentes a se misturar, a entrar umas nas outras, a história da sua vida sendo extraída dela, como páginas arrancadas de um livro.

Parte Dois

Cogumelos

Estávamos para lá do pântano arrumando o capim para secar, duas meninas e Caimin e eu. As pequenas pilhas marrons dispostas em fila, como iglus, ao longo da margem do rio, com espaços entre si para o vento circular e secá-las. Quando acabamos alguém disse que os ambulantes tinham sido expulsos do Caoisearach, despachados em suas carroças, eles e seus filhos e seus pôneis, e que devia haver cogumelos por lá, pois onde há cavalos ou pôneis sempre nascem cogumelos.

Creena foi a mais esperta de nós para encontrá-los. Tinha olhos na nuca e, logo que deparou com um deles, confiscou-os à força, dobrou o avental para fazer uma espécie de sacola e levá-los para a mãe cozinhar no leite como um caldo. Havia dois tipos de cogumelos: os cabeçudos, parecidos com uma taça para ovo quente, escondidos na grama; e os mais altos, com o chapéu marrom e manchado, que tremiam. Nós os devorávamos crus, mas Eileen disse que ficavam deliciosos assados no carvão quente, em cima da grelha e temperados com um pouco de sal.

O lago Shannon bem lá embaixo e subitamente Caimin grita, chamando:

— Lá está ele, o navio que vai para a América! — E nós olhamos, mas não conseguimos ver porque não havia absolutamente nada naquele lago, apenas abrigos de pedra e ilhotas, mas fizemos de conta, todos nós fingimos que vimos o navio e até acenamos para ele.

— Para o oeste... em seu belo manto branco — disse ele.

Ia cruzar o oceano Atlântico sozinho num barco, como Brendan, o Navegador, e seria um herói, o nome nos anais.

Talvez eu tenha me decidido naquele momento, talvez não. Falava-se tanto na América, todos os jovens ficavam tentados a ir. Não havia nada para nós nos campos cheios de pedras, só carne de carneiro, raízes e alguns canteiros de batatas.

Eu nem sonhava que um dia estaria esfregando óleo de limão nos corrimãos das escadas do Sr. e da Sra. P.J. McCormack, em sua mansão do Brooklyn, e tirando a poeira dos tesouros do toucador da Sra. McCormack: os minúsculos potes de vidro com suas tampas de prata, o jogo de pente e escova com fundo de prata, a almofada de seda com seus alfinetes de chapéu espetados. A Sra. McCormack, Matilda, buquês de violetas e morangos presos com alfinetes ao colo.

Creena nos fazia rir com uma dança que sua tia lhe ensinara. Sua tia Josephine tinha chegado de Boston, exibindo-se todos os domingos com uma roupa diferente na missa, dizendo às pessoas que a América não era desse mundo e que mal começava a febre por um tipo de dança, logo aparecia outra, tudo loucura, tudo modismo.

Minha mãe encontrou a nota que eu tinha escrito e escondido debaixo do colchão. *Eu quero ir para a América, onde se pode ter belas roupas e uma vida melhor do que a que tenho aqui.* Assinado, Dilly. Por causa disso me deu uma surra e rasgou um velho chapéu de palha que eu estava enfeitando com gaze. Ficou furiosa. Que eu estudasse muito e ficasse em casa e fosse útil. Eu era uma boa aluna, como ela fora antes de mim. E contava e repetia como ela rezava para chover quando estava na escola, mas aguaceiros mesmo, para que a professora a deixasse dormir lá, porque era muito longe para caminhar seis quilômetros descalça até em casa. E dizia que usava o resto da luz do dia para continuar estudando. Por que a América haveria de querer os filhos e filhas da Irlanda se o país precisava deles? Tantos que haviam morrido no cadafalso e muitos que ainda morreriam, inclusive seu próprio filho, embora ela ainda não o soubesse. Por acaso eu não tinha caráter, para querer ir embora, fugir? Vivíamos às turras, minha mãe e eu, ambas muito teimosas e voluntariosas.

Na noite anterior à minha partida houve vigília em nossa cozinha, como era o costume quando alguém ia para muito longe. A cozinha estava cheia de gente; dois homens deixaram suas lanternas acesas durante a dança. Rapazes dançaram comigo, disseram que sentiriam minha falta, rapazes que nunca tinham trocado duas palavras comigo sobre coisa alguma. Os homens mais velhos sentaram-se no sofá-cama com suas garrafas de cerveja preta e uma única garrafa de uísque que passavam de mão em mão, e quando levantavam para dançar cambaleavam, tinham de sentar de novo. As mulheres estavam ao pé do fogo consolando minha mãe, consolando a si mesmas, com medo de que eu nunca mais voltasse. Alguns vizinhos tinham ajudado com dinheiro para a passagem, e me mandaram circular por toda a cozinha para apertar-lhes a mão e jurar que os pagaria. Minhas coisas foram embaladas numa bolsa de lona oleada com barbante em volta, outras roupas num saco de farinha e numa lata comprida com a marca de um uísque e a estampa de um regato próximo ao local onde era maltado. Meu irmão Michael cantou "The Croppy Boy" em meio a um rio de lágrimas, lágrimas por minha partida e pelo pobre Croppy Boy, que inocentemente foi cumprir sua obrigação de Páscoa e se confessar, sem saber que o padre dentro do confessionário era um oficial disfarçado, que o mandaria enforcar por sua insurgência.

Partimos de madrugada, no sidecar. Aqueles que foi possível acomodar vieram junto com a gente; outros caminhavam atrás, os rapazes abatidos em consequência da farra noturna, saltando perto de suas casas, vacas esperando para serem ordenhadas, o trabalho do dia a ser feito. Nunca esquecerei minha mãe Bridget, ajoelhada na terra para beijar meus pés, dizendo:

— *Não se esqueça de nós, Dilly, nunca esqueça a sua própria gente.*

Meu irmão veio comigo para esperar pelo carro dos correios. Tirou seu escapulário marrom e entregou-me; foi o seu jeito de dizer adeus.

— Em suas cartas, é melhor não falar de política!

Ele tinha uma vida secreta, à parte de nós; era um Croppy Boy, um revolucionário. Muitos jovens eram, mas não ousavam falar do assunto por medo de informantes.

No carro dos correios eu tocava sem parar os meus pertences e sentia as duas moedas: o soberano e um florim que minha mãe tinha costurado na bainha do meu casaco, os dois embrulhados e reembrulhados em tecido, para não parecer que era dinheiro. As pessoas acenavam dos portões e dos muros; sabiam que o carro dos correios levava pessoas que iam para a América.

Tivemos uma viagem acidentada nas estradas invernais; onde tinham caído pontes, saíamos do carro e caminhávamos a pé, depois entrávamos novamente. E o cocheiro amarrava os dois cavalos um ao outro com toda a sua força, porque tínhamos de pegar o trem para nos levar até Queenstown a tempo de embarcar no navio.

Pensei em nosso cão Prince, que sabia com certeza que eu ia partir, e em minha mãe chorando em cima da mantilha de renda preta que tinha vindo de Salamanca. Pensei nos lugares secretos onde meu irmão escondia suas armas, seu revólver e sua espingarda embrulhados em palha, como figuras numa manjedoura.

Ossinhos

Por quase duas semanas foi um mundo de água batendo e encharcando tudo, grandes ondas repletas de gelo rebentavam contra as escotilhas e um horizonte que podia ser qualquer lugar, minha terra, o Canadá, Timbuktu ou sei lá onde.

Embaixo, onde estávamos encarcerados, os vapores eram terríveis, vapores de cozinha, de gordura da cozinha e de óleo das lâmpadas de parafina que tinham de ficar acesas o dia inteiro. Um buraco, gente discutindo, brigando e de coração partido. Algumas tinham trazido suas próprias provisões e disputavam, ombro a ombro, um lugar no único fogão; a cozinheira oponente manifestando-se com a língua, com uma concha ou com qualquer instrumento que tivesse à mão. Era o seu fogão, seu domínio. A dieta básica para a maioria era composta de biscoitos secos e sal marinho. Quase morri de sede. A sede era o pior de tudo. Não parava de pensar nas nascentes lá de casa, imaginava-me descendo o balde e depois subindo-o, já cheio da água limpa que vinha da montanha, e bebendo-a, bebendo uma jarra inteira naquele minuto. As pipas d'água tinham acabado após o terceiro dia; tínhamos de usar água salgada para o chá e para tudo o mais. Atendentes vinham lá de cima duas vezes por dia, xingando e gritando, diziam-nos para limpar nossa sujeira, arrumar nossa bagunça e o conteúdo dos urinóis, latas de lixo e panelas eram lançados sobre a amurada, a água do mar manchada de cinza quilômetro após quilômetro, as ondas engolindo aquilo, como as bocas dos milhões de peixes que o mar abrigava.

À noite o som da orquestra chegava até nós, enquanto os passageiros da primeira classe dançavam e se reuniam para seus jantares de gala.

Antes, mais cedo, tínhamos permissão para subir ao convés e realizar nossas danças, e um violinista de Galway tocava com prazer. Mary Angela superava-se, pois sabia todos os passos e passava de um par a outro como se fosse uma pluma. Só Sheila suspeitava de que havia algo errado, por causa da grande saia que usava e do avental largo que ela nunca tirava. Dizia que seu estômago estava inchado por causa da água salgada e do mingau. À noite sentava-se com os homens, bebia rum com eles no escuro, a risada e os sons lascivos, entrava na ponta dos pés em diferentes cabines, os homens a disputá-la.

Eu não tinha tirado meu casaco durante todo aquele tempo, nem me aventurara a deitar debaixo dos cobertores na cabine que meus pais acreditavam ter pagado para mim. Na verdade, era um quarto de cabine; os outros três quartos eram ocupados por uma família que transformou aquilo num chiqueiro e nunca saía de lá. O filho tinha ovos de sapo num vidro e, antes de ancorarmos, havia sapos pulando por toda parte.

Mary Angela era quem infundia medo e maus presságios em todos nós.

Foi na noite da tempestade. O vento e a chuva batiam nas escotilhas, as cordas estalavam, as vigas do navio rangiam como se fossem abrir-se em duas, uma tripulação meio delirante, todos aos gritos, dando ordens uns aos outros lá em cima enquanto o navio era arremessado e revirado, mergulhado nas profundezas e trazido novamente à superfície, a água inundava tudo e nós éramos atirados aos montes no chão, tudo molhado, nossos cobertores molhados, nossas roupas molhadas, louças, utensílios e nacos de bacon voando. Uma mulher insistia para que rezássemos o rosário porque o navio, sua carga e a criança que ia nascer estavam nas mãos da morte.

Mary Angela gritava com todas as forças e Sheila, que não era parteira, tentava assisti-la. Mandaram pedir um leito na enfermaria, mas a resposta era que não havia lugar, já que várias pessoas tinham sido derrubadas pela febre e todos os leitos estavam tomados. Sheila continuou a dizer a ela que fizesse força, força em nome de Jesus, e a única lâmpada que não tinha estourado durante a tempestade balançava-se loucamente sobre ela em sua corrente de metal, para a frente e para trás, as entranhas do navio como uma espécie de inferno. Alguns rezavam, outros gritavam para que os bramidos parassem e, no último minuto, quando a gritaria nos dilacerava, apareceu uma enfermeira de jaleco branco, carregando instrumentos e um balde, e Sheila pendurou um cobertor nos cabos de duas vassouras para servir como um biombo. Então veio aquele som agudo, cheio de vida e desespero, o som de uma criança vindo ao mundo, e aqueles que estavam rezando pararam de rezar, e os que estavam praguejando pararam de praguejar, todos agora prontos para rejubilar-se, acreditando que o nascimento lhes trouxera boa sorte.

— É um menino, é um menino! — A notícia se espalhou, e como não havia um padre a bordo, nem entre nós nem na primeira classe, uma mulher muito idosa, que usava um xale, apareceu com uma garrafa de água-benta e uma esponja e deu-lhe um batismo leigo, molhando-lhe os lábios, a testa e o peito, e repetindo algumas orações em latim.

Durante dois dias, nem a mãe nem a criança apareceram para ninguém. Ficaram naquele canto atrás do biombo improvisado, cobertas com um tapete amarelado de lã de carneiro que cheirava mal, escondidas de tudo. De vez em quando a mãe estendia a mão para pegar um biscoito ou uma caneca de chá, e ouvíamos o som da criança mamando e arrotando enquanto ela a acalentava para dormir.

Quando reapareceu, parecia frágil, o rosto branco como giz, mas os olhos eram enormes como duas luzes radiantes, a criança enrolada num cobertor. Como foi que ela a chamou? *Fintan, disse. Fintan, disseram todos.* Estava subindo para tomar ar, para mostrar Fintan ao mar violento, ao bramido das ondas, às gaivotas e aos corvos que acompanhavam com seus lamentos sinistros.

Ninguém na verdade testemunhou o acontecido; portanto, houve debate e discussões acirradas depois quanto à veracidade das coisas. Os jovens que a tinham desejado e que haviam dançado com ela agora estavam fervendo de ódio, prontos para linchá-la. Os homens mais velhos tiveram de segurá-los para que não a jogassem no mar. A primeira notícia veio como um grito, uma série de gritos, sinal de que algo terrível tinha acontecido. Em questão de minutos uma multidão se juntou lá em cima, medo e ódio acumulados nos olhos de alguns. Outros ficaram em silêncio, desnorteados, sem acreditar. Como é que ela pôde?

[53]

Como pôde? Havia homens lutando com ela, as mulheres os incitando, vagabundazinha, cadela, os rostos voltados contra o dela, falando-lhe do destino funesto que estava prestes a enfrentar. Manteve-se firme, com um meio sorriso peculiar, os olhos azul-escuros arregalados, insistindo que estava morto, que já estava morto havia dias. Ninguém acreditou. Por que não tinha procurado o comissário de bordo para enterrá-lo com pesos, envolvido em tecido encerado, do jeito que haviam enterrado um velho três dias antes? Não, tinha feito aquilo para salvar a própria pele. Uma mãe com uma criança, mas sem um pai, não seria bem-vinda no Novo Mundo.

— Você o matou.
— Ela o matou.
— Eu não tinha leite para ele — respondeu a mãe.
— Até um pelicano rasga a própria carne para alimentar sua prole.
— Eu teria ficado com ele... eu criava — disse uma mulher, atirando-se ao chão num meio desmaio, e outras fizeram o mesmo enquanto recitavam a ladainha: "Mãe de Divina Graça, Mãe Puríssima, Mãe Castíssima, Mãe Inviolada, Mãe Imaculada, Mãe Muito Amorosa, Mãe Conselheira, Mãe do Criador, Mãe do Salvador."

Bandos de pássaros vieram, gritando e guinchando, gaivotas e outros pássaros com pescoços finos, o bater furioso de suas asas enquanto brigavam para afastar uns aos outros, para chegar até lá, bem no fundo, lá onde nossas mentes não conseguiam chegar, tão terrível era.

Dois tripulantes chegaram com bastões e começaram a empurrar a multidão para abrir caminho para o capitão DeVere. Era um homem grande e rude cuja simples presença inspirava medo. Usava jaqueta e calções de couro e tinha um bigode que fazia curva em torno das bochechas. Pelo monóculo olhou para ela, observou seu estado.

— Irlandesazinha safada — disse.

— Senhor — disse ela, e tremia.

— Onde está o seu porquinho? — perguntou.

— Fintan... a criatura... morreu... meu leite acabou.

— Você quer dizer que se livrou dele? — disse, e então ela se prostrou à mercê da sua misericórdia e implorou para não ser mandada para baixo de novo, pois os homens a crucificariam. Olhou então para ela, depois para eles e disse simplesmente: — Adiante! — e nós a vimos afastar-se, as costas magras, tão grata enquanto o seguia.

— Os ossinhos dele, os ossinhos dele — repetia Sheila como se, por ter feito o parto, tivesse algum direito sobre a criança e, debruçando-se sobre a amurada, olhou fixamente para a água gelada e falou lá para o fundo, como se pudesse pescá-lo de volta, o navio virando e batendo enquanto seguia o seu caminho, os pássaros enlouquecidos de fome.

Naquela noite um pastor veio ler em voz alta para nós, possivelmente para amenizar qualquer inquietação. E leu, de um livro com capa de couro, numa voz muito sombria:

— A bacia do oceano Atlântico é uma longa e estreita depressão que separa o Velho Mundo do Novo Mundo. Esse sulco de oceano foi provavelmente entalhado na sólida crosta do nosso planeta pela mão do Altíssimo — que as águas que Ele chama de mares sejam reunidas para que a terra seca possa aparecer. Pudessem as águas do Atlântico Norte ser removidas para expor à nossa visão esse grande corte de mar, que separa continentes e se estende desde o Ártico até o Antártico, surgiria um cenário dos mais acidentados, formidáveis e imponentes, as costelas da sólida terra com os alicerces do mar seriam trazidos à luz e nós teríamos uma visão, no berço vazio do oceano, de mil destroços terríveis, com aquele tenebroso exército de crânios de homens mortos, grandes âncoras, montes de pérolas e tesouros inestimáveis que, aos olhos do poeta, permanecem espalhados pelo fundo do mar, tornando-o hediondo pela simples visão da horrível morte.

Ellis Island

No grande saguão, sob um teto com goteiras, fomos reunidos em diferentes grupos, nossos nomes e números pregados no peito, os inspetores feito uns gaviões à procura de qualquer doença, qualquer defeito, qualquer deformidade, brutos quando mandavam as pessoas de volta.

Nunca soube, nunca imaginei que Deus pudesse ter criado tantas raças diferentes — diferentes trajes, cortes de cabelo e adornos de cabeça bem originais, homens com cachos e pequenos solidéus, mulheres do tamanho de banheiras por causa das roupas, as trouxas que amarravam em torno de si, as crianças amarradas a elas com cordas, para que não se perdessem. Quando os pequenos choravam, os pais entregavam-lhes seus brinquedos e pediam remédios que lhes davam de colher, como se fossem pequenos deuses. Em todos os olhares, suspeita. Estávamos exilados de onde viemos e exilados, agora, uns dos outros, a espera tão aflitiva quanto a jornada de navio.

A simples visão de Nova York, os tetos dos altos edifícios rosados na névoa do amanhecer, fazia-nos desejar mais do que nunca desembarcar ali. Parecia tão idílica, barcas e botes atracados no porto, a água calma e transparente, e pássaros nem um pouco parecidos com os ávidos animais que mergulharam em busca do pequeno corpo.

Na Ilha das Lágrimas fomos expostos a todo tipo de humilhação: Tivemos as línguas apertadas, as pálpebras levantadas com uma abotoadura, o coração auscultado, o cabelo revistado à cata de piolhos... Depois fomos lavados com mangueiras por senhoras estrangeiras que não tinham um mínimo de delicadeza.

Depois veio o teste das habilidades de leitura e escrita. As pessoas gaguejavam e hesitavam ao tropeçar nas palavras bíblicas: "Este é o pão que tomamos ainda quente, para nossa provisão longe de casa, no dia em que viemos até vós... Lembrai-vos de que o vosso tempo foi o tempo do amor, e que Eu estendi sobre vós o meu manto e cobri a vossa nudez."

Por todo lado havia lágrimas e súplicas, pessoas orientadas para esperar, outras despachadas para quartos próximos, e uma senhora com um casaco de pele todo furado, ajoelhada, agarrada à perna do marido, colada a ele e gritando:

— Aoran, Aoran!

Sua identificação era de cor diferente da dele, o que significava que o mandariam de volta para sempre. Todo o saguão olhava para ela e, embora falasse numa língua estrangeira, estava claro que não se separaria dele. O marido ainda tentou argumentar, mas em vão. De repente ela cuspiu nos dedos, passou-os sobre as pálpebras dele e depois esfregou os dedos úmidos nas suas próprias pálpebras, para contrair a doença nos olhos que adivinhou que ele tinha. Os guardas caíram sobre ela como cães.

Ela girou e se libertou; tentaram agarrá-la mas não conseguiram. E o marido a olhá-la com uma frieza, uma tal frieza, como se não a amasse, nunca a tivesse amado, como se aquela fosse a única forma de convencê-la a seguir em frente.

O inspetor que examinou meu passaporte, no qual minha mãe me tinha feito copiar algumas dicas de ordem doméstica, chamou um segundo inspetor; pensei que aquilo significasse recusa. Os dois leram juntos e depois me mandaram ler em voz alta, e eu percebi que estava sendo transformada em objeto de riso, uma caipira e suas orientações domésticas.

Regras para a administração das roupas da família
Esfregue os cordões com um pedaço de pano para garantir a limpeza.
Economize espaço e cabides.
Pendure todas as peças pelo avesso.
Ajeite todas as peças com a abertura para o lado do vento.
Pendure as roupas nos cabides pela parte mais grossa da dobra.
Pendure as toalhas de mesa dobradas.
Pendure as flanelas na sombra.
Pendure as meias a 3 centímetros do dedão, pelo avesso.

Quando meus papéis foram carimbados, senti uma pontada no peito ao ver escritas as palavras "empregada doméstica", mas tinha sido aceita — e estava prestes a entrar num mundo que me parecia estranho e animado ao mesmo tempo, as pessoas alvoroçadas, crianças puxando e agarrando a minha bagagem, ambulantes com cestas de frutas, maçãs e pêssegos, a pele macia e corada como se tivesse sido colorida com ruge.

[59]

O grande salão

E o que não teriam testemunhado aquelas paredes de azulejos brancos e colunas negras?

Pessoas tão exultantes por estarem reunidas que choravam de alívio, outras com desespero no olhar, com medo do pior, e Mary Angela numa roupa azul de tricô moldada no corpo, como uma sereia, andando para cima e para baixo, avaliando suas chances. Em pouco tempo chamou a atenção de um homem bem-vestido, de bigode, que entrara apressadamente. Não trocaram sequer uma palavra, apenas gestos; e, no entanto, ela sabia — sabia pela braçadeira negra em sua manga, pelo seu olhar — que era um marido de luto. Tudo o que fez foi colocar uma das mãos sob os seios, como para destacá-los, e ele veio até ela. Logo depois, subiram até um escritório no andar de cima, onde, ao que parece, o cavalheiro conseguiu liberar os papéis para levá-la. Ela disse que ia ser ama de leite do filho dele. Não a víamos desde a noite do afogamento, mas soubemos que ficou muito popular no setor de cima, e que ordenhava as cabras do capitão DeVere dia e noite.

Minha prima não tinha chegado.

Um cartaz acima da porta do salão de beleza de Madame Aisha oferecia serviço de permanente em cabelos femininos e maquiagem, por um valor razoável. Muitas se beneficiaram disso antes de tirar suas fotografias na estação do beijo. Casais, olhos nos olhos. Uma senhora me pedia sem parar:

— Faça algo por mim, amada irmã — só que eu não podia. Minha prima não vinha. Os barcos chegavam no horário, as pessoas partiam, e a água escura e lamacenta continuava a bater contra o cais, e era como se estivesse aprisionada ali para sempre.

Se minha prima não viesse eu seria instalada num dos prédios de tijolos com bandeiras tremulando das torres, onde seria mantida até que meus pais mandassem o dinheiro para a passagem de volta. Até Sheila tinha ido embora.

— Apareça um domingo desses, se estiver por aí — disse, quando se foi com três amigas. Ela morava na 22nd Street, seja lá onde fosse.

Um homem alto me importunava o tempo todo, dizia:

— Você deve ser Mary Mountjoy — e eu fingia não ouvir, caso tivesse intenção de me sequestrar.

Era o que Sheila vivia repetindo para nós na viagem: não ser sequestradas, não deixar meninos insolentes roubarem a nossa bagagem e fingir que íamos para Baltimore ou Connecticut, lugares que não conhecíamos.

Quando minha prima chegou, o encontro não foi o que eu esperava. Perguntou-me o porquê das lágrimas e da cara feia. Por acaso eu não sabia que ela viria? Nem de longe se parecia com o retrato retocado que a mãe dela mostrara à minha mãe; era bem mais robusta, as roupas malcuidadas.

O local onde atracamos era extremamente frio, com restos de neve em contraste com a grama suja. Um homem negro com dedos longos e afilados tocava um violino; tocava vários tipos de música para agradar aos imigrantes, despertar lembranças de suas terras de origem.

— Fique feliz, querida... vai casar com o homem que sonhou — disse para mim, e ensaiou passos de uma dança irlandesa.

Mary Kate ficou furiosa e me arrastou dali. Ele riu e gritou para ela:

— Isso não é um funeral, querida.

E ela, puxando-me, disse:

— Fica perto de mim, fica perto de mim — irritada porque o homem fez troça dela.

E depois tudo tão corrido: comprar o bilhete, entrar no trem, passar por túneis e prédios feios e cobertos de fuligem, casas em péssimo estado, tudo isso sem trocar uma palavra. Eu podia sentir que ela estava brava comigo por causa da minha parvoíce, por causa do meu sotaque e por causa da minha bolsa de lona amarrada com barbante. Falava sozinha e resmungava, enquanto o trem chacoalhava pelo caminho. Então, de repente, seu humor mudou. Beijou-me, abraçou-me e disse que a minha mãe e a dela eram primas em primeiro grau, e que isso significava que ela e eu éramos primas em segundo grau e seríamos amigas. Estávamos indo para a vila, que era bem melhor que a cidade, tinha mais verde e estava mais perto da natureza.

A pensão ficava numa rua com casas idênticas, que no entardecer pareciam cor de lama; mas depois, à luz do dia, vi que eram mais avermelhadas, mais da cor de ruibarbo. Tivemos de andar na ponta dos pés. Havia sombrinhas e uma bengala num suporte de porcelana, na entrada. Ela disse que era um negro. Tinha o rosto marrom, os olhos vermelhos torneados com prata. A cozinha era dividida com muitas outras pessoas, a comida delas em bandejas diferentes com seus nomes e uma geladeira muito velha que rangia e que tinha coisas estranhas dentro, como queijo mole envolvido em musselina e uma tigela com sopa de beterraba. Fez-me pôr a cabeça lá dentro para sentir o quanto era frio. O gelo era uma maravilha. No hospital onde ela trabalhava, bolsas de gelo eram colocadas sobre a cabeça dos lunáticos; assim eles podiam arengar e delirar sem serem ouvidos. Tinha guardado algo para eu comer — pão com patê de carne e um pudim de arroz frio. Uma mulher veio buscar algo na geladeira, mas não nos dirigiu palavra. Depois que saiu, Mary Kate pôs a língua para fora, disse que a mulher não gostava dela, que era estrangeira. Todos os outros hóspedes eram estrangeiros, menos nós. Não ficamos muito tempo na cozinha, pois era comunitária, ao passo que o quarto dela era privativo. Tivemos de passar por dentro de outro quarto com um casal e um bebê, e as minhas pesadas botas de amarrar rangeram horrivelmente.

No quarto dela tudo estava de pernas para o ar: roupas, sapatos, pratos e cabides pendurados por todo lado. Uma saia xadrez vermelha enfeitada com ponto russo estava esticada sobre a cama, fazendo as vezes de colcha. Era enfermeira auxiliar, mas estava em treinamento para ser enfermeira de verdade, porque a missão dela era servir à humanidade. Era uma Marta. Havia Marias e Martas, mas Maria ficou com toda a fama por ser a serva de Cristo, embora as Martas fossem bem mais sinceras. Como era uma ocasião especial, ela se permitiu um pequeno gole. Fez questão de que eu soubesse que não era de beber, mas de vez em quando tomava um drinque como aperitivo. Abriu uma garrafinha e despejou um pouco do conteúdo numa caneca, chutou fora os sapatos e depois tirou os óculos, e sem eles os olhos me pareceram lânguidos e acanhados. As lágrimas jorraram quando lhe entreguei o bolo que minha mãe tinha mandado, e ela me abraçou. Depois disso, tudo foi festa. Puxa vida, agora eu estava fora do pântano, num subúrbio bacana, começando uma vida nova. Iríamos a Coney no verão. Eu não sabia o que era Coney, mas imaginei que fosse um lugar cheio de coelhos.* Ela achou muita graça. Coney era a última palavra em emoções, patins, barcos do amor, acrobatas sugados pelo cabo de um gigantesco cachimbo, e escorregando pelo fornilho até o outro lado. Mary Kate tinha ido lá no verão com um dândi, um dândi que trabalhava na construção, mas que um dia anunciou que iria embora. Era assim na América, as pessoas sempre se mudavam, então a moça tinha de agarrar um namorado o mais rápido que pudesse. Lembrava-se bem do dia, as carícias, dançar de rosto colado a céu aberto com a brisa do oceano a embalálos, e ela acreditando que se casariam.

O banheiro era do outro lado do quarto onde dormiam o casal e o bebê. Isso significava incomodá-los. Nas duas primeiras vezes ela foi comigo e me ensinou um jeito de puxar a tranca e fazer o mínimo barulho possível. Mas na terceira vez, já estava furiosa. O que havia de errado comigo? Será que eu tinha algum verme? Levantou a janela o máximo que pôde, depois me ergueu, colocou-me do lado de fora do parapeito de pedra e fechou a janela por dentro para me dar uma lição. Eu podia ouvir os carros lá embaixo. Fiquei empoleirada ali, aterrorizada e certa de que iria cair ou pular, e ela rindo da brincadeira. Revi mentalmente o cartaz pregado na sala onde me

---
*Coney em inglês é coelho ou pele de coelho. (N. da E.)

examinaram ao chegar: "não se aceitam aleijados" — e comecei a bater na janela.

Mais tarde, na cama, disse que o pessoal em casa — a gente dela, a minha gente — acreditava que a América era uma terra de riquezas, mas que nada poderia estar mais longe da verdade. A América era sim uma terra de blefes e sonhos desfeitos, e que eu teria sorte se arrumasse um emprego como empregada numa casa grande. Eu seria uma serviçal, uma espécie de canário doméstico.

Um cego

Uma das pensionistas trabalhava em horários esquisitos, e quando ela entrou eu escapuli, sem levar sequer um casaco. O vento estava nas minhas costas e eu desci correndo a série de morros que levava à cidade. Só que não se parecia em nada com uma cidade, com a cidade que eu tinha visto numa folhinha, com senhoras saindo de carruagens usando seus casacos de pele, flocos de neve nas golas e nos chapéus. Era uma confusão: bondes e carroças puxadas por cavalos, um vagão de peixe, um de carvão e um de ostras, e homens com marretas pontudas quebrando pedras para fazer uma estrada a partir de onde a estrada terminava. Do bar vinha um burburinho, rapazes trajando aventais compridos corriam de um lado para outro, entregando jarras de cerveja com espuma, e num beco crianças andrajosas perseguiam porquinhos com talos de couve e pedaços de varas.

Havia a música que vinha dos bares e a música diferente tocada pelo organista itinerante, com um macaco no ombro segurando uma caneca no côncavo da pata para recolher as contribuições. Mal eu tinha parado para ver e ouvir, estourou uma algazarra: o macaco e o organista de um lado e, do outro, um cego com um casaco cintado pequeno demais para ele e uma bengala branca que precisava de limpeza. O cego estava no ponto dos dois, e eles o mandavam sair, sumir dali, chamavam-no de vagabundo, estúpido, que fosse embora. O macaco gritava, tão raivoso quanto seu dono, e o cego recusava-se a arredar pé. Depois foram só xingamentos, e os lápis que o cego esperava vender atirados ao ar, rolando por toda a calçada. Corri para salvar alguns, mas a maioria rolou para a rua, onde passavam os carros e as carruagens.

Ele agradeceu, disse que eu era uma moça bondosa e limpa, a única pessoa que demonstrara alguma gentileza para com um cego que fora empurrado, roubado, chutado e chamado de vagabundo e estúpido.

Apoiou-se em mim para atravessarmos a rua, pois ainda gritavam e discutiam com ele. Caminhávamos meio inclinados. Uma vez do outro lado, porém, não queria me deixar ir. Eu sabia que era maluco, tinha de ser, a julgar pelo modo como vociferava. Walt Whitman, o poeta da cidade, os mastros de Manhattan e os altos montes do Brooklyn de Walt Whitman, o Walt Whitman que, assim como o cego, caíra na lama — como Horácio, que sucumbiu às artimanhas de uma vendedora de perfume. Eu era uma jovem limpa numa cidade de vício, tão diabólica ou corrupta quanto o antigo Egito ou a antiga Babilônia. Ele já tinha sido jogador um dia, nos bares, nas corridas de cavalos, arriscava tudo, ganhava — até os reverendos padres o distinguiam. Vendia artigos religiosos no bairro nobre, de porta em porta, a mala lotada de imagens de santos, livros, folhetos, novenas, altares em miniatura, medalhas milagrosas. Conseguia impulsionar as vendas com muita energia; vendia mais num só dia do que o homem dos amendoins ou a carrocinha de cachorro-quente. Lenny "Cílios Longos", como era conhecido. Cara a cara com as madames e seus doces sussurros, suas roupas refinadas, cãezinhos de estimação aninhados no colo, todo o tempo do mundo, enquanto os maridos faziam a pilhagem. Sim, as madames elegantes em suas casas elegantes. Uma em particular. Uma boneca. Tinha de tudo, mas a taça estava sempre vazia. Sabia muito bem a que taça ela se referia — e soube enchê-la. Suave como um purê. Louras, morenas, ruivas. Uma o traiu, talvez mais de uma. Pouco a pouco, o jogador transformou-se em verme. Acordou certa manhã num bordel e soube que estava contaminado. Náusea, calafrios... a doença que derrubava os vagabundos, estivadores, poetas e idosos da cidade. A sífilis. Tinha de ser arrancada de dentro dele. Puxa vida, o mercúrio que curava também matava, e veio o mergulho na cegueira. *"Cosi sobre a minha pele o cilício, e revolvi o meu orgulho no pó."*

Estávamos perto do cocho onde os cavalos bebiam água e alguns dos cocheiros cochilavam sentados, as cabeças baixas. Uma conhecida dele, que tinha uma barraquinha de comida, deu-nos xícaras de café instantâneo. Quando bebeu, engoliu igualzinho aos cavalos.

Deve ter percebido que eu queria sair dali, pois disse que eu era o seu anjo da guarda, que lhe havia sido enviado para aquele dia.

Ainda não estava escuro, mas eu sabia que logo iria escurecer e que teria de deixá-lo. Suas mãos passearam pelo meu rosto como se pudessem me ver; os olhos, porém, já não existiam. Pus amarelado colava-se à abertura das pálpebras. Iríamos para o País das Maravilhas, um lar onde meninas cegas viviam e, de vez em quando, faziam uma festa, vendiam bolos, tortas e sonhos para as ricas madames, para mostrar que eram úteis à sociedade. Alguém lhe contou que ficavam atrás de uma longa mesa, com seus aventais, peneiras, balanças e tabuleiros. Meninas cegas, um motivo de orgulho para a comunidade.

— Volto amanhã — eu disse, soltando meu braço e livrando-me dele.

— Você não... não volta amanhã — disse, e começou a praguejar. Como parecia perdido com seu casaco cintado e pequeno para ele, a bengala branca suja, incapaz de esconder a triste verdade: que ninguém queria escutá-lo, as lágrimas escorrendo pelo rosto. Sabe Deus onde foi que ele dormiu.

Foi então que me perdi. Ruas acima, ruas abaixo, sempre as mesmas ruas — ou outras, era impossível dizer. Não conseguia lembrar onde morava. Perto de um parque.

— Mas qual parque? — perguntou ela, pois havia muitos.

Ela era uma babá de uniforme; empurrava um carrinho e sua patroa ficaria furiosa se demorasse a voltar para casa. As lojinhas que vendiam carvão e madeira estavam fechadas. Bati numa porta marrom e atendeu um homem de camisa, segurando um arco de violino, sons arranhados vindos da sala, a porta na minha cara.

Começava a escurecer. O acendedor de lampiões subia de poste em poste com sua escada, e o fogo crepitava enquanto as chamas cresciam, a luz branco-acinzentada que dava aos rostos apressados um ar doentio. E eu agarrada à base negra de ferro dos postes para ler nomes de ruas que nada significavam. Flatbush. Pacific. Lafayette. Atlantic.

Depois subi correndo uma rua e atravessei num cruzamento onde havia a estátua de um homem montado num cavalo de ferro, a mesma estátua que tinha visto quando estava com o cego. Passou um bonde com passageiros pendurados, desesperadamente agarrados, e pensei que Mary Kate poderia estar lá dentro, mas não estava. Tudo de que conseguia me lembrar da pensão era do homenzinho negro de porcelana que ficava no porta-guarda-chuva e de seu cabelo cacheado cor de chocolate.

A capela tomava metade da rua e fazia a volta até a lateral da outra rua. Três portões de entrada, mas todas as três portas de madeira estavam trancadas. Num dos lados havia uma pequena câmara mortuária, também trancada, mas encontrei um pequeno abrigo que consegui abrir. Como eles me encontraram, eu nunca soube. Talvez tivessem procurado em todas as capelas. Escondi-me atrás da gruta de pedra, o retrato da Virgem Maria em seu nicho à frente e uma meninazinha ajoelhada diante dela, provavelmente Santa Bernadete de Lourdes. De algum modo sabia que eram eles, Mary Kate e o dono da pensão, e quando gritei eles correram para mim. Um encontro tão feliz, tão alegre, a solidariedade fluindo, o casaco dela a me envolver enquanto subíamos, o vento em nosso rosto, os três seguros e unidos.

Quando viu o lápis que o cego me dera ficou enfurecida. *Quem era o cego? Ele não disse. O que ele queria? Nada. O que ele te fez? Nada. Para onde ele queria te levar? Para o País das Maravilhas.*

País das Maravilhas! Ao ouvir isso, ficou possessa. Era a mesma coisa que me raptar. Raptar. Repetiu isso três vezes. Uma das hóspedes, que preparava o seu jantar, olhou para nós horrorizada. A filha disse:

— Mamãe pega o dicionário. — E elas pegaram um dicionário em cima da cômoda, mas não deu tempo de entenderem a tirada de Mary Kate.

Recitava o texto do telegrama de condolências que teria de mandar para minha mãe e meu pai: *"Meus queridos Katherine e James, é com grande tristeza que tenho de informá-los que a sua filha desapareceu."* Acreditou mesmo que eu sumira. Logo ela, que se responsabilizara por mim, que se abalou até a alfândega para me encontrar, que me recebera... e agora tinha de dar a má notícia. A mulher que segurava o dicionário jogou-o no chão:

— *Ela é maluca, fica mais maluca, todos os irlandeses ficam malucos... bêbados... quebram os dentes.*

Na cama, Mary Kate chorou, disse que não devia ter gritado comigo, mas que era para o meu bem. Eu poderia ter acabado numa Casa de Tolerância. Mais tarde, entre uns goles da garrafa que ficava debaixo do travesseiro, contou-me a história de Annie, uma garota de Wicklow. Tinha conhecido o irmão dela, Pol, um homem falido que perambulava pelos bares e salões de dança, contando a sua história — quer dizer, a história de Annie.

Quando Annie desembarcou do navio, com 16 anos, não havia ninguém para recebê-la. Os primos que deviam estar lá não apareceram. Vendo-a lá sozinha e sem amigos, uma senhora bem-vestida ofereceu-se para abrigá-la; tinha documentos que comprovavam sua idoneidade. Então Annie foi com ela, pensando que iria para um convento. Em vez disso foi levada para uma casa enorme, comandada por uma cortesã, onde foi feita prisioneira e preparada para se tornar prostituta. Ninguém tinha notícias dela em sua terra; a pobre mãe ficava cada vez mais ansiosa à medida que o tempo passava. Por fim a família se deu conta de que algo terrível devia ter acontecido com ela; apertaram-se de todo jeito e mandaram o irmão para a América para procurá-la. Andou de bairro em bairro, procurou os padres que o recomendaram ao bispo, pagou uma agência de detetives e finalmente descobriu o paradeiro de Annie. E lá foi ele uma noite com um chapéu de feltro, o mais disfarçado que conseguiu, apresentou-se como cliente, sentou-se num salão junto com outros homens que bebiam e esperavam a sua vez de subir. A madame, percebendo que era a primeira vez, mostrou-lhe as fotos de suas meninas. Escolheu a irmã. A madame disse que ele teria de esperar bastante, pois a moça — Vivien, como a chamou — era extremamente popular, sobretudo com os clientes assíduos. Bebeu champanhe, já que era o que se fazia ali, mas manteve-se sóbrio. Quando se viu no quarto com Vivien de camisola, a luz baixa e a cama repleta de travesseiros, e ela a chamá-lo "Querido, querido", quase morreu. Perguntou o nome dele, se era tímido, se era a primeira vez e assim por diante. Incapaz de se conter por mais tempo, o rapaz tirou o disfarce e disse "Annie, Annie", o seu verdadeiro nome. Ela recuou, pensando que talvez ele estivesse armado. Disse-lhe então para não ter medo, que era seu irmão e que a amava como tal, e que tinha vindo para tirá-la de lá. Annie baixou a cabeça. Ele pensou que fosse por vergonha. Pediu que se vestisse e deixasse aquele lugar em sua companhia, mas ela se recusou. O rapaz implorou, perguntou por quê — e Annie disse que, para o seu próprio bem, era melhor que fosse embora, pois havia seguranças que, a um simples chamado, fariam picadinho dele. Por fim, disse que não tinha vontade alguma de acompanhá-lo. Sua própria irmã.

— O que é que vou dizer à nossa mãe? — perguntou.
— Diga-lhe que morri — foi a resposta.

Mary Kate chorava copiosamente, por Annie, por si mesma. Quando vi que se acalmara um pouco, falei:

— Mary Kate, quero voltar para casa.
— Você não pode voltar para casa — disse solenemente, e aquilo soou como uma sentença de morte.

Querida Dilly

Quase pude ouvir minha mãe falando comigo no segundo em que abri sua carta. Falava e ralhava:

Pego na pena duas vezes por mês para dizer o quanto estou preocupada com o seu silêncio. Não tenho notícias suas há duas semanas. Peço que nos escreva. Por acaso não sabe, não se lembra da nossa situação aqui? Mal conseguimos manter um teto que nos abrigue. Para piorar, tivemos um contratempo. As coisas conspiram contra nós. Seu pai me fez jurar segredo, mas preciso falar com alguém, agora que o seu irmão raramente aparece aqui. Com o dinheiro que ganhamos do milho que ele levou ao moinho, decidiu comprar um par de botas e infelizmente mandou o vendedor engraxá-las para que pudesse usá-las na volta para casa, uma caminhada de 8 quilômetros. Esse foi o erro. As botas o machucaram muito mas não foi possível devolvê-las, porque ele foi visto calçado com elas. E não servem para ninguém.

Você diz que está procurando trabalho e rezo para que já tenha conseguido. Sinceramente, parece que a sua prima não é tão simpática contigo quanto poderia ser. Não direi nada à mãe dela sobre isso, porque só encontraria frieza. Vou esperar pelo carteiro. Termino por aqui,

Sua mãe que a ama, Bridget.

A missa

Não podia responder à carta e dizer que tudo me parecia estranho e falso. Minha prima bebia em segredo e escondia as garrafas vazias numa caixa de sapato debaixo da cama. Fingia que era enfermeira, quando na verdade dava banho nos pacientes e os vestia; tinha as mãos rosadas e bem maltratadas, de tanto mexer com água.

Na pensão as pessoas fechavam-se em si mesmas, viviam enfurnadas em seus quartos, as portas normalmente trancadas; na cozinha e na geladeira escreviam seus nomes nas suas provisões, nos estranhos alimentos que comiam, pão muito preto e pepinos pequenos que tinham gosto de vinagre. Roubávamos alguns quando tínhamos fome, o que em geral acontecia no final da semana, quando o dinheiro de Mary Kate acabava. O soberano de ouro e o florim que minha mãe me dera tinham sido confiscados como pagamento pela minha hospedagem.

Tudo dependia de dinheiro, a rua pavimentada e também

os lugares onde a pavimentação acabava, os porcos cresciam à solta e eram maltratados com talos de couve.

Naquele primeiro domingo na igreja luxuosa, com seu altar-mor e altares auxiliares, o sermão do padre concentrou-se na parábola sobre o camelo que não podia passar pelo buraco da agulha, do mesmo jeito que o homem rico não podia entrar no reino dos céus. Era um padre visitante, a pele negra e brilhante como mogno. As dobras de seus dedos eram rosadas e em seus olhos nadava tamanha fé, tamanho fervor... A congregação, dizia ele, tinha realmente sorte por viver num bairro com tanto verde, casas de madeira, mansões de pedra e aleias com belas árvores, mas todo aquele conforto tivera um preço. O passado não podia ser apagado. Aquele exato local sobre o qual estávamos ajoelhados tinha sido roubado de outras pessoas. E citou os primeiros colonos — a maioria holandeses, que tinham vindo para o Novo Mundo, a nova Amsterdã — que vieram para os campos de amora-preta selvagem e nogueira, onde havia muitos cervos, ratos almiscarados e perus selvagens, além de homens e mulheres honestos, de acordo com seus próprios padrões, mas prontos para expulsar as tribos dos índios Lenape. Trocavam armas e lã por peles de animais, que vendiam por uma fortuna. Gradualmente foram adquirindo os direitos sobre as terras, de modo que as tribos nativas foram sendo expulsas, as grandes terras divididas em lotes para fazer casas e ruas, para trazer o progresso e gerar a colossal riqueza da qual alguns, mas não todos, usufruíam. E o que fizeram os jornais e os políticos?, perguntou. Conspiraram em sua corrupção, em sua ganância, política de bastidores e apoio a partidos para garantir que uns poucos espertos ficassem com toda a riqueza daquela terra.

As pessoas tossiam e remexiam nas cadeiras, irrequietas, para demonstrar sua desaprovação. Alguns se levantaram e saíram, e ao final muitos o evitaram quando postou-se do lado de fora com seus paramentos dourados para cumprimentar os fiéis. Mary Kate apertou sua mão e demorou-se porque ele era muito bonito e, no caminho de casa, disse que era apropriado apertar a mão de um padre porque ele era feito à imagem de Cristo. Não era o mesmo que beijar um namorado num dos passeios a Coney.

O Sr. e a Sra. McCormack

Outro padre levou-me até o meu primeiro emprego. Seu carro era cor de chocolate com teto conversível, o cheiro dos bancos de couro tão limpos e confortáveis. Antes de sairmos, calçou suas luvas de direção.

No caminho, não se cansava de me dizer como eram eminentes os meus novos empregadores, como eram estimados na paróquia. O marido ocupava um alto posto num banco; a esposa era tão musical que até pagava as despesas com os ensaios do coro, só porque gostava de missa cantada. Concluiu que eu tinha sorte por ser instalada num bairro tão seleto, inclusive com o parque logo em frente, com seus prados e cachoeiras. Além disso, eu não me sentiria sozinha, porque no parque havia carneiros e eu podia ouvi-los balir à noite.

Era um casarão de pedra, com figuras de pedra nos cantos da cumeeira e um capacho no topo da escadaria. As portas duplas de vidro tinham na frente um painel de ferro forjado, para que ninguém pudesse ver lá dentro, mas a mulher que estava à nossa espera tamborilava com os dedos no vidro e fazia um barulho irritante. Era a Sra. McCormack, minha futura patroa.

— Que hora para chegar — disse ao padre e, lançando-me um olhar sarcástico, perguntou: — Ela é Roscommon, um dos ladrões de ovelhas?

O padre tentou amenizar as coisas, disse que teve de ir atender a um doente, por isso o adiantado da hora.

Foi o marido, Pascal, que me levou aos meus aposentos. Eram dois lances de escadas acarpetadas com travas de bronze e, à medida que subíamos, linóleo. O último lance era tão estreito que tínhamos de caminhar de lado, e a minha bolsa que tinha cruzado os mares esbarrava toda hora no patrão. Abriu então a porta de um quarto e me fez entrar. Havia duas camas estreitas; numa delas dormia uma jovem. Com a luz que vinha do corredor pude ver que era loura, quase albina, e usava uma camisola abotoada até o pescoço. Parecia uma doninha.

— Você está no meu quarto — disse, enquanto sentava e tentava livrar-se de mim sacudindo os braços. Não lembro como consegui despir-me no escuro, mas creio que fiz isso — e devo ter dormido, porque acordei com ela me empurrando para fora da cama porque a senhora exigia o seu café da manhã imediatamente. A patroa, aos gritos, dava suas ordens a três andares de distância; gritava num cano e nós ouvíamos por um buraco na parede, coberto com um escudo de bronze. A jovem — seu nome era Solveig — correu para a cozinha, comigo atrás. Naquela manhã, assim como em todas as outras, nosso trabalho era preparar o café da senhora, o café do marido, depois cuidar do banho dela, do escalda-pés, e escolher as roupas que usaria naquele dia. Tinha uma variedade muito grande de corpetes, gavetas e mais gavetas de acessórios, casacos. Suas joias de uso diário eram guardadas separadamente das que ficavam lá embaixo, no cofre.

Implicou comigo desde o primeiro dia, criticando meu jeito pesado de caminhar, meus pés chatos, meu sotaque, meu cabelo curto e despenteado.

Regras e mais regras. Regra número um: ninguém chamando na porta da frente. Regra número dois: ninguém chamando na porta dos fundos. Regra número três: não sair depois de escurecer. Os seis guarda-pós tinham de ser lavados todas as noites e bem conservados. Levou-me numa excursão pela casa, vangloriando-se de tudo: Chesterfield daqui, Chesterfield dali, o piano de cauda que jamais foi tocado enquanto trabalhei naquela casa, o relógio de cobre dourado, os bustos de terracota, as pinturas em jaspe sobre a lareira de mármore, o suporte com garrafas de porto e sherry. E a maior das preciosidades: sua escrivaninha, uma mesa Napoleão III, cheia de esconderijos, gretas e escaninhos, a mesma sobre a qual ela, eu e o patrão teríamos nossa batalha um dia.

Depois foi a vez da sala de jantar, para mostrar o aparelho de jantar, fazer-me contar peça por peça, pratos brancos com pássaros pousados em ramos balouçantes, pratos fundos, pratos de sobremesa, pratos rasos, tigelas de molho, travessas — e ela a dizer que, se uma única peça fosse quebrada, seria um inferno para pagar. Disse que empregadas eram mestres em quebrar coisas. E leu um recorte de jornal que guardava na gaveta de talheres: "Sua empregada desperdiça alimentos deixando derramar e respingar? Nas mãos dela, o esfregão e a vassoura mal trabalham? Sua preciosa porcelana escorrega das mãos dela? É especialista em lascar as bordas de seus copos de cristal lapidado?"

Quando acabei, os móveis e ornamentos me saíam pelos ouvidos: jacarandá, canela-do-brejo, macieira, olmo curtido, o frontão triangular de pescoço de cisne, o dragão folhado e uma águia de bronze que eu deveria me lembrar de desempoeirar religiosamente.

Gabando-se e blefando, ainda contou os biscoitos na lata, para o caso de Solveig e eu tocarmos algum.

Solveig era mais graduada do que eu. Tinha um avental branco. Era a cozinheira. Enquanto peneirava, cantava hinos que seu pastor, na Suécia, lhe ensinara. Seus olhos eram de um belo azul faiscante, como os de uma boneca. Tinha uma caixa de madeira para os sapatos e a graxa, e tinha permissão para frequentar aulas de inglês três tardes por semana. Sabia fazer pratos sobre os quais eu nunca ouvira falar, como lagosta com gelatina de peixe e batatas palito, para os almoços que a madame oferecia às amigas Mamie, Gertie, Peg e Eunice. Aliás, elas não se cansavam de dizer os nomes umas das outras. Mamie e Gertie e Peg e Eunice, com todo aquele tamanho, gabando-se dos presentes que os maridos lhes davam pelo aniversário ou no aniversário de casamento. A madame apontava para a grande caixa branca de flores na mesa do hall, que o marido tinha mandado, cada flor envolvida em papel de seda, a caixa deixada ali para que todas vissem e ela pudesse dizer:

— Ah, como me estraga, esse meu homem...

Após o almoço, a mesa de jogo era levada para perto da lareira, para o bridge. Beliscavam bombons e trufas e às vezes discutiam durante a partida.

Meu trabalho era mais pesado que o de Solveig: limpar as cinzas, acender as três lareiras, polir as grelhas, depois a prataria, depois tirar toda a poeira, limpar as cornijas, os entalhes, as pernas e pés de várias cadeiras e mais os incontáveis ornamentos: pastores, pastoras, jarros, vasos, cestos de rosas, caixinhas de pó e a grande águia de bronze que tinha um ar malévolo.

O tapete na sala de estar era maravilhoso. Era como areia e tinha as várias cores que a areia pode ter: areia quando a água se infiltra e areia quando a água escorre, motivos de rosas e rosas vermelho-sangue, respingos no local onde uma rosa sangrara; em outros pontos pendiam buquês de botões de rosa.

Um dia estava, mais ou menos um mês depois que comecei a trabalhar, de joelhos com uma escovinha, tirando as manchas das unhas, quando o patrão entrou e me fez sentir o maior medo da minha vida. Perguntou se eu estava rezando o Ângelus e ajoelhou-se ao meu lado.

— Seu cabelo, seu cabelo — repetiu. Perguntou se outras pessoas faziam comentários sobre o meu cabelo e o halo vermelho-dourado à sua volta. Quis saber quanto tempo levava para escová-lo.

Querida Dilly,
    Começou um reinado de terror por aqui. Mais uma vez, nossos campos se transformaram num calvário. No dia da feira anual de cavalos decidiram atacar o quartel inimigo da Polícia Real Irlandesa, na velha cadeia de Ennis. Era fato sabido que a troca da guarda ocorreria às 18 horas, e foi a essa hora que os voluntários irromperam no local. Havia outros espalhados pela rua inteira, em caso de alguma coisa dar errado, e a compra e venda de cavalos continuou como se tudo estivesse normal, mas é claro que não estava. Quando tocou o apito eles abriram fogo; os soldados ingleses, correndo, pareciam muitas pernas vermelhas. Três foram capturados e trazidos para os estábulos Daly, aliviados de sua munição e depois levados embora. Havia uns

20 homens da cidade na operação, porém nosso Michael não estava envolvido. Acreditamos que esteja treinando outros companheiros adiante de Cratlow.

Buscas por toda parte. Seu pai foi revistado quando ia para o pasto comunitário, no alto da montanha. Ao encontrar uma garrafa de leite em seu bolso, o oficial britânico tentou forjar uma versão de que ele a estaria levando para o filho ou algum outro maldito revolucionário.

— Estou levando para beber — disse.

Passou-se mais de uma hora até que o liberassem. Tudo isso acontecendo e você não está aqui para nos ajudar.

Sua pobre mãe, Bridget

Solveig

Solveig fazia montículos de massa sobre o pão, que viravam pãezinhos para nossos banquetes clandestinos à noite em nosso quarto.

> *Vem, manteiga, vem*
> *Vem, manteiga, vem*
> *Joãozinho está no portão*
> *Esperando por seu bolo com manteiga de montão.*

Aprendera esse versinho comigo e o repetia, ainda que conflitasse com os hinos religiosos. E agora não era mais o quarto *dela*, e sim o nosso. Ficamos amigas na noite dos trovões, com muitos estampidos e os raios bifurcados entrando pelo quarto, ela agachada debaixo da minha cama, aterrorizada com a ideia de que Eric Eric, o homem com a matraca que destruiu os grandes navios no porto de Malmo, viesse atrás dela.

Depois disso ficamos amigas para sempre, fazíamos papelotes no cabelo uma da outra e eu a ajudava com suas composições em inglês:

> Neve é umidade congelada que se separa das nuvens
> A neve cai em flocos frágeis
> Meninos fazem bolas de neve para jogar uns nos outros
> Os cristais de neve são bonitos de ver
> O mundo inteiro adormece quando a neve se instala.

Como esquadrinhávamos as revistas e os jornais que a madame jogava fora!

Nasceu um dente num bisavô, e uma tal Sra. White, que perdera uma bolsa de malha prateada com um par de óculos e dinheiro, oferecia uma recompensa considerável a quem a encontrasse. Uma anfitriã, ficamos sabendo, tomou veneno em sua própria festa e seu marido tentava abafar o caso. Os Hart permaneceriam em Huntingdon durante a estação, mas os Hammond tinham ido para Connecticut, e uma tal Sra. Harding oferecera sua bela casa em South Hampton ao presidente, e aguardava uma resposta afirmativa. A leviana Sra. Stillman tivera intimidades com seu empregado indiano, enquanto seu marido financista mantinha um romance com uma corista do teatro de revista, e a Sra. Stillman só receberia uma pensão substancial porque tinha um bebê recém-nascido, mas, como disse o juiz, carregaria uma mancha que jamais poderia ser apagada. Houdini, que vivia a umas poucas ruas de nós e conseguia fazer coisas prodigiosas, como fugir de uma cela de prisão fechada com barras de ferro, ou livrar-se de uma excelente camisa de força, foi humilhado num bonde lotado, na hora do rush. Ao perceber que estava indo na direção errada, tentou saltar; teve de contorcer-se, retorcer-se, voltear, serpentear e acotovelar-se para abrir caminho. E quando conseguiu escapar, graças à força de seus músculos, desmaiou na plataforma com um ataque de nervos.

Um dia ainda haveríamos de pegar um bonde.

Lá em cima, em nosso quarto no sótão, sonhávamos com blusas que não amassassem, e jaquetas, e capas, e estolas, e regalos... e éramos felizes, porque tínhamos uma à outra.

— Para a mademoiselle, uma sinfonia em cosméticos — lia Solveig, intrigada diante das palavras. Dois lagos de límpida beleza podiam ser nossos, dela e meu: bastava recortar um cupom e enviar para o colírio do Dr. Isaac Thompson, que dava aos olhos um brilho prateado de diamante e à córnea, uma brancura de neve. Era apenas questão de recortar um cupom, incluir dez centavos e enviar, antes que se esgotassem os estoques. Cremes orientais nas cores branco, bege e bronze rosado, as tonalidades ditadas por Paris; pó de arroz de princesa de Biarritz, com base de amêndoas; e, para mãos vermelhas e grossas de tanto esfregar, creme hidratante e lubrificante, para descartar qualquer possibilidade de alergia. Os cosméticos, sozinhos, não eram suficientes para retirar todas as impurezas da pele; para dar cor, finura, firmeza e uma compleição rosada, precisávamos de uma máscara. Além do mais, uma tal Sra. Edna Wallace Hopper possuía segredos inestimáveis para partilhar: seu permanente ondulado e brilhante era o complemento ideal para os nossos vestidos leves naquelas noites estreladas, para sair de motocicleta e dançar, à tarde ou à noite.

Quando fôssemos às corridas, seria *obrigatório* estar atentas à cor das unhas — natural com vestidos de cores vibrantes, rosa com roupa azul e preta e coral com roupas bege ou cinza. Era provável que encontrássemos um Hank ou um Elliott nas corridas, mas precisávamos nos lembrar de que havia cinco milhões de moças casadoiras, todas em busca de alguém, e que a vida passava depressa. Só mais alguns velozes anos e qualquer Hank ou Elliott voltaria suas atenções para uma moça mais jovem.

Um enxoval ideal consistia em uns 60 pares das mais finas meias de seda, 21 camisolas, 3 pijamas, 54 peças de lingerie, lenços e, escondidas numa gaveta interna, longe do olhar perscrutador do marido, deveriam estar as roupas de bebê, casaquinhos e fraldas para quando a cegonha chegasse. Uma vez casadas, talvez pudéssemos nos permitir um cigarro à noite. Uma tal Sra. P. Cabot não gostava de cigarro comum, preferia um sabor mais forte e intenso, mas não precisávamos ser tão sofisticadas. A fotografia mostrava a Sra. Cabot em sua sala de estar, vestida de cetim, com um grande jarro de rosas ao seu lado e uma bola côncava de vidro sulcado para riscar fósforos, arrumada para a chegada do marido e possivelmente de alguns convidados; sua cozinheira em plena agitação na cozinha.

Duzentas e quarenta noivas de 11 cidades — Detroit, Chicago, St. Paul, Cleveland, Pittsburgh, Filadélfia, Brooklyn, Providence, Denver, Cincinnati e St. Louis — todas donas de casa brilhantes que não sacrificavam o seu charme ou a boa aparência, e por quê? Por causa de um certo sabão em pó que todas usavam.

No entanto, algumas dessas noivas foram perturbadas por dúvidas e, vivendo numa cidade distante, não tinham uma confidente a quem recorrer. E depois houve a triste saga de Leonard e Beth. Feliz e ditosa até que a má sorte a atingiu, Beth não podia confidenciar seus problemas à querida e adorada mãezinha, para não apresentar seu marido sob um ângulo ruim. Era vendedor de móveis para escritórios, trabalho que implicava viajar grandes distâncias. Beth adorava sua nova casa, cuidava de seu bebê — e Leonard era um marido exemplar que, nos fins de semana, levantava no meio da noite se o bebê chorasse. Nunca tinham discutido, nunca discordaram em relação a dinheiro, o casamento era perfeito até que entrou uma rival em cena e Beth ficou sabendo. Sua amiga Mary Jo, que tinha acabado de chegar de Cleveland, deu de cara com Leonard caminhando pela rua com uma jovem, os dois rindo e de mãos dadas. Pouco tempo depois, chegou uma carta para ele com letra de mulher; embora tentada a abrir, Beth manteve-se estoica e entregou a carta ao marido quando ele voltou. Leonard abriu com relutância e deixou de lado. Enquanto escovava o cabelo diante do espelho naquela noite, Beth não suportou mais. Questionado, Leonard disse que havia, sim, encontrado Flora, uma velha amiga, que fez tudo o que pôde para seduzi-lo. Ele tentou, oh como tentou demovê-la! Chegou a deixá-la na porta de casa após um jantar, mas infelizmente ela voltou ao seu hotel e o inevitável aconteceu. Jurou que amava Beth, mas ela não conseguia mais acreditar naquele amor; sua confiança tinha sido abalada, e afundou mais e mais na escura gruta do desespero.

O estúdio fotográfico

"*Dê vida aos seus sonhos.*" Dê vida aos nossos sonhos. Nós economizamos.

O estúdio fotográfico ficava em cima, após subir uma escada lateral, com um banquinho no patamar. Tinha a foto de um casal de luto, vestido de preto da cabeça aos pés, as fitas pretas flutuando na aba do chapéu do marido, e a de um casal de noivos, os dois olhando intensamente para a aliança, o diamante do tamanho de um grão de areia. O fotógrafo, com a pele e o terno cor de café, sorriu exultante quando nos viu, disse que seríamos as últimas. Andava com um certo gingado.

O aposento onde ele tirava as fotos estava quase escuro, a câmera num tripé com um grande pano preto por cima e uma sombrinha preta aberta, o que na minha terra sempre foi sinônimo de má sorte. O incenso saía pelas narinas de um Buda de bronze, que, como ele disse, era para criar clima. Tudo era o clima.

Logo percebeu que tínhamos tudo para ser estrelas. Nossos dois rostos, as bochechas de mármore de Solveig e minha pele de pêssego com creme, seriam montados lado a lado num cartão branco, ornamentado com violetas em relevo e colocado na vitrine da entrada. E os milhares de transeuntes que por ali passavam, tanto do sexo masculino como do feminino, ficariam atônitos diante daquela visão. Tínhamos sorte por tê-lo encontrado. Estrelas do palco e da tela viviam brigando por seus serviços, era comum ele ter de fechar a loja e voar para fotografar uma famosa atriz de cinema no intervalo do almoço. Era o número 1 em sua especialidade, seus tons, o sombreado, a definição única, seus concorrentes loucos para descobrir o segredo que era só seu. Mas para nós contava. Conseguia captar a personalidade — a alma. Olhava nos olhos, as janelas da alma, e via os sonhos das moças.

Perguntou se não podíamos vestir algo mais refinado, mais atraente — e tirou de um baú boás, peles de raposa, capas e vestidos. Conduziu-nos até um biombo para que trocássemos de roupa. E dizia para sermos o mais ousadas que pudéssemos.

— Agora sou um rapazinho — disse Solveig, ao aparecer em traje de marinheiro. Ficou extasiado. Rapaz e moça. Noiva e noivo. Correu para pegar uma cigarreira, ensinou Solveig a abri-la e fechá-la, como um jovem pretendente. Depois a fez subir numa caixa para ficar mais alta, me pôs sentada e pediu que eu cruzasse e descruzasse as pernas várias vezes para mostrar bem os sapatos de seda verde que combinavam com o vestido de cetim verde-escuro.

Quando mandei a fotografia para casa, minha mãe escreveu de volta, horrorizada, perguntando se eu tinha virado prostituta, e quis saber quem era o rapaz insolente ao meu lado.

O fotógrafo nos induziu a pensar em nossos namorados. Éramos feitas para ter namorados, com nossa pele e nossa compleição, muitos namorados. Solveig delirava falando dos avós, do chalé deles no campo, onde passava as férias, e do pequeno lago e do barquinho. Sua avó lia para ela histórias de princesas — só histórias bonitas, pois não queria assustá-la. A avó penteava seus cabelos e dizia que neles havia *gund*, e que *gund* queria dizer "ouro", e isso significava que ela se casaria com um príncipe muito rico. Na época do Natal a avó, a mãe e ela carregavam um cordeirinho ou uma vaquinha até a casa do pastor para oferecer ao menino Jesus e aos pastores. E voltavam para o banquete: almôndegas, salsichas pequenas, batatas com anchovas. Depois da comida vinha a melhor iguaria, que seu pai oferecia: porcos de marzipã com fitas vermelhas na barriga, para trazer fartura no ano vindouro.

Ele queria que nos beijássemos. Disse que não era a mesma coisa que beijá-lo; seriam apenas duas jovens às portas do estrelato. Só via riquezas, nossos nomes nos letreiros, "as" meninas fotografadas por alguma agência de Hollywood e a caminho de Tinseltown, prestes a serem descobertas, mas ainda assim não concordamos.

E então disse que se Hollywood nos parecesse muito longe de casa, algo muito bizarro, ele poderia nos conseguir um trabalho interessante nas horas de folga, pois tinha contatos entre o pessoal de publicidade, todos ávidos por caras novas, rostinhos frescos para anunciar sabonetes e cremes faciais, ou mesmo lingerie em casas particulares, uma fonte de renda tentadora, em suas palavras.

— Você é um belo de um patife — disse Solveig. Sabe Deus onde teria ouvido essa palavra.

O homem ficou enfurecido. Abaixou as mangas da camisa, levantou o pano preto, apontou para uma fotografia de sua esposa, uma mulher de aparência doentia com uma criança nos braços. Depois assumiu um ar muito profissional e exigiu o depósito, que antes prometera deixar para mais tarde.

Enquanto subíamos a ladeira de volta para casa, à luz dos lampiões empoleirados nas árvores que circundavam o parque, parávamos às vezes para rir e relembrar cada detalhe: seus lábios vermelho-escuros como se fossem pintados, seu terno cor de café, sua ginga, a gelatina que nos ofereceu numa espátula de madeira, limpando o sorbet em volta dos nossos lábios, e a súbita virulência ao ser chamado de patife.

Querida Dilly,
Mais uma vez pego na pena, já que em quatro semanas não tivemos notícia sua. Está doente ou o quê? Pelo que entendemos, as pessoas têm boa saúde na América. Fazer e enfeitar toucados, ou tirar fotos, como você faz, não pode tomar todo o seu tempo. Estamos loucos de preocupação com o seu irmão. Agora é um homem procurado, por causa de uma emboscada num cemitério para lá de Moynoe, há duas semanas, na qual morreu um soldado britânico. Cem libras pela cabeça dele. Seu retrato está em cartazes pregados nas árvores, com três outros suspeitos que também estão foragidos. Apareceu uma noite dessas, entrou quando seu pai e eu dormíamos e pegou um ancinho que estava no forro. Vive em buracos no pântano ou em plantações de batatas. Se o exército não o pegar, a pneumonia o fará, pois o tempo está miserável. Chove, chove, chove.

Com o último dinheiro que você nos enviou, pagamos um grupo de primos, os Durak; devolvemos a contribuição deles para a sua passagem. Continuo a vê-la nos meus sonhos. Se você ao menos soubesse o quanto sinto a sua falta, especialmente aos domingos, quando me sento na plantação para descansar um pouco... Mando junto uma oração. Guarde-a na cavidade que fica atrás do broche de âmbar que dei a você.

> *Os dias são mais longos*
> *As noites, mais curtas*
> *As pedras angulares engrossam pelo caminho*
> *A vida é mais curta e o amor mais forte*
> *Por Ele que está conosco dia e noite*

Espero que o seu silêncio não signifique nada mais sério. E aqui termino esta rápida carta.
    Sua mãe, Bridget

Abençoe esta casa

A noite começou muito bem.
"Abençoe esta casa, oh Deus, nós vos pedimos. Que ela seja protegida noite e dia", tocava repetidamente o gramofone. A música jorrava pelas escadas até onde Solveig e eu trabalhávamos apressadamente. O cantor era um dos favoritos de Pascal e ele guardava recortes de jornal e fotografias do artista à saída de salas de concerto em todas as principais cidades da Europa. "Abençoe as pessoas que aqui vivem. Mantenha-as puras e livres do pecado."

Mais cedo ao voltar da missa, a madame estava num humor terrível; gritava com Solveig e comigo porque uma das lareiras fazia fumaça, porque os troncos não estavam bem arrumados em suas caixas de latão, porque o excesso de gordura do ganso não tinha sido removido corretamente, porque os guardanapos não estavam dobrados formando um ângulo de 45º, como ela tinha exigido expressamente, de modo a mostrar o "M" de seu monograma finamente bordado em linha de seda vermelho-sangue. "M" de Matilda.

Era um alvoroço só. Um presunto com cravos-da-índia e crosta de açúcar mascavo repousava numa travessa com babado branco em volta, pratos e réchauds sendo aquecidos, molheiras para os diferentes molhos e o crepitar do ganso assando, quando Solveig o regava. O *trifle*, as gelatinas e o manjar branco tingido de verde para dar um efeito patriótico estavam no chão da despensa, para se conservarem frios. Em pequenas tigelas de vidro colorido ficavam os bombons, as frutas cristalizadas e as cerejas ao marasquino para acompanhar o licor.

Era o Natal "Em Casa" do Sr. e da Sra. McCormack, como todos os anos.

Cada sala era decorada de modo diferente para criar um contraste. A sala de estar toda luz e chamas, com duas lareiras crepitantes; os berloques e pingentes dos candelabros, que eu lavara com sabão e depois enxaguara, pareciam piscar e dizer: "Estou aqui, estou aqui!" As almofadas e o sofá em veludo cotelê tiveram de ser recobertos porque o limpador de chaminés, tão distraído, só colocou as capas contra poeira em metade da sala. Sujeitinho intrometido, arrogante e impertinente, com suas vassouras e escovas e seu conjunto de varas, dando ordens a Solveig e a mim a torto e a direito, como se fosse o dono da casa.

Um homem veio decorar o vestíbulo. Passou dias nisso; enfeitou a árvore que era tão alta quanto a casa e adornou-a com as velas pequeninas, iguais às da capela, porque a madame queria um efeito de floresta. Junto com as velas havia passarinhos de lã amarela que gorjeavam a determinados intervalos, como se fossem de verdade. Nos vários corrimãos das escadas, havia guirlandas de azevinho trançado. A porta foi emoldurada com murta por fora, e as cabeças dos hidrantes banhadas em bronze, de modo que era como entrar num castelo.

A sala de jantar era uma "pequena Irlanda", com grossas velas vermelhas assentadas em nabos escavados; em cada lugar à mesa, uma harpa de vidro, presente dos anfitriões. Vieram de uma fábrica na Itália.

Chrissie foi a primeira a chegar. Logo esticou-se toda para dar uma mordida nas maçãs e peras de cetim penduradas na árvore; disse que lembravam o tempo em que brincava de pegar maçãs com a boca em sua terra no Dia das Bruxas. Mancava, usava uma bota mais alta que a outra, e era toda efusiva. Beijou o patrão, a madame e depois teve de ser levantada para beijar o grande ramo de visco, bem em cima da porta da sala de estar. Perguntou se viria algum rapaz simpático que pudesse acompanhá-la até em casa a pé; o patrão disse que seria Kevin, como sempre. Ela fez ar de troça:

— Ah, querido, ele conta a mesma história de fantasmas todo ano, sobre a garota tuberculosa.

Havia 11 convidados ao todo — 12, se o congressista viesse. Tudo dependia da vinda do congressista, só que isso devia ser mantido em segredo, caso aparecesse algum compromisso mais urgente no último minuto, como disse o patrão.

— Atenda, atenda! — A madame latia para que eu assumisse depressa meu posto ao lado da porta de entrada, para receber os casacos e os presentes, envoltos em papéis belíssimos e enfeitados com metros e metros de fitas de diferentes cores, e que, de acordo com a etiqueta, eram depositados na mesa do vestíbulo. Os casacos de pele ficariam no quarto lá em cima para serem vigiados.

Havia o Sr. e a Sra. Keating, o Sr. Keating com uma bengala preta de ébano e a Sra. Keating com seu casaco de pele, apesar de o salão estar fervendo. Em seguida vieram Felim e a Sra. Felim, depois dois solteiros, Eamonn e Kevin, para fazer companhia a Chrissie e Jenny, que não eram casadas, e o padre Bob, o confessor particular da madame, que vinha a cada 15 dias de Long Island para ouvi-la na sala de estar. Depois sentava-se ao pé do fogo para um belo chá, em que os bolinhos de maçã fritos não podiam faltar, porque ele adorava.

Uma xícara de ponche para começar: o patrão serviu com a concha as canecas de prata de fundo dourado, como pequenos cálices. Os convidados estavam eufóricos, madame recebia uma chuva de elogios: seu cabelo, o veludo amassado, o colar de rubis que repousava em seu colo, tão deslumbrante, tão cintilante, tão original e de valor inestimável.

— Ela me leva à falência — disse Pascal, e levantou o prato ornamental como se pedisse esmolas para que todos rissem.

— Isso é rococó, Pascal? — perguntou Chrissie, de pé diante da escrivaninha da madame, bisbilhotando os vários escaninhos e compartimentos.

— Oh, não toque aí ou será uma pessoa morta — disse Pascal, porque era lá que a madame guardava suas lembranças, cartas de amor dos homens que vieram antes dele, cachos de cabelo, trevos desidratados e letras das músicas que ensaiava para suas festas. Sua família era musical, ela sempre se gabava, o pai era capaz de compor uma canção até sobre uma folha de grama.

Chrissie experimentou todas as cadeiras: as de braço, as mais altas, as com encosto de hastes. E perguntava:

— Isso é macieira? Isso é pau-rosa? Isso é pau-ferro, Pascal?

As pessoas tinham pena dela; manca, o vestido amarelo de verão com uma enorme faixa verde, como se fosse participar de um concurso de dança. Observou que o azevinho estava cheio de frutos e disse que uma planta carregada assim era sempre sinal de aumento na família, um bebê. Madame fulminou-a com o olhar.

Mas, quando os outros começaram a chegar, ficou toda doce e pegajosa, dava gritinhos de prazer a cada recém-chegado, encantada por terem se aventurado num dia tão miserável, congelante e ainda por cima escorregadio! Podiam quebrar o pescoço nos degraus, embora tenha conseguido que Pascal borrifasse toda a entrada com sal marinho. Estava em seu ambiente; oferecia a mão para os homens beijarem e o rosto coberto de pó para ser roçado pela senhoras. De vez em quando repreendia o marido ao ver um copo vazio ou se por acaso um torrão de terra caía na lareira ladrilhada, ou quando via Jenny sozinha num canto, tímida e solitária.

— Jenny é demais! — era a resposta.

Jenny sabia como agradar a madame; dizia sempre que era muito elegante e prestava atenção em cada detalhe de sua indumentária, inclusive nos sapatos de veludo, que tinham um campo de flores e medalhões, como um tapete.

— Ora, é só a nossa casa... só a nossa casa... — repetia madame.

O ponche começava a subir, os rostos ficavam mais vermelhos, afloravam pequenas rusgas entre os casais. Finoola tomou a taça de prata das mãos do marido e o lembrou de que ele prometera ficar sóbrio; ele a recuperou e bebeu de um só gole, depois foi até Matilda para beijar-lhe a mão novamente:

— Oh, imortal Leda!

Toda essa bajulação devia-se ao fato de Matilda ter dito a todo mundo que Felim não só beijara como conseguira tirar um pedaço da Pedra Blarney, que, segundo a lenda, concede o dom da palavra aos que a beijam.

Chrissie não parava de beijar uma pintura marrom-escura que retratava um pobre homem e sua pobre esposa num campo de batatas, deixando a lida para rezar o Ângelus. Embaixo estava escrito: "Mary e Manus rezando o Ângelus." Disse que o fato de Matilda pendurar aquele quadro na parede, entre tantos tesouros, era sinal de que não tinha esquecido suas raízes, que não deixara o pau-rosa ou o rococó lhe subirem à cabeça.

— Agora, onde será que está esse meu homem? — reclamou a madame, consultando o seu relógio-pulseira e dizendo que o padre Bob tinha prometido ser o primeiro a chegar para lhe passar um pouco de sua coragem holandesa.

— São os ônibus, querida... são sempre lentos quando vêm da ilha aos domingos — disse Pascal, e confidenciou aos convidados que, se tivesse de sentir ciúmes de algum homem, esse homem era o padre Bob, que tinha feito votos sagrados.

Solveig acenava para mim feito louca da soleira da porta.

O ganso assado estava espatifado no chão de ladrilhos, uma visão lamentável. O recheio de batatas vazava por uma das extremidades e o de castanhas, pelo papo; as coxas escuras apartavam-se do peito, que ficara um pouco torrado demais. Tentamos juntar, mas estávamos um pouco bêbadas porque arriscamos tomar o sherry que a madame esquecera, depois de enfeitar o *trifle*. O patrão quase desmaiou. Tinha vindo encher as garrafas; estava engraçado, com as orelhas bem vermelhas contra o rosto pálido. Não parava de se benzer e dizer:

— Ela vai nos matar, ela vai matar todos nós!

E estávamos lá de joelhos, três pares de mãos e três pares de talheres tentando ajeitar a ave numa travessa e depois separar as várias peças, a carne escura, a branca, as coxas, as asas, o rabo, tudo guarnecido com molho e castanhas para disfarçar o incidente.

— Senhoras e senhores, tenham a gentileza de sentar-se e partilhar da minha humilde mesa — disse a madame, tocando um sininho de vidro, depois que o padre Bob chegou, generoso em desculpas.

Passaram à sala de jantar, novamente alegres por causa da bela toalha, do conjunto de cristal em cada assento e das velas vermelhas dentro dos nabos escavados para criar um efeito rústico.

O Sr. Keating leu em voz alta o cardápio que a madame escrevera de próprio punho numa folha de pergaminho:

Sopa verde de tartaruga
Ganso assado
Recheios diversos
Pés de porco assados com repolho
Berinjela batida
Batatas
Verduras a gosto
Molhos a gosto
Pudim de ameixa, Trifles, gelatinas
Napoleões com molho suave de morangos

Nenhum hotel da cidade faria melhor. O toque de gourmet e o toque humano. Os napoleões, lembrou a madame, tinham esse nome porque Napoleão teria tido indigestão com o doce e com isso perdera a Batalha de Waterloo. Todos riram e disseram que Bony foi quem mandou o doce ao imperador. Ao ver-nos, Solveig e eu, de sapatos e meias pretas como freiras, com nossos aventais de renda branca e os capuzes, o patrão acrescentou que as duas meninas também mereciam algum crédito.

— Oh, tenho de vigiá-las — disse a madame, e estalou os dedos para que começássemos a servir a sopa de tartaruga.

Ao desdobrar seu guardanapo e ver o "M" bordado em seda vermelha, Finoola disse que lhe vieram lágrimas aos olhos. Foi como ver as flores fúcsia nos montes em Kerry há muito tempo. As duas competiam com relação às lembranças, e a conversa então passou às comédias de vaudeville, que eram a coqueluche de então: a vida doméstica de Paddy, o irlandês bêbado, e da Sra. Paddy, sua esposa quase bêbada, que brigavam — ele com a perna de uma cadeira e ela com o ferro de passar — em sua minúscula cozinha. Um escândalo. Aquilo era uma mancha na reputação da raça e do casal Paddy, caracterizado com beiço de macaco e cabelos de grama, pá e picareta nas mãos. Kevin então perguntou se havia algum homem ou mulher que podia fazer justiça à história do seu país, seu amado Dark Rosaleen, sua adorada Kathleen ni Houlihan. Alguém disse Yeats, a quem Kevin torceu o nariz; mas Eamonn, que até então não abrira a boca, adiantou-se para recitar os versos: "Disse Pearse a Connolly/ Nada há, além do nosso próprio sangue vermelho/ que possa tornar bela uma roseira." E de Yeats a conversa gravitou em torno de Maud Gonne, sua musa; alguns a elogiaram, outros disseram que não passou de uma agitadora que só fez incitar os jovens rapazes a colocar dinamite nos sacos de carvão destinados à Inglaterra, e não demorou para estourar uma violenta discussão entre Felim e o Sr. Keating, extremos opostos em suas posições políticas. Uma enxurrada de acusações e contra-acusações: rebeliões, rebeliões ridículas, informantes, o discurso de Robert Emmet no Tribunal... O Sr. Keating foi longe demais quando afirmou que os homens de 1916 não passavam de escoteiros, que o povo riu deles quando se entregaram e foram retirados do prédio dos correios. Felim levantou-se, os pedaços do ganso se esfacelavam em seu garfo, os músculos do pescoço se retesavam e se juntavam. Disse que, claro, era covardia morrer por seu país, era covardia enfrentar o pelotão de tiro! A esposa, envergonhada, não parava de apertar o camafeu que tinha ao pescoço, numa corrente. E Eammon a incitá-lo, gritando:

— Isso mesmo, Felim! Vá em frente!

Felim estava lá para dizer ao seu honorável amigo de direita — o Sr. Keating, um lacaio dos ingleses — que nenhum irlandês jamais havia cometido um ato reprovável em toda a sua vida. Isso foi demais para o Sr. Keating, que explodiu, citando o violento assassinato do secretário-geral inglês para a Irlanda e do subsecretário permanente para Assuntos Irlandeses, em seu caminho para o Viceregal Lodge em Phoenix Park, ocupados com seus próprios assuntos, mas esfaqueados até a morte com bisturis cirúrgicos pelos "honrados" irlandeses.

— Necessidade política — trovejou Felim de volta.

— Necessidade política é uma pinoia — disse o Sr. Keating, e Matilda pediu ao padre Bob que os convencesse a pôr fim àquele comportamento e àquele linguajar tão constrangedores.

O padre abriu os braços, como para abraçar a todos ali reunidos, e disse com a voz sumida:

— Amigos, somos todos companheiros, irlandeses e irlandesas; nosso país mal começa a viver a sua independência. Estamos aqui para curar feridas, não para abri-las.

Em seguida o patrão propôs um brinde:

— À liberdade da Irlanda, à liberdade da Irlanda! — e todos se levantaram para participar.

O padre Bob então se sentou e perguntou àquela boa gente se sabiam que o trabalho irlandês de ornamentação em volutas, os símbolos da Irlanda, as iluminuras, guirlandas, nós e cruzes tinham sido copiados em museus egípcios e mais tarde adotados, por sua beleza, nas escolas de Charlemagne.

— Desculpe o meu holandês, padre Bob — disse Felim, ainda fervilhando —, mas é uma maldita desgraça quando alguém que nunca pôs os pés na Irlanda e não tem nenhuma ligação com o país começa a insultá-la e desdenhá-la.

— E o que você já fez pela Irlanda? — perguntou o Sr. Keating com a boca cheia de comida, mastigando com as mandíbulas tesas e irritadas, e a mulher a cutucá-lo para que se sentasse.

— Pois eu lhe digo o que já fiz pela Irlanda — respondeu Felim, e arregaçou as mangas para mostrar os ferimentos à faca que tinha recebido de um desgraçado que simplesmente não conseguia engolir o fato de que Cristóvão Colombo não tinha sido o primeiro homem a descobrir a América, e sim um irlandês, Patrick McGuire, o primeiro a pisar em solo americano. O patrão, do seu lado, elogiou seu patriotismo e pediu para que pusesse a política de lado ao menos por um dia e não deixasse a raiva subir-lhe à cabeça. Felim aborreceu-se, virou a cadeira para um lado e o Sr. Keating, sentindo-se vitorioso, pediu licença ao padre Bob para contar a história do tumultuado noivado de Pascal e Matilda. Provocara toda aquela confusão e agora queria distrair as pessoas. Padre Bob achou a ideia excelente e o Sr. Keating começou, com ar fanfarrão:

— Pascal e eu fomos dançar no Hibernian num sábado à noite. Não demorou muito para que ele e Matilda se entendessem. Só que a boa moça começou a nos pregar peças; sumiu do mapa. Prometia encontrar-se conosco, mas, quando chegava sábado, nossos olhos vasculhavam o salão e nem sinal de Matilda. Perguntamos a algumas pessoas e descobrimos que ela estava tomando aulas de dança com uma professora parisiense. Descobrimos o lugar e uma noite, após a aula, enfrentei-a e disse: "Faça o que quiser, Matilda, mas não volte mais ao Hibernian." Matilda levou um susto. E ficou completamente louca quando lhe contei sobre uma garota de Mayo que tinha conquistado Pascal, e que os dois eram um brilhante casal de dançarinos. Faziam sucesso em todos os lugares da moda: Charleston, Velincia, Black Bottom, Caledonian. Pensei que fosse me dar uma facada. Uma garota de Mayo! Logo de Mayo, pelo amor de Deus! Era de Galway que saíam os reis, rainhas e líderes. No sábado seguinte ela apareceu, elegantemente vestida, bateu no ombro dele e disse: "Olá, estranho!" E o resultado... bem, o resultado pode ser visto aqui, nesta reunião, com anfitriões cuja generosidade e hospitalidade é uma instituição na cidade.

Após os aplausos Kevin levantou-se, o chapéu amarelo de sábio meio de lado na cabeça, e perguntou ao patrão se já era hora da sua história de fantasma.

— Droga, eu odeio histórias de fantasmas. Dão-me diarreia — disse Chrissie.

— Será que alguém consegue segurar essa mulher? — pediu a madame, e Chrissie saiu mancando, disse que sabia quando a sua presença não era desejada, e o padre Bob teve de ir atrás dela para trazê-la de volta: "Chrissie Asthor, Chrisse Mavourneen, Chrisse Macrae."

Kevin ficou próximo ao aparador para que todos o vissem.

— Havia uma menina lá na nossa terra. Chamava-se Dotey. Tinha poucos meses de vida, a tuberculose a consumia. Os vizinhos deixaram de aparecer, podia ser contagioso. Não tinha apetite, quando muito engolia uma colherinha de gelatina ou de manjar branco; e para piorar as coisas, o pai e a mãe não estavam se entendendo. O pai partira para a Escócia para arranjar trabalho na colheita de batatas; em seis meses não escrevera nem uma linha. E a mãe vendo a filha definhar, com outros cinco filhos menores, todos meio famintos. Pois chegou a hora em que Dotey abriu seus olhos pela última vez e começaram os estertores da morte. E digo que o pai, lá na Escócia, viu a filha na cama, lutando pela vida. A menina apareceu para ele e disse: "Volta, papai, volta para casa." Então ele saiu correndo daquele campo de batatas e pegou carona num barco que transportava gado. Quando entrou na sala de sua casa, todas as mulheres choravam. Passou por elas e Dotey sentou-se e beijou-o, beijou-o com todo carinho, e a partir desse dia ele se tornou um pai e um marido exemplar. Vejam vocês, Dotey já estava morta há umas 12 horas, quando ele chegou... foi o seu fantasma que falou com ele lá na Escócia.

A conversa girou em torno de outros fantasmas que assombravam a cidade: Bowery, Hell's Kitchen, Five Points, Harlem... Soldados da Guerra Civil que apareciam para suas mães e namoradas porque morreram jovens demais.

— Por Deus, estamos ficando muito mórbidos — disse o padre Bob, e decidiu que chegara o momento de Matilda brindá-los com uma canção, na sua inimitável voz de soprano.

Todos sabiam que a ária da madame era o ponto alto da festa, e ela também o sabia, mas fez menção de declinar, disse que não podia, simplesmente não podia, a garganta, a laringe... Pediu desculpas, enumerou os belos discos que havia encomendado especialmente para a ocasião, canções que superariam de longe o seu pequeno repertório: "Where the Shannon River Meets the Sea", "Little Brown Jug", "May I Sleep in Your Barn Tonight?".

Começou muito hesitante, como se cantasse para si mesma. E então a voz tornou-se mais alta e persuasiva, exatamente como Solveig e eu ouvíamos toda manhã, quando praticava no banheiro para essa apresentação. Tinha uma das mãos no espaldar da cadeira e a outra estendida, o peito se elevava e inflava, fazendo palpitar os rubis e projetando o sachê perfumado em seu seio:

Há um arreio pendurado na parede
Há uma sela num estábulo solitário
Não atendo mais ao seu chamado
Pois aquele arreio está pendurado na parede

Bravo. Brava. Muitos pedidos de bis. Nellie Melba não lhe chegava aos pés. Matilda podia desbancar as russas e as caucasianas, podia estar no Carnegie Hall, uma diva sob a batuta de um grande regente. Em meio a essa comoção, o congressista entrou sem ser notado, como que saído do nada. Trajava um longo casaco castanho e trazia consigo um deputado.

— A porta da rua estava aberta — disse com um sorriso fácil, e a madame desmanchou-se em boas-vindas, toda agitada, fez três pessoas se levantarem, como se ele precisasse de três cadeiras, enquanto ele se sentava a seu lado e ela o apresentava aos rostos de ambos os lados da mesa, todos fascinados — com exceção de Chrissie, que cochilava com a cabeça no ombro de Kevin.

Ainda há pouco era padre Bob isso e padre Bob aquilo; agora era o congressista isso, o congressista aquilo, e ele aceitava cortesmente os elogios dela. Tudo nele transpirava segurança — o sorriso, os dentes de ouro, o anel de ouro com selo de cera no dedo mindinho e a destreza com que fazia o casaco escorregar de seus ombros e cair de lado no chão. Repetiu o nome de cada um e tentou adivinhar, pelo sotaque, de que região da Irlanda eram, batendo em si mesmo quando errava. Quando o Sr. Keating tentou chamar sua atenção para a história de um oficial envolvido num escândalo e que vinha sendo arrasado pelos jornais, o congressista saiu pela tangente e disse:

— Eu lhe prometo que tudo isso não vai dar em nada.

Se ele não tivesse me pedido para cantar, e se depois não tivesse vindo até mim, todo derretido, para dizer: "Graças a Deus que existem moças como você", talvez tudo aquilo não tivesse acontecido. Mas o fato é que aconteceu. "The Castle of Dromore". Os salões vazios. E depois uma profusão de elogios, o patrão e o congressista tentando superar um ao outro — que voz, que pureza, que sentimento —, e a madame engolindo tudo com seu coração arfante e ofendido. O congressista perguntou os nossos nomes, o de Solveig e o meu, e disse que jamais nos tornaríamos verdadeiras ianques até que estivéssemos em Jersey City, e prometeu que mandaria um carro buscar-nos qualquer dia.

E depois foi embora.

O presente que dera ao casal foi aberto. Era um bolo de chocolate em forma de tronco, com o nome dela e do patrão confeitados em glacê. A mensagem no cartão dizia: "Acalentem as tradições, mas abracem a recém-conquistada liberdade." Que bela mensagem, tão edificante. Que grande homem, que grande irlandês, comparado a Boss Tweed, John Kelly, os heróis da tradição. Começou do nada, o pai morreu jovem, 11 irmãos, ascendeu socialmente no distrito, sempre aprendendo algo novo, nenhum trabalho era mais importante do que outro, a lealdade aos seus. Um irlandês afogado entre os pescadores em Cape

Cod? Lá estava o congressista. Um irlandês esmagado por uma viga na estrada de ferro? Lá estava o congressista. Um irlandês sufocado nas minas? Lá estava o congressista para pressionar a empresa e conseguir uma indenização para a esposa e os filhos.

— Não havia uma outra mulher, Louella? — perguntou Chrissie.

— Mas isso nunca afetou o casamento — disse Pascal, em tom de reprovação.

— Ah, isso eu não sei... ele tem problemas com as mulheres — interrompeu Eamonn, pois havia lido que a amante o tinha seguido até uma grande festa onde estava com a mulher, e atirara no chão o casaco de pele que ele lhe dera, dizendo que o levasse de volta.

— Ele é o homem do momento. Há rumores de que pode chegar a ser presidente um dia — disse o padre Bob, em tom quase sagrado.

— Meu Deus... e ele veio aqui! — disse Pascal, impressionado.

— E gostou da mocinha... da pintarroxazinha — disse Felim, e olhou para mim e perguntou quando eu seria convocada a Jersey City.

Aquilo foi demais para Matilda. Insultou-os, despachou os homens para o alpendre com seus cachimbos e charutos, e as mulheres para a sala de estar, onde o café seria servido.

O patrão apagou as velas, algumas com um apagador e a vermelha dentro do nabo com os dedos, depois saiu na ponta dos pés. A fumaça amarela enevoou a sala. A madame não se levantou; permaneceu sentada, a respiração pronunciada e sua prima Jenny curvada sobre ela, confortando-a. Só os lábios se moviam.

— Você viu o modo como ele olhava para ela?... Como os dois olhavam?... Não sei qual deles era o mais safado, ele ou Pascal.

— Ah, os homens... não dê atenção ao que eles fazem — disse Jenny, beijando-a no rosto.

Ao perceber que eu estava perto do aparador, desviou os pratos em minha direção e rugiu para que eu fosse para a copa servir os docinhos.

Era a festa, mas não era a festa. Eu estava num belo carro na minha terra, a mesa elegante montada lá fora no campo, os visitantes com os chapéus de papelão que tiraram dos brindes-surpresa, e o padre Bob me dava a moeda de dez centavos que achara no pudim de ameixa. Depois não era mais um sonho. Era a madame gritando conosco:

— Levantem! Levantem!

E nós, meio dormindo, esfregando os olhos, sem saber o que estava acontecendo. Solveig e eu levantamos da cama cambaleando e ficamos abraçadas.

— Ladras, ladras! — gritava ela.

Seu anel de safira tinha desaparecido. Fiquei nervosa porque, secretamente, sempre adorei aquele anel, seu azul era tão cheio de nuances, o azul dos mares naquela pedra quadrada com suas duas fileiras de diamantes que, sozinhas, já valiam uma fortuna. Lembrei-me do dia em que o limpei; mergulhei-o em água com amônia, depois escovei-o delicadamente com uma escova de dentes, enxaguei e depositei numa saboneteira para secar. A madame supervisionara a operação, mas quando foi chamada lá embaixo para atender ao telefone, experimentei-o e o girei várias vezes, admirando-o no meu dedo. Os dedos dela eram mais grossos que os meus.

Nossas gavetas foram revistadas, nossos colchões virados e as cartas que minha mãe me enviava, atiradas de lado.

O patrão segurava uma lamparina e ela gritava para que a erguesse mais alto, pois a parafina estava pingando. Vestia seu robe xadrez, tinha rolinhos de metal nos cabelos, acima das orelhas; parecia uma enorme boneca gorda que tinha enlouquecido.

O livro de autógrafos de Solveig foi aberto, todos os seus segredos revelados, as flores prensadas de Malmo e o bilhete que sua amiga Greta tinha escrito: "Para Solveig, este é o meu presente de despedida, eternamente."

Depois foi o escapulário que pertenceu a meu irmão; ao sentir a relíquia dentro do pano, a madame decidiu que, sem dúvida nenhuma, aquilo era o seu anel. Exultante, cortou-o — e quando viu que não era o anel, manejou as pernas da tesoura num movimento de corte bem perto dos meus olhos.

— Não é bonito o que a senhora está fazendo com ela — disse Solveig.

Depois disso, recomeçou lá embaixo, no quarto do casal. Almofadas e travesseiros foram espalhados, gavetas abertas, gavetas com as meias e a roupa íntima dele e os presentes que ela ganhou na festa; os perfumes, sabonetes e vidros de talco trabalhados foram descartados como se não servissem para nada.

— Deve estar em algum lugar, Matilda — repetia o patrão, abaixando-se para procurar no tapete e na pilha dos tapetes novos, e ela guinchando:

— Encontre-o, encontre-o!

Minha lata com a foto de um vale na Escócia onde se maltava uísque foi o item seguinte a despertar suas suspeitas. Sacudiu-a e escutou. O dono da loja na minha terra tinha mandado fazer um cadeado para maior segurança durante a viagem.

— Abra — disse.

Enfrentei-a. Eu não ia abrir. Enfrentei-a o quanto pude.

Quando levantou a tampa ficou triunfante, porque lá dentro estavam as provas do meu roubo. Uma echarpe dela que estava em frangalhos e restos de barras de sabonete com perfume de lavanda e água de rosas, e, o pior de tudo: um pompom branco que caíra do capuz de tricô de Solveig. Aquilo bastou. A madame exultou, disse ao marido que a prova estava bem ali naquela caixa, e traçou uma linha divisória entre mim e Solveig; despachou-a então para o quarto de hóspedes até que fosse chamada.

Minha camisola ficou numa pilha na altura do meu tornozelo, onde tive de deixá-la para que a madame me inspecionasse. Seus olhos perscrutaram meu corpo de cima a baixo, com uma tal violência, como se fosse me matar por ser magra, jovem e agradável aos olhos do marido.

Pensei que fosse ficar trancada ali para sempre. Era um armário debaixo da escada do sótão, cheio de malas, cobertores, rolos, travesseiros e que cheirava a poeira e penas, uma masmorra onde fui aquartelada até que confessasse.

De quando em quando ela chegava e dava pancadinhas na porta. Nenhuma palavra era dita. As três ou quatro batidas eram só para saber se eu estava pronta para confessar. Depois eu ouvia o som de seus passos descendo novamente as escadas.

Estava escuro quando o patrão veio e acendeu a lâmpada sobre mim, abrindo caminho em meio à grossa camada de teias de aranha. Apenas curvou-se, piscou, e sua voz era rouca e cansada.

— Devolva e não diremos aos seus pais — disse.

— Não posso devolver algo que não tenho — respondi.
— Isso é verdade, Dilly?
— É verdade. Morrerei enforcada se for preciso.

Ele bateu várias vezes a própria cabeça contra a parede, como se quisesse esmagar o cérebro, esmagar sua memória e partir qualquer espécie de joia em mil pedaços.

— Venha — disse, e eu rastejei para fora.

A madame ainda estava de robe, os pés dentro da grade da lareira para aquecer-se, e, no entanto, tremia da cabeça aos pés. Nem tinha tocado na comida que estava na bandeja.

— Você não tomou seu chá, Matilda — disse o patrão.

— O leite acabou — respondeu e, virando-se com uma expressão vitoriosa, disse: — Então ela confessou?

— Ela não roubou o anel — disse ele.

— Não roubou? — Quase cuspiu nele, depois riu e perguntou se perdera o juízo.

Quando ele disse que poderia ter sido qualquer pessoa, qualquer um dos convidados que subira e descera as escadas ao longo do dia, que poderia ter sido a prima Jenny ou Chrissie, ela o esbofeteou duramente, e o sangue que afluiu a uma das faces contrastava com a palidez mortal da outra. Sofreu com a humilhação, começou a andar em círculos, os pulsos fechados; de repente, bateu os olhos na escrivaninha e foi como se tivesse sido guiado até ela. Foi rápido, mas não conseguiu completar o circuito porque ela chegou primeiro, sentou em cima do móvel, os braços abertos como uma águia em guerra. Bem que ele tentou puxar a tampa de correr, mas ela o impediu.

— Está trancada — disse o marido.

— Sim, está — tornou ela.

— Normalmente não fica trancada — retrucou ele, os dois se olharam com uma raiva enorme, e então ele percebeu, e ela viu que tinha percebido.

— Também não vou fazer nada em relação ao maldito leite — disse ele ao deixar o quarto impetuosamente.

Deram-me 15 minutos para arrumar minhas coisas.

Exílio

Podia ser uma rixa por causa de um biscoito ou um pente que sumisse: A verdade é que não me queriam lá. Era uma pessoa a mais e um corpo a mais na cama. Em retribuição por minha hospedagem, eu lavava e passava toda a roupa, limpava a casa e costurava para Betty, que era apaixonada por moda. Betty era mandona, uma garota grande com pés e mãos também grandes. Sempre fazia novenas, pois seu cabelo estava caindo e temia que nenhum homem quisesse se casar com uma mulher careca.

Nan era a mais voltada para o dinheiro. Uma noite chegou em casa feliz da vida porque um operário que carregava uma escada esbarrou nela acidentalmente, atingiu-a perto do olho, e lá mesmo ela insistiu por uma indenização. Apenas um dólar. Colocou-o debaixo de um tinteiro para alisar, porque tinha sido dobrado muitas vezes no bolso dele. Eu nunca sabia o que esperar. Às vezes eram simpáticas e às vezes, não. Dormíamos as quatro na única cama, duas embaixo e duas em cima. E todas nos virávamos, mexíamos e delirávamos durante o sono.

Viviam jogando indiretas para mim sobre a senhoria ameaçar aumentar o aluguel por conta da pessoa extra, ou seja, eu. Outras vezes eram só gentilezas. Nan deu-me um cardigã roxo com violetas de tricô que serviam de botões. Disse que aqueles botões lhe davam nos nervos, porque nunca paravam nas casas. Uma semana depois, pediu de volta. As mudanças de humor eram frequentes.

Então uma noite, quando voltei do convento onde trabalhava meio período, encontrei minhas roupas numa trouxa, num dos degraus da escada, e meu nome escrito em letra de forma numa etiqueta colada em cima. De início pensei que fosse brincadeira, mas quando examinei o embrulho vi que literalmente tudo o que eu tinha estava ali dentro: minha saia plissada, meus sapatos de sair, minhas meias listradas, escova e pente, meu livro de orações, tudo. Estavam me dizendo para ir embora. Era o mês de maio, e havia um pé de magnólia em flor no jardim. As cortinas dentro da casa estavam todas fechadas, como é costume quando morre alguém. Concluí que estava tudo combinado com os outros inquilinos; tinham agido em conjunto. Aquilo mexeu comigo. Fiquei lá e chamei, na esperança de que alguma delas descesse e, vendo que eu não tinha a quem recorrer, tivesse pena de mim e me deixasse voltar. Ninguém veio.

Na flor crescida da magnólia, que era do tamanho de um pires, uma abelha amarela e marrom se alimentava nos pistilos cor de açafrão e eu pensei: *nunca vou esquecer este momento, o zumbido da abelha, os pistilos cor de açafrão da flor, as cortinas fechadas, a assiduidade da natureza e a crueldade humana.*

Querida Dilly,

Os Black and Tans e seus irmãos de elite no terror bateram aqui, duas noites atrás. Entraram na casa, os rostos cobertos com máscaras negras, uns sete ou oito — e eu tive de me esconder para salvar minha vida. Seu pai teve os pés e mãos amarrados enquanto eles procuravam. Como não encontraram seu irmão, tive de segurar a vela para eles pela casa toda enquanto reviravam as gavetas e publicações, tudo na correria, e então um deles disse ao líder da gangue, um rapaz alto e grande, com patente militar:

— Vamos, Reg, não tem nada aqui.

O líder golpeou-o e usou a pior linguagem possível, só porque o outro revelou seu nome. Não querem que ninguém saiba seus nomes por medo de represálias, mas é em cima de nós, em criaturas como nós, que as represálias recaem, o feno e a colheita queimados, animais mortos; vingam-se das famílias suspeitas de acolher os voluntários. As lojas e prédios comerciais são queimados. Até um médico que tinha socorrido um voluntário teve o seu carro incendiado e teme por sua vida. Um homem lá dos lados de Tulla, um conhecido simpatizante da causa, foi arrancado de dentro de casa com a mulher e os filhos, teve a casa incendiada e o jogaram lá dentro. A mulher e os filhos viram tudo e a gangue gritava:

— Deixe-o fritar, deixe-o fritar!

Estavam bêbados, como quase sempre estão.

Escreva-me pelo amor de Deus, escreva-me.

Sua mãe, Bridget

Coney Island

O sol era uma bola de fogo acima das nossas cabeças. Não havia como escapar. Derramava-se sobre o mar e suas variações de cor, azul, azul-esverdeado e turquesa, que se estendiam até minha terra e voltavam, as mesmas ondas só que de cores diferentes, com cambalhotas diferentes. A terra que eu queria esquecer e podia, mas não podia.

Malabaristas, engolidores de espadas, homens de turbante e toga, rapazes com os mais variados uniformes, puxando a gente pela manga:

— Subam agora, senhoritas, subam agora, senhoritas, todos ganham.

Éramos Mary Kate, Kitty, Noreen e eu. Kitty era a mais bem trajada, o vestido era de musselina amarelo-pálido, com mangas bufantes em cima e afiladas ao longo do braço, os olhos da cor do rapé, agudos e inquisitivos. Era amiga de Mary Kate. Noreen, pés chatos, sapatos baixos e uma saia longa preta e mal cuidada, parava boquiaberta diante da vista — domos e palácios pintados de branco como bolos de casamento, a montanha-russa, o cânion, o escorrega de bambu, o barril do amor —, dizendo sempre a mesma coisa sem parar:

— Ahhhh, nossa, tudo isso não é maaaaravilhoso?

Os cheiros de óleo de fritura e donuts nos deixavam famintas, mas Kitty era responsável pelo dinheiro da vaquinha que fizemos. As pessoas dançavam de rosto colado em plena luz do dia, diferentes bandas se misturavam, alemãs, cubanas, mexicanas; uma mulher oriental dançava sozinha, um monte de moedas de prata chocalhavam em seu peito, os braços cheios de pulseiras e sinuosos como serpentes, muitos homens em volta dela, o sorriso para todo mundo e para ninguém, um sorriso longínquo. Dois anões em roupas elegantes apertavam a mão dos passantes para atraí-los para o Museu de Figuras Exóticas. Eram irmãos, ou marido e mulher, porque tinham o mesmo nome. Sobre uma barraca, letras vermelhas faiscavam: "Madame Cassandra" — e uma assistente nos garantiam que, se entrássemos, sairíamos de lá sabendo quem seriam os nossos maridos, porque Madame conseguia prever o exato momento em que poríamos os olhos neles. Todas queriam entrar, mas Kitty interveio e contou que inúmeras pessoas eram enganadas por aquele golpe.

Ele se destacou por ser muito alto e pelo fato de usar um pesado sobretudo no calor escaldante. Parecia distante como um padre, o rosto magro e barbado inclinado, olhando as pessoas na roda-gigante que subiam em direção ao céu, gritando aterrorizadas, as mãos agarradas às correntes laterais; depois desciam num mergulho, e as que estavam embaixo subiam para enfrentar o inevitável. Kitty deu-lhe um tapinha nas costas:

— Ora, mas se não é o Arcanjo Gabriel em pessoa! — E

então ele virou-se e sorriu, abraçou-nos a todas, um homem barbado cujos olhos castanhos e curiosos pareciam ouvir tão bem quanto enxergavam.

— Está com medo de pegar um resfriado? — disse Kitty.

— Já estava indo embora — respondeu, daquele seu jeito meio estranho.

— Claro, você está sempre indo embora, e agora tem quatro lindas senhoritas com quem dançar.

Os dois zombavam um do outro. Já tinha se casado? Não. E ela, já tinha se casado? Também não. Sei lá, podia ter se casado em segredo com alguma selvagem, uma mulata, lá para os lados de Minnesota ou Wisconsin, um lugar desses, sem sequer um padre para ouvir os votos. O que houve com a letra da música que ela ficou de lhe mandar? E por que ele não apareceu no baile do Dia de São Patrício? Repreendiam-se mutuamente, enquanto Noreen sentia a textura do casaco dele.

— Ahhhh, nossa, tudo isso não é maaaaravilhoso?

— Posso lhes oferecer uma xícara de chá?

— Preferimos sorvetes — Kitty falou por todas nós.

Deu-lhe o braço e foram andando, um pouco à frente. Nós três seguimos atrás, a multidão crescia com a chegada de um trem e outro logo em seguida. O sorvete era doce e espesso como um creme, deliciosamente gelado, e, para completar, o sabor da casquinha de biscoito.

Dali fomos para a galeria de tiro. Muitos homens atirando, alguns com capacetes, outros não, os olhos fixos no cano das armas, concentrados como se estivessem numa guerra.

As pistolas que sobraram estavam no balcão, presas com correntes, para quem quisesse participar, e Gabriel pagou uma rodada para nós. Como rimos, como gritamos! Ensinou-nos como segurar a arma, como girá-la e como mirar nos alvos, que eram fileiras de serenos patinhos brancos.

— Não se esqueçam de respirar — disse rindo, e então começamos.

O clima era de emoção, a gente atirando e muita gente assistindo, a maioria mulheres, que torcia para os maridos ou namorados; as bocas das outras armas eram manobradas para um lado e outro do balcão, a música do carrossel próximo, as várias bandas e o barulho abafado das balas, velozes e furiosas, ao atingir as asas dos patos e derrubá-los, e um leve cheiro de queimado.

— Essa tem boa pontaria — ouvi Gabriel dizer, depois que acertei o alvo três vezes, espantada por ter feito aquilo, e Mary Kate disse acidamente que era por causa do meu irmão, um dos loucos fenianos.

Gabriel e um outro homem, a algumas espingardas dele, eram atiradores tão excepcionais que o oficial exigiu uma competição improvisada, sabendo que atrairia uma multidão. E atraiu mesmo. Foi aí que percebi, pela primeira vez, que lhe faltava um dedo da mão, e que o dedão era apenas um coto.

Era arrepiante ver os patos, dispostos em três níveis, caírem em cascata, a queda rápida e livre, o barulho que fazia quando um ou outro batia no gongo preso à ponta de um longo e oscilante pêndulo. Os espectadores tomando partido, quepes atirados no ar e os lados rivais fazendo apostas. Com tudo isso, os dois apertaram as mãos quando acabou.

Gabriel recebeu como prêmio um pote de mirtilos; o nome do dono da galeria, em letras douradas, nadava em meio às densas ondas cor de carmim do vidro soprado.

— É para vocês — disse, e Kitty tomou o pote e começou a limpá-lo com a ponta da manga comprida.

Foi dela a ideia de molhar os pés na água um pouco. Eu não queria que ele visse minhas pernas brancas, e por isso ofereci-me para tomar conta das coisas — sapatos e meias, o sobretudo e os mirtilos. Eu lá, sentada numa abrasadora duna de areia, todo mundo tão despreocupado e barulhento, homens em horríveis trajes de banho de flanela, fumando cachimbos, mulheres vestidas com calções, levantando os traseiros para serem fotografadas, sem perceber o quanto pareciam ridículas... No entanto, quando eu olhava tudo aquilo através das ondas do vidro do pote, o mundo inteiro parecia cor-de-rosa.

Quando voltaram, entusiasmados, ele me disse que não poderia dizer que estive em Coney Island se não entrasse na água. Estava sozinha com ele então, a água batendo nos tornozelos, macia como seda, e meus passos inseguros por causa do movimento da areia e das algas presas nos dedões. Em frente à baía havia um braço de terra banhado de sol; contou que o local herdara o nome de um rebanho que costumava pastar por lá. E depois perguntou de onde vim, se eu sentia saudades. Saudades da Irlanda? Não. O pai e a mãe dele eram bem novos quando partiram, conheceram-se no barco e ficaram juntos desde então, mas morreram jovens, jovens demais, então sentia que a Irlanda fazia parte dele. Sabia de que localidade eles eram, ficava perto de uma montanha que levava o nome de um rei. Pediu-me para repetir os nomes das cidadezinhas próximas de onde eu vim, soavam como poesia aos seus ouvidos, não aos meus... e, no entanto, enquanto recitava os nomes, podia ver os canteiros de repolhos no quintal em casa, as lesmas nas folhas verdes e verde-azuladas, e na minha cabeça ressoavam os berros do gado perdido na estrada.

Torick
Derry Gnaw
Kilratera
Coppaghbaun
Pollagoona
Bohatch
Derrygoolin
Glenwanish
Alenwanish
Knockbeha
Sliabh Bearnagh
Sliabh Aughty

Tínhamos avançado muito mar adentro. Vi as ondas enormes subirem na nossa direção e soube que estávamos apaixonados. Ele também. Dentro d'água ele me abraçou. E eu o abracei. Íamos e vínhamos como dançarinos desajeitados, aquela felicidade selvagem, gritos e risadas de todo lado, pessoas encharcadas, viradas de pernas pro ar, o grito de uma mulher:

— Segura ela, Dwight, segura ela! — A criança erguida no ar, ondas que rolavam sobre nós como enormes barris, a espuma em nosso rosto e ele dizia, tinha de gritar:

— Você está bem, nós estamos bem. — Carregados de volta, meio que levados de roldão, meio na crista, sem jamais largar um do outro.

Estavam todas furiosas. Mary Kate correu para torcer a água da cauda do meu vestido, disse que eu ia pegar pneumonia, Kitty comentou que não podíamos nos chatear se alguém pensasse mal de nós, sozinhos lá na arrebentação. Ele achou graça e sentou-se para calçar os sapatos, com um meio sorriso, a alma já longe, a quilômetros de distância, no mundo indomado dos matagais, da terra virgem onde trabalhava como lenhador, longe de nós, do tumulto e da dança de rosto colado nas tendas abertas.

Uma espécie de sorriso oculto, que esboçou quando ficou de frente para mim na despedida, fez-me sentir que o que vivemos lá no meio do oceano tinha significado alguma coisa. Ah, como eu queria ficar sozinha para reviver cada segundo, o ataque das ondas, o jeito como ele me segurou, a espuma em nossos rostos, minhas roupas molhadas, as coxas molhadas, nós colados um ao outro e a água tentando nos sugar para o fundo.

— Aposto que ainda não vai para o oeste... não é época de cortar lenha — disse Kitty, concluindo que ele estaria em algum lugar da cidade à noite, com uma antiga amante ou nos bailes. E ficaram, ela e Mary Kate, a discorrer sobre as diferentes namoradas que ele tivera: uma Rita Sei-lá-das-quantas, que lhe dava aulas de irlandês; uma garçonete, quando trabalhou num bar; uma enfermeira de Roscommon... diferentes garotas, diferentes Gabriéis. Adivinhando meu entusiasmo, Mary Kate me cutucou e disse:

— Não vá você agora se encantar por ele! Olha que ele parte corações, ora se parte!

Enquanto isso a pobre Noreen cumprimentava uns bêbados que passavam e dizia:

— Ah, nossa, aquele Gabriel não é um pedaço de mau caminho?

Um fantasma

As duas outras garotas no quarto, Mable e Dierdre, disseram que foi minha imaginação. Mas estavam erradas. Meu irmão apareceu para mim lá. Um raio de luz vindo do lampião da rua ziguezagueou, desencontrado, pelo chão do quarto, na direção da cama. E meu irmão entrou nele, o rosto melancólico, porém sem chorar, vestido como se fosse para um casamento: seu melhor terno, colarinho e gravata, sem marca alguma, nem uma mancha de sangue, e no entanto eu sabia que não estava ali como um noivo. Estava morto e vinha me avisar. Depois do choque inicial, eu falei. Disse:

— Michael, Michael! — Mas ele não respondeu. Perguntei o que havia de errado, se estava morto, mas não respondeu. Em seguida se foi. No dia seguinte chegou um telegrama de minha mãe, dizendo que o seu querido filho tinha sido assassinado pelo fogo inimigo e que logo mandaria uma carta.

21 de agosto

Querida Dilly,
Você recebeu meu telegrama. O meu Michael se foi. Uma bala vinda de um carro inimigo alojou-se em seu peito e, em menos de uma hora, causou sua morte. Caiu na praça do mercado, as pessoas apavoradas demais para socorrê-lo, com medo de mais tiros. Foi num dia escaldante. O sangue coagulou. Ele tinha ido à cidade para comprar remédios para um companheiro, quando um membro do exército o reconheceu como integrante da emboscada. Deixaram ele lá, no sol quente. Até o pardal encontra um lugar para morrer, até a andorinha encontra descanso, mas não foi assim com meu filho Michael, minha luz querida. Não deixe de mandar rezar missas pelo repouso de sua alma e por nós.
Sua mãe amorosa, Bridget

15 de setembro

Querida Dilly,
Não pus a carta no correio até irmos aos acampamentos militares no centro de Tipperary. Pedimos para ver o oficial responsável e tivemos de esperar o dia inteiro. Um sujeito alto e frio apareceu e nos levou até um escritório. Abriu um grande livro e leu em voz alta. Causa da morte: hemorragia. Causa da morte: assassinato. Disse que o incidente foi analisado e que o exército estava no seu direito, pois nosso filho, o seu irmão, era um criminoso, e criminosos mereciam ser executados. Saímos de lá arrasados e abismados.
Um homem de bicicleta nos seguiu por um bom tempo, de modo a não despertar suspeitas, e disse que nos levaria à casa da mulher que tinha corrido para socorrer nosso querido Mi-

chael, já agonizante. Estava assustada demais para aparecer na cidade desde o acontecido, pois poderia ser presa como conspiradora. Estava escondida em sua própria casa, e o homem da bicicleta levava-lhe um pouco de leite ou um pedaço de pão a cada três ou quatro dias. Era lavadeira, lavava roupa para fora. E nos contou que estava subindo a praça do mercado, para entregar roupa lavada num hotel, quando ouviu um grito humano. Ouviu seu grito antes de chegar até ele. A praça estava vazia, as pessoas voaram para dentro de casa quando ouviram os tiros. Ajoelhou-se e viu que o homem estava morrendo. E ouviu suas últimas palavras: pedia a Deus que o recebesse na morada do eterno descanso, e à sua mãe, que o perdoasse pelo sofrimento que lhe causara. A mulher sentiu que ele estava no final de suas forças, e então o homem disse que gostaria que ela retirasse sua medalha milagrosa e entregasse à sua amada mãe. E isso é tudo o que tenho dele. Meu Jesus, será que o sangue do Salvador não foi suficiente para afastar a humanidade do ato de matar?

Sua mãe arrasada, Bridget

Ma Sullivan

Tinha conseguido emprego como aprendiz de costureira numa grande loja. Éramos umas trinta ou quarenta mulheres num porão, o barulho constante das máquinas de costura o dia inteiro, tudo muito ágil e profissional. Era quentíssimo no verão por causa do vapor dos ferros de passar e porque nunca nos deixavam abrir as janelas, por medo de que alguma sujeira ou fuligem caísse nos preciosos fardos de seda ou cetim, ou nas peles de camurça, que mais pareciam pequenas carcaças, as bordas marrons corrugadas e franzidas. A supervisora andava para lá e para cá feito um atirador de elite, para garantir que ninguém ficasse à toa ou cometesse erros na costura, não nos deixava nem ir ao banheiro, só na hora de bater o ponto de manhã ou antes de ir embora, ao final do dia. Minha especialidade eram as mangas, colarinhos, alinhavos e casas de botão, vesga de tanto fazer casa de seda, caseava até durante o sono, o ponto inclinado, o nozinho, depois para baixo e para cima de novo, em linhas vivamente coloridas, para os trajes das madames. Todas as manhãs eu me preparava para o trabalho com meu dedal, meus carretéis de linha, a tesoura grande e o pão, que era o meu almoço; mas nada disso importava, porque eu tinha Ma Sullivan à minha espera em casa.

Foi Deus que me iluminou no dia em que bati à sua porta.

— Você veio à casa certa — disse e me fez entrar.

Precisava de uma moça por meio período para ajudar no jantar quando seus meninos, como ela os chamava, chegavam em casa à noite. Tinha oito inquilinos — seus tolos selvagens. Todos irlandeses e famintos quando retornavam das obras e ferrovias onde trabalhavam, quase sempre a alguns quilômetros de distância da cidade. Era mãe, senhoria, enfermeira e banqueira para cada um deles. Escondia o pagamento para que pudessem economizar para ir para casa, acordava-os para a missa no domingo e cuidava para que dormissem cedo nos dias de semana. Em caso de qualquer doença, dava-lhes óleo de castor, que curava tudo; até mesmo — como eu logo descobriria — coração partido.

Dormíamos no mesmo quarto, onde havia duas camas de solteiro, um grande guarda-roupa castanho e um lavatório de estanho com uma bacia e um jarro de porcelana. Seu filho morrera afogado em Long Island; embora nunca fosse mencionado no andar de baixo, nós duas rezávamos todas as noites, cada uma ao pé da própria cama, por nossos falecidos. Chamava-se Michael também, como meu irmão.

Os bailes de Ma Sullivan, que aconteciam um sábado por mês, eram famosos em toda a vizinhança. A grande cozinha transformava-se num salão, as cadeiras e bancos afastados, a longa mesa com toalha branca preparada para um jantar em estilo bufê, cujo prato principal era repolho com bacon ou cozido de carneiro, a entrada a meio dólar por cabeça. Christy, famoso mestre da sanfona, respondia pela música. Seu instrumento ficava guardado no gavetão da lareira, em sua caixa dobrável, pois Ma Sullivan tinha medo de que ele o trocasse por bebida ou de que o esquecesse em alguma espelunca.

Foi então que, numa dessas noites, Gabriel apareceu. O mesmo longo sobretudo, o mesmo jeito reservado. Ma Sullivan correu para recebê-lo e o fez sentar-se para beber algo. Várias garotas o conheciam e não demorou muito para que fosse arrastado para a quadrilha irlandesa, quatro homens e quatro mulheres de frente uns para os outros. O rosto de Christy dobrou-se sobre o instrumento como se este fizesse parte dele, a atmosfera muito contida, lanternas acesas nos dois extremos do chão da cozinha, os homens que não estavam dançando já batiam os pés para marcar o ritmo da música. Os dançarinos olhavam um para o outro e, embora não se falassem, entendiam-se com o olhar. A música os transformava, dava-lhes permissão para ousar, ousar mais, os saltos altos e baixos a marcar o chão ladrilhado — e as moças rodopiavam suavemente para fora e para dentro nos braços dos parceiros, mas não sem antes estabelecer algum tipo de cumplicidade com eles. Gabriel era o favorito: todas queriam estar em seus braços, sorrindo para ele.

Ao final de uma rodada, Christy tirava da sanfona algumas notas mais calmas, melancólicas e prolongadas que evocavam detalhes da nossa terra, terra rochosa, campos, aquela paisagem calcária, com a maldição de Cromwell: "Sem madeira para enforcar um homem, sem água para afogar um homem, sem terra para enterrar um homem."

Gabriel veio me apresentar suas condolências, pois Ma Sullivan lhe contara por que eu não estava dançando e vestia preto. Ficou claro que não se lembrava de mim, nem de Coney

Island, nem das enormes ondas, nem dos nomes dos lugares da minha terra. Ao ler o ligeiro desapontamento em meus olhos, deu uma desculpa e afastou-se.

Quando saiu, pensei que boa parte do ano se passaria sem que o víssemos novamente, e imaginei o trem percorrendo grandes distâncias, os grandes lagos, depois os campos de trigo, depois a pradaria extensa e solitária, e depois os matagais que, segundo Gussie, eram selvagens e tornavam os homens selvagens. Gussie estivera lá; passara 15 anos de sua adolescência e juventude como aprendiz de ferreiro. Arrancava as ferraduras velhas dos cavalos, tirava a terra dos cascos, removia calosidades, mas nunca foi promovido e jamais chegou a ferrar um cavalo em sua vida. Gussie costumava ajudar na casa: consertava a luz e os fusíveis, fazia um pouco de emboço e pintura em troca do jantar e depois sentava-se ao pé do fogão para escrever uma carta para uma viúva em Longford, que voltara para a Irlanda e construíra uma casa nas montanhas, uma casa grande que pairava sobre todas as outras. Tinha esperança de que ela mandasse buscá-lo, mas nada em suas cartas sugeria isso.

O namoro

O selo era verde e representava um pelotão de cavalaria, de uniforme vermelho, numa floresta coberta de névoa, lanças voando, patas dianteiras dos cavalos arremetendo e fraquejando em meio ao tumulto. Pensei que fosse algum primo que tivesse me localizado, mas era Gabriel. A carta era curta:

> Sinto muito por você ter perdido seu irmão. Ele colocou o país em primeiro lugar, antes de si próprio, e você pode se orgulhar dele. Caso sinta vontade de me enviar novos nomes de lugares ou qualquer notícia, por menor que seja, ficarei contente. Obrigado de qualquer forma.
> Gabriel.

Não eram cartas de amor. Antes de tudo, eram cartas determinadas a neutralizar qualquer ideia de amor. Poderiam ser escritas para um homem — e no entanto chegavam pontualmente a cada três ou quatro semanas —, o envelope quase sempre úmido e frio por ficar tanto tempo no malote, e na maior parte das vezes eram escritas em papel impermeável. Caso uma ou outra palavra estivesse borrada, eu a procurava no verso com a chama de uma vela para não perder nada. Eram fragmentos da sua vida; através dos seus olhos eu conseguia ver a trilha dos lobos na neve, bem cedo de manhã, antes de o sol nascer, quando ele e os outros homens iam para o trabalho com suas botas de pele, as meias amarradas sobre as calças na altura dos joelhos, para não deixar a neve derretida penetrar. Um lugar solitário e congelado, onde moitas de amieiros verdes ardiam para produzir um pouco de calor, o som irritante das serras o dia inteiro. Duplas de homens cujas vidas dependiam um do outro, na tarefa de cortar, arrancar galhos, carregar e transportar madeira — exaustos quando chegava a noite, e tanto eles quanto os cães ficavam felizes por poder voltar para o jantar.

Descrevia as florestas e os diferentes tipos de árvores, o pinheiro e o cedro e a cicuta, árvores com 60 metros de altura, monumentais e arrogantes como navios e a luta que enfrentavam contra os descontroles da serra, a longa batalha, depois o cambaleio antes da queda colossal, o longo e surdo sibilo ao cair, um cheiro de seiva molhada — seiva viva como sangue, real como sangue —, e os tocos tristonhos, com ar de abandonados; depois, as pranchas já cortadas eram carregadas nos trenós puxados por cavalo, que as levavam até a queda-d'água, para descer o rio e acabar nas serralherias, transformadas em móveis de vários tipos.

Disse que ele e o cozinheiro estavam pensando em fazer uma horta e plantar batatas e cebolas, qualquer coisa para variar a cansativa dieta de feijão e carne de porco conservados em salitre, e acrescentou que talvez pedisse a Gussie para lhe mandar um saco de batatas com brotos.

Uma noite tiveram uma festa só para homens, que terminou numa briga de bêbados. E pintou um quadro sobre: a floresta em silêncio, um veado selvagem na forquilha, sendo assado na fogueira com as vísceras dentro para dar sabor (depois retiravam, no meio do cozimento, e preenchiam a cavidade com folhas ou frutos de junípero), uma pista de dança improvisada numa plataforma elevada, a música produzida com chaleiras e tábuas de lata. A única mulher índia com suas bugigangas e pintura, mulher de nenhum, tentação para muitos. Finlandeses, suecos, canadenses, escoceses, irlandeses e sul-americanos, todos muito bêbados porque se recusavam a misturar água ao rum; cantando canções que provocavam rivalidade ao tocar nas feridas e nas injustiças de cada país. Um finlandês e um escocês se afastaram um pouco para brigar, despidos até a cintura, prontos para se matar, galhos de pinheiro em chamas nas mãos como no tempo dos romanos; os outros homens estavam se divertindo com aquilo, até que o superintendente teve de ser chamado para separá-los. Foi preciso encharcá-los com baldes e mais baldes de água, os dois rolando na neve e xingando, cada um reivindicando para si a vitória.

E então veio a carta que, mesmo sem ter consciência disso, eu estava esperando. Disse que não conseguia dormir com o ronco dos colegas, com a palha na capa do travesseiro que fazia coçar seu rosto, o cobertor de lã que lhe dava coceira nos pés. Ao ver-se do lado de fora, sob um teto feito de estrelas congeladas, sentou-se e se deu conta de que pensava muito em Dilly, e se perguntava se seria muita pretensão supor que Dilly talvez estivesse pensando nele. E Dilly estava.

Sim, estava.

Nosso primeiro beijo aconteceu na casa de Ma Sullivan, depois de um baile, quando ele foi até o quarto buscar o casaco. Seu casaco, assim como ele, tinha tratamento especial; os outros ficavam amontoados no chão da cozinha de trás. Quando foi pegá-lo, saltou sobre mim e beijou-me antes de se dar conta do que tinha feito. Depois olhou-me com uma expressão maldosa e disse:

— Não dava para evitar, dava?

— Ela vem aí — eu disse. Ma Sullivan era muito rigorosa com relação a rapazes.

— Venha para fora — pediu, e depois que saiu eu pulei a janela para o jardim e fiquei lá com ele. Não nos beijamos; só ficamos ali juntos, olhando-nos, bebendo um ao outro.

Nevava no vasto cemitério do Brooklyn, grossos casacos de neve sobre os túmulos altos caíam em dobras sobre as lápides e as plaquinhas finas com seus dizeres compridos e amorosos. Não havia vivalma em torno. Todas as trilhas livres para serem percorridas pelos visitantes: Trilha Ravina, Trilha Cedro, Trilha da Margem, Trilha do Pôr do Sol. Caminhamos e caminhamos. Sobre as cabeças dos anjos e arcanjos de mármore, gorros e barretes de neve, tão vistosos, tão engraçados, um silêncio imenso, e Gabriel e eu. Deparamo-nos com uma casinha, uma pequena caverna com alguns degraus que desciam até ela e, do lado de fora da porta de entrada, um rosto de mulher entalhado, com expressão pesarosa e longos cabelos de mármore que lhe caíam sobre os ombros.

— Ela se parece um pouco com você — disse, e então tocou meu braço com gravidade e perguntou se eu estava pronta para ficar noiva.

Lá, na Trilha Ravina ou do Pôr do Sol ou da Margem, agora não lembro em qual delas, anjos e arcanjos com seus chapéus galantes e túmulos brancos, ficamos noivos, sem que fosse preciso dizer uma palavra sequer. Então ele riscou com a ponta de um galho a terra branca e escreveu nossos nomes: *Dilly Kildea e Gabriel Gilchriest, 6 de outubro*. Ficamos olhando para eles, tão bem delineados, firmes, como se jamais fossem se apagar. E os flocos de neve, como pedacinhos de doce, começaram a cair dentro dos sulcos escuros das letras que ele desenhara no chão.

Traição

A neve fina que caíra tinha virado lama e as tábuas de madeira da ponte estavam escorregadias. A multidão corria em ambas as direções. Alguns, como nós, cruzavam em direção ao centro da cidade; outros voltavam para casa; crianças com bochechas rosadas seguravam pacotes mágicos junto ao peito, pacotes que não podiam ser abertos até o Natal, e ainda faltavam três semanas.

O mesmo Natal em função do qual eu vivia. Estava fazendo um colete de cetim para Gabriel. Suas medidas foram tiradas pela cozinheira e enviadas em fios de lã para cerzir. Todo o resto era para ser surpresa.

Nunca tinha posto os pés na ponte do Brooklyn antes, nunca tive motivo. Parecia um grande navio, aço e imponência por todos os lados, parapeitos de aço, cabos, cordas e vigas de aço — e grandes tubulações de aço, como crocodilos, mergulhadas fundo dentro do rio.

A distância estava Manhattan com suas janelas acesas, uma enorme colmeia de janelas acesas. Atrás de uma delas ele se escondia, juravam elas.

A forma como me contaram foi desprezível porque, por mais que tentassem, não conseguiam esconder uma ponta de satisfação no olhar. Eu saía do trabalho logo depois das seis, junto com todas as outras garotas, para tomar ar, olhar vitrines e depois subir a pé os dois quilômetros até em casa, até Ma Sullivan.

A vitrine principal mostrava apenas uma peça de roupa: um vestido de baile em cetim bordado, ao lado de uma carruagem que descansava sobre um piso de neve artificial cheio de galhos de pinheiros feitos de seda, cobertos de neve, e carrinhos de brinquedo prateados. Papai Noel tocava seu sino de bronze para pedir esmolas; os presentes para os pobres formavam uma grande pilha, como se fosse uma pilha de troncos prestes a virar uma fogueira. O ar estava extremamente frio, e o canto entoado pelo coro chegava até os céus, de onde, segundo as previsões, viria mais neve ainda.

Mas o jeito como que me falaram...

— Conta pra ela.

— Não, conta você.

— Não, conta você.

— Não sei como dizer, pobrezinha...

— Pobre Delia... Pobre Dilly...

Falsa solidariedade era o que escorria delas, dos olhos delas. Kitty abriu a folha de papel pautada dobrada para que eu mesma lesse, à luz da vitrine: *Dilly Kildea nunca mais vai ver Gabriel Gilchriest de novo, mas ainda não sabe disso.* As palavras nadavam diante de meus olhos como uma miragem, como algo que estava ali e ainda assim não estava. Não podia ser verdade. Ele tinha prometido. Eu sabia a que horas ia chegar. Estava fazendo o colete. O forro era vermelho. Trazia uma joia para mim, encomendada especialmente a um indiano. Eu teria de tentar adivinhar o que era.

Enchiam-me de perguntas. Perguntas. O que foi que ele prometeu? Nada. O que havia entre vocês? Nada. Comportou-se de forma desonesta? Não. Minhas respostas negativas as enfureciam ainda mais. De alguma forma, souberam do noivado. Uma única vez escrevi essa palavra com farinha no forno de Ma Sullivan enquanto fazia uma torta, mas apaguei em seguida.

A carta anônima, segundo disseram, fora enviada para o endereço de Kitty, e podiam jurar que sabiam quem estava por trás. A responsável era Rita Sei-lá-das-quantas, um caso antigo de Gabriel, a garota que lhe ensinou irlandês e as danças irlandesas, e que ainda arrastava um caminhão por ele. Tinha dito ao padre de sua paróquia que era só mover um dedinho e o teria de volta, e aparentemente era verdade. Gabriel era um homem cruel, disseram. Traiçoeiro como o amante daquela antiga canção do homem da floresta.

O que me contaram em seguida partiu meu coração. Uma vez perguntei por que lhe faltava um dedo, e ele contou que o acidente ocorrera numa manhã bem cedo, antes do sol nascer. A serra tinha travado numa árvore, seu colega tentou tirá-la muito depressa e ela voou para cima e para trás, como num salto ornamental, cortando-lhe um dedo inteiro e a cabeça do dedão. Perguntei o que tinha feito com o dedo; disse que guardou no bolso, amarrou uma tira de pano no dedão e à noite, no acampamento, o ferreiro (que fazia também as vezes de médico) suturou o ferimento. Quanto ao dedo perdido, deve ter sido jogado fora. Só que não foi assim. Dera-o a Rita Sei-lá-das-quantas.

Uma recordação que não tinha preço, segundo revelara ao padre, e que valia muito mais do que qualquer aliança de noivado.

Ao longe viam-se os arranha-céus que quase alcançavam as estrelas, aquela visão de janelas acesas que pareciam nos espionar, nós que nos encaminhávamos para espionar Gabriel. Passamos por baixo dos dois arcos muito altos, como os arcos de uma igreja antiga, e chegamos a Manhattan, que, segundo ele me disse, exploraríamos juntos um dia.

Ainda na ponte me rebelei duas vezes: disse que não daria nem mais um passo. Ficaram divididas entre a compaixão e as ameaças. Uma placa de bronze na parede lateral tinha gravados os nomes dos muitos homens que trabalharam duro, e daqueles que perderam a vida ao longo dos vinte anos que levou a construção. Mais além, outra placa mostrava duas mãos dadas, simbolizando a união das duas cidades. Por um segundo senti novamente o calor da mão de Gabriel, seu tamanho, a segurança que me dava.

Kitty tinha assuntos com o padre que conhecia Rita Sei-lá-das-quantas. Sua igreja ficava logo no final da ponte, num recanto exclusivo. Sem carros, sem trânsito; apenas uma velha chinesa de sandálias, que empurrava um carrinho de mão e segurava uma sombrinha preta quebrada. A paróquia, como era chamada, ficava do outro lado; Kitty atravessou um pequeno jardim com um caminho de pedras assentado em argila, plantas muito grandes, frutas caídas junto ao pé, como os jardins da minha terra.

Mary Kate disse que, como era a primeira vez que íamos àquela igreja, devíamos entrar e fazer três pedidos. Bem, os meus três, na verdade, eram um só: que Gabriel não estivesse onde disseram que estaria. O interior da igreja era todo marrom e cheirava a cera: bancos marrons, galeria marrom, o crucifixo de madeira marrom, pilares marrons sustentando o altar e confessionários marrons, com grossas cortinas também marrons. A única claridade vinha de uma luz trêmula e dourada, produzida pela luz das velas sobre a lombada de um enorme missal. Mary Kate acendeu uma vela para nós duas e segredou-me que devia haver milhares de garotas interessadas nele.

Kitty voltou radiante, como se tivesse ganhado na loteria. O padre tinha sido tão gentil, tão prestativo... Dera-lhe inclusive uma medalha milagrosa, que me deixou beijar.

Caminhamos pelas ruas apinhadas e sujas e nos perdemos mais de uma vez; elas muito arrogantes, ensaiando as verdades que lhe diriam. Kitty, no entanto, soltou seu cabelo negro da larga pregadeira e estremeceu, do mesmo jeito que naquele dia em Coney Island, quando falou com ele; Mary Kate abraçou-me para me dar coragem.

Era uma rua imunda com várias casas, crianças brincando, bêbados, bicicletas, aleijados de muletas, brigas, uma lavanderia e um cheiro fétido vindo do rio. Tocaram a campainha várias vezes antes que aparecesse alguém. Por fim, uma mulher botou a cara numa das janelas do andar de cima. A janela estava quebrada e ela teve de segurá-la com uma das mãos, enquanto tentava nos iluminar com a chama de uma vela. Pediram para ver Rita Sei-lá-das-quantas. A resposta foi que não tinham nada a fazer naquele lugar. Perguntaram se ela estava em casa e foram convidadas a se retirar imediatamente. Perguntaram se podiam passar um bilhete por debaixo da porta para que ela lesse, o que a enfureceu ainda mais.

— Vocês não têm vergonha de meter o nariz na vida dos outros! — gritou e jogou toda a cera quente da vela em nossa direção.

Ficamos paradas lá feito três macacos, uma súbita rajada de neve começou a cair — e eu soube, do jeito que a gente sabe bem no fundo das nossas entranhas, que nunca mais veria Gabriel.

No entanto, até o Natal esperei por ele, esperei ouvir seu assovio lá de baixo na rua, como um cachorro que apura o ouvido e consegue ouvir o dono. Só que ele não veio. O dia de Natal foi o pior. Depois do jantar, os inquilinos brincaram de esconde-esconde pela casa toda, subindo e descendo as escadas, no jardim, no porão, em todos os lugares, e de vez em quando eu me refugiava no quarto de Ma Sullivan para chorar até não poder mais.

Foi ideia dela me mandar para casa. Consumir-me daquele jeito não era bom, eu parecia um espantalho, mas o ar fresco e a família iam me dar forças. Pagou minha passagem e disse que eu poderia devolver-lhe o dinheiro em prestações. Além disso, falou com meu supervisor e garantiu que teria meu emprego de volta quando retornasse.

Nunca saberei por que levei comigo a tesoura. Minha tesoura grande, incômoda como uma tosquiadeira, viajou comigo de navio para casa. Para cortar roupas, o cabelo das pessoas ou, talvez, para cortar fora alguma coisa que estava dentro de mim.

De volta à casa

À primeira vista, na cozinha de casa, confundi a rabada com o *trifle*. Pensei que a massa rosada raiada de branco que vi no prato fosse a geleia com creme batido. A luz da lâmpada ao lado do sofá-cama era tão fraca que tudo o mais parecia mergulhado numa semiescuridão, os vizinhos estavam muito tímidos e minha mãe toda de preto, chorando encolhida. Senti o cheiro da grama queimada, do leite meio estragado e das cascas de batata frias para o cachorro sobre o aparador — bem lá em cima, onde ele não conseguia alcançar. Minha mãe olhou-me fixamente e apertou minhas mãos, enquanto os outros admiraram minha mala marrom com sua treliça de bronze e meu nome pintado em letras de forma.

— Finalmente, finalmente — eles não paravam de dizer, como se fosse um canto fúnebre.

As lembranças do meu irmão estavam por toda parte: uma foto de uniforme, suas perneiras, seu revólver e uma carta emoldurada que um padre — que se arriscara a ir até a praça para lhe dar a extrema-unção — copiara naqueles últimos momentos, sob o calor escaldante.

Meu pai estava lá em cima, de cama, e me mandaram subir com uma xícara de chá tão cheia que derramou no pires. Desde que ficou doente não comia praticamente nada, só biscoitos com passas, que mergulhava no chá. Sua dentadura não fixava na boca, então não podia mastigar. Meu pobre pai, orgulhoso demais para me deixar vê-lo sem a dentadura, a barba branca rala e espetada, dizendo que queria se barbear para mim, que devia ter-se barbeado em minha homenagem, mas que faria isso no dia seguinte. Eu lhe traria o espelho, uma vasilha com água, o pincel e sua navalha, e seguraria sua mão para que pudesse se barbear. Ficou muito grato por eu ter vindo. Disse que eu tinha me tornado uma moça muito elegante, mas disse-o sem qualquer traço de sarcasmo.

Durante o jantar foram só perguntas e mais perguntas. Nova York estava mesmo cheia de gângsteres? As ruas eram muito largas? Que amigos eu tinha feito? O que as pessoas comiam? As diferentes raças viviam em guetos e saíam para desafiar umas às outras? Uma criança que estava debaixo da mesa amarrava e desamarrava sem parar os laços dos meus sapatos marrons de salto alto. Josie, a mãe, percebeu que eu não sabia qual das crianças estava fazendo isso, a dela ou a da Dinnie. A mesma Dinnie com quem eu tocava o gado e misturava o estrume antes de ir embora e esquecer todas elas. Minha mãe continuou insistindo para que eu comesse e não fosse tão reservada. Quanto tempo ficaria? As duas perguntaram e responderam por mim: claro que eu não deixaria uma mãe sozinha naquele momento difícil. E contaram em detalhes como ela conseguira esconder do pai doente a notícia da morte do filho. Na noite em que foi trazido para casa os sinos da capela dobraram e continuaram a dobrar em sua honra, em honra de seu valor — e meu pai perguntava se algum bispo ou coisa que o valha estava em visita à paróquia, sem saber que era um réquiem para o próprio filho. E não ficou sabendo até o dia do funeral propriamente dito, pois acreditavam que, se soubesse antes, insistiria para que a tampa do caixão fosse aberta, e aí seria demais para ele ver um filho com metade do rosto destruído.

As vizinhas foram minuciosas ao comentar o banquete que minha mãe tinha preparado para mim, a rabada encomendada com semanas de antecedência, por medo de que uma das duas — a carne ou eu — chegasse cedo demais. Noni contou que a rabada teve de ser fervida por horas. Depois disso, minha mãe precisou remover o nervo e as cartilagens; o caldo já estava meio gelatinoso e minha mãe engrossou-o com farinha de milho, experimentando para conferir o sabor. Por que eu não iria comer? O cheiro fortíssimo da manteiga caseira, que eu não sentia desde que partira, provocou-me náuseas. Repararam como eu estava diferente da mocinha dócil que partira com uma bolsa de lona impermeável e seus poucos tesouros numa latinha, para a qual Dinnie providenciara um cadeado.

Minha mãe deu as cascas de pão seco que molhara no chá frio à cadela a seus pés. Era nova, uma cópia perfeita da anterior, preta com manchas brancas na testa — e vesga. Princesa era o seu nome, porque o outro cachorro se chamava Príncipe.

Aguardavam ansiosas, de pé em volta da mala aberta, enquanto eu tirava os presentes. Minha mãe disse, logo de cara, que luvas forradas de pele não teriam serventia para meu pai, e nem o casaco preto com fecho turquesa para ela. Mas as outras ficaram agradecidas até demais pelas coisas que lhes trouxe: um cordão de pérolas artificiais, um bracelete brilhante, um porta-camisola e uma caixa de lenços com arremate de renda e pequenos provérbios.

A chuva me acordou; na janela de trás, a montanha parecia perdida em meio à garoa cinzenta. As poucas cabeças de gado e o nosso único cavalo se encolheram debaixo de uma parede, sem fazer barulho; só ficaram ali tremendo, pois já estavam acostumados.

Minha mãe foi ríspida comigo por descer bem-vestida, e não admitiu que eu fosse ao quintal fazer as tarefas com ela. Agora eu era uma dama. Havia um abismo entre nós; ela já tinha percebido que eu estava fora daquele ambiente, e eu sem saber em que momento podia explicar isso a ela. Depois que ela saiu, cometi um ato de rebeldia. Esvaziei a gaveta de talheres no chão da cozinha e despejei uma chaleira de água fervendo sobre aquilo tudo, para tirar as manchas de gema de ovo, comida e óleo de fígado de bacalhau, como se quisesse jogar fora tudo o que era triste, pobre, velho, mofado e rançoso.

O peixinho prateado

Foi Tess quem me disse que a turma ia ao baile para virar a noite. Tínhamos sido colegas de escola. Colhíamos cogumelos e fazíamos de conta que tínhamos visto um grande navio. Ela havia casado depois da minha partida. Casamento arranjado com um homem da região central, um tal de Donal, que tinha trabalhado numa garagem, mas acabou optando pela lavoura. Ficava fora o dia inteiro drenando campos e pântanos para que pudesse cultivá-los e plantar milho. Tess colocou a lembrancinha na minha mão, dizendo que me traria boa sorte. Era um peixinho prateado com escamas douradas de linha; quando o pôs na palma da minha mão, senti-o esticar-se para trás, como se fosse um peixe de verdade, tinha algo de expressivo. A casa nova deles, construída no terreno contíguo ao antigo chalé coberto com capim, era feia. Parecia um acampamento: o emboço das paredes era recente e tinha umidade por causa do chão de cimento. Estávamos no quarto bom. No início estava tímida, comentou sobre as mudanças em mim, minhas roupas e até um certo sotaque. Os presentes de casamento, mesmo depois de um ano, ainda estavam sobre a mesa da sala de jantar: aparelho de chá, lençóis, fronhas, pequenos copos azuis e uma jarra azul com uma corrente prateada em torno do gargalo, na qual estava escrito "Claret". E no meio disso tudo o peixinho prateado que Tess me fez levar. Ela estava feliz por eu estar em casa. Eu viria com frequência, seria uma companhia. Donal era o melhor dos homens, o mais doce, mas homens não eram companhia. No chão havia um berço baixo como um barquinho, estofado e forrado com linho branco, e ela rezava para que fosse ocupado por um bebê para preencher seus dias. Então, de repente, ela saiu correndo e pude ouvi-la saltar os degraus da escada, enquanto eu olhava para o único quadro na parede — um mar em tom azul-petróleo, as ondas encrespando-se e o navio, com suas velas e cordames enfunados, pronto para zarpar. Voltou com o que sobrara de seu bolo de casamento. Estava numa caixa branca de bolo, com um paninho de mesa por cima. O glacê teve de ser socado com o cabo de uma faca antes que quebrássemos os dentes tentando mordê-lo.

Tess disse que os rapazes iriam ao baile com carteado no domingo seguinte, e ao dizer isso corou muito, como se alimentasse um desejo secreto de ir também.

Diversão

A caminhonete que veio me pegar buzinou e eu desci os degraus correndo, com meus sapatos com detalhes prateados e meu longo casaco de veludo arrastando na grama.

Havia seis homens, todos em seus melhores trajes; apressaram-se a dizer seus nomes enquanto eu subia o alto degrau e uma mão me ajudava a entrar. Fiquei espremida entre Iggy, o motorista, e um homem chamado Cornelius, fumante inveterado, o cabelo castanho caindo para o lado em seu rosto magro. Todos os outros prestavam atenção nele, e Iggy me dizia para tomar cuidado com aquele homem, que era o próprio Don Juan; muitas garotas caíam por ele — mas, nossa, que cavalheiro, e de uma linhagem de cavalheiros! — Disseram-me que seu cavalo, Red River, seria o grande prêmio daquela noite. Ele o tinha dado a seu amigo Jacksie, que perdera tudo no jogo; a moça de quem estava noivo rompera o compromisso e nem devolvera o anel que era da mãe dele, joia de família.

Corríamos na estrada rural e depois em estradinhas menores, molhadas e com camadas de gelo. Tantas brincadeiras! Diziam que talvez eu ficasse fora de casa por uma semana, ou até mais.

Carroças e motocicletas com carrinhos laterais estavam estacionadas no grande pátio da casa de Jacksie; cavalos comiam direto dos sacos de aveia e um violinista ignorava a chuva para nos receber. Jacksie estava vestido como um bandido, com um dos olhos coberto por um tapa-olho. Correu até Cornelius para dizer que 12 mesas tinham sido reservadas, seis jogadores por mesa a cinco libras por cabeça, baralhos e bebidas, doados por vários comerciantes, e Red River, confidenciou ele, estava muito bem guardado num estábulo muito longe, porque, com uma multidão daquelas, e talvez um pouco de inveja, o cavalo podia ser roubado, envenenado, sedado ou coisa assim.

Cães corriam e latiam por toda a entrada, onde havia potes e panelas no chão para recolher a água da chuva que caía torrencialmente.

— Dê uma volta por aí, dê uma volta — disse-me Jacksie, e lamentou o fato de que, desde que sua querida mãe morrera, os cômodos sentiam falta do calor, do toque feminino.

Na cozinha, duas mulheres grandes com uniformes de cozinheira destrinchavam pernil e carne para os sanduíches que seriam servidos durante o jogo, e depois, no grande café da manhã ao amanhecer.

A maioria dos jogadores estava sentada, louca para começar; homens impacientes embaralhando as cartas, uma lâmpada central sobre cada mesa, e fizeram uma saudação de boas-vindas quando Cornelius entrou. A partir do momento em que começaram a jogar, tudo se aquietou, os rostos sérios e concentrados, exceto dois homens que estavam bêbados e faziam graça, perguntando 'se Red River tinha sido vencido pelo próprio Man O'War, um dos mais famosos cavalos de corrida da história.

Eram, na maioria, homens. Havia apenas duas mulheres: a Sra. Hynes, que gritava o tempo todo com seu parceiro para que pensasse mais nas vermelhas e menos nas pretas.

— Lembre-se: mais das vermelhas e menos das pretas, Timmy.

E uma tal Srta. Gleason, que jogava de chapéu, um alfinete de pérolas firmando o tecido, as pérolas amarelas e muito pálidas.

Ninguém dançava, mas o violino rangia de tempos em tempos. Os cães entravam e saíam debaixo das mesas, que balançavam por causa dos socos de descontentamento, discussões após cada rodada em torno das armações dessa ou daquela pessoa. Fez-se silêncio quando a Srta. Gleason ficou toda confusa, primeiro ao passar a vez, e depois quando se desfez da sua melhor carta sem necessidade. Seu parceiro, um homem grosseiro, deu um pulo e a chamou de irlandesa louca e idiota na frente de todo mundo.

— Ela não sabe contar, não conta merda nenhuma, não sabe nem que um cinco é melhor que um valete!

A pobre Srta. Gleason ficou arrasada, o rosto tão vermelho quanto as paredes. Com voz estridente, pediu que ele retirasse aquele comentário, e as pessoas ao lado dela puxaram-na para que se sentasse de novo. Em seguida Jacksie, em cima de uma cadeira e com a voz trovejante, declarou-a oficialmente um perigo para qualquer jogo. Então ela se sentou, frágil e aborrecida, com as bochechas pegando fogo, e prometeu a si mesma nunca mais pisar naquele lugar. Enquanto alguns procuravam acalmá-la, outros riam da sua desgraça.

Cornelius e Iggy estavam na rodada final; seus oponentes, que eram da cidade, contrariados e despeitados. Nenhum som se ouviu naquela sala até que, no último minuto, gritos de incredulidade deixaram claro que Cornelius tinha o valete, o ás e o rei — e jogou-os na mesa com ar arrogante, enquanto Iggy juntava as cartas vencedoras. A dupla foi a grande vitoriosa da noite. Concordaram em jogar cara ou coroa por Red River. Chamaram uma das mulheres da cozinha, considerada imparcial, para jogar a moeda, o que fez com grande vigor. A tensão tomou conta de todos ao ver a moeda rodopiar no ar, quase invisível aos olhos, depois cair meio errática e girar várias vezes antes de se decidir a aterrissar, e a mulher com os braços em roda para que ninguém avançasse, como duas fronteiras em volta do ponto onde a moeda havia caído. E então todos puderam ver que dera coroa, que tinha sido escolhida por Cornelius.

— Não se preocupem, rapazes... vou devolvê-lo. Jogaremos por Red River outra noite dessas.

Uma súbita maré de felicidade encheu a sala, enquanto o erguiam nos ombros; quatro homens o carregaram até o salão de jantar, lágrimas de orgulho e alegria escorriam não só dos seus olhos, mas de todo o seu ser, e ele repetia:

— Tinha medo de ganhá-lo... tinha medo disso.

O dia já estava claro quando voltamos para casa, todos alegres, alegres demais, empilhados no caminhãozinho, ramos e galhos de árvore caídos por toda a avenida e ao longo da estrada principal. Em vez de ficarem assustados, riam e relembravam os momentos mais difíceis do jogo, a inimizade, a pobre Srta. Gleason enfurecida como um galinho garnisé sem nem sequer ter percebido que a carta de copas era um trunfo naquele momento. Os rios pelos quais passamos estavam cheios, cor de lama verde ou marrom, a água do lago cor de chumbo, os juncos ao longo da margem vergados e amassados, e de repente um berro e gritos de "Jesus!", quando o caminhãozinho balançou numa curva e Iggy puxou o freio, evitando bater em uma árvore caída.

Falavam todos ao mesmo tempo. Tinha sido por pouco, e que motorista experiente era Iggy, manteve a calma e não perdeu o controle do volante. Saltamos e fomos ver a árvore. Tomava toda a largura da estrada, pedaços e pontas espalhados por toda parte e alguns brotos verdes enrolados, como pássaros prontos a levantar voo.

— Esta se foi — disse Cornelius.

— Sorte que não fomos junto com ela — disse outro, mas continuavam animados.

Correram atrás dos gorros que o vento tinha levado; dois deles estavam fora do alcance, perdidos para sempre no alto de uma ribanceira. No entanto, o espírito deles desanuviou-se quando voltaram para avaliar a árvore, em seu orgulho caído. Dessie tentou descobrir sua idade pelo número de círculos no tronco e afirmou que estava bem acima dos cem anos. Era uma visão triste, a base tomada por barro úmido, as raízes despedaçadas, magricelas e cheias de bichos e, a julgar pela curvatura, ansiosas por voltar para dentro da terra. Como disse Iggy, nada a fazer, senão arranjar uma parelha de cavalos com correntes e o tirante para puxar o caminhãozinho, que estava sobre as rodas traseiras, preso como um animal derrotado.

"Mantenham as lareiras acesas" era a senha enquanto marchávamos rua abaixo até uma taberna que eles conheciam. As letras douradas que diziam "Cervejas e vinhos finos desde 1892" estavam apagadas e descamavam-se sob o nome dos donos, pintado em preto. Jogaram pedras na janela e um homem sobressaltado veio nos atender, seguido pela esposa, que correu para nos trazer bebidas. Agradeceu a Deus por ninguém ter se machucado e contou que seus filhos tinham chorado a noite inteira. Correram para a cama dos pais, com medo de que o vento os carregasse para o lago. Dois dos rapazes mais jovens, Brud e Eamonn, foram mandados ao quintal para apanhar os cavalos e correntes e seguir para resgatar o caminhãozinho.

Cornelius fez a mulher abrir o uísque mais raro da prateleira e logo bebiam de novo, como se a noite estivesse apenas começando. Riam de tudo: dos gorros perdidos, que àquela altura já estariam em Shannon, da pobre Srta. Gleason, da coincidência no fato de Cornelius ter recuperado Red River e de sua delicadeza em devolvê-lo para ser disputado novamente.

A taberna ficava ao lado de uma quitanda e armazém, e Con insistiu em comprar novos gorros para todo mundo. Homens tímidos, bêbados, davam voltas, olhavam num pequeno espelho apoiado na janela e diziam um para o outro:

— Oh, agora estamos chiques! — Levantavam e abaixavam os novos gorros para se habituarem ao tamanho e à sensação deles, e apertavam os gorros velhos nas mãos como se fossem panos de prato.

A manhã ia avançada quando chegamos em casa. Nossas duas vacas tinham sido soltas; o recipiente de leite e a batedeira estavam no lugar, arejando. Quando fui me despedir, os outros insistiram para que Cornelius me levasse até o portão.

— Leva a garota até em casa!

Ao nos vermos sozinhos pela primeira vez, houve aquela timidez, aquela hesitação.

— Será que devo cantar para você? — disse e imediatamente começou a cantar:

> *Venha sentar do meu lado se me amas;*
> *Não tenhas pressa em me dizer* adieu
> *Mas lembre-se de Red River Valley*
> *E do caubói que sempre te amou.*

A chuva tinha passado, mas uma nuvem baixa, cheia de água e raios de sol, estava pronta para abrir-se, para derramar-se.

Cavalos novos

— Vá em frente... toque-a... bote a mão no pescoço, bem do lado. Só está um pouco nervosa... é uma moça nervosa feito você — disse Cornelius, quando uma das éguas, uma alazã, ao perceber que eu era uma estranha, afastou-se e voltou para o estábulo, bufando descompassada.

Ao todo havia cinco ou seis éguas, entre as quais uma alazã, uma baia e uma malhada, e na semiescuridão, porque as cortinas estavam fechadas, os olhos delas eram de um azul líquido, as grandes órbitas úmidas azul-marinho e cheias de curiosidade.

Foi nos estábulos de Rusheen, limpos e confortáveis como uma cozinha acolhedora, uma lareira bem ao final e o velho cavalariço aquecendo a cevada para o jantar delas, os arreios e os metais lindamente polidos, o cheiro do couro e do óleo de linhaça. Agora todos os cavalos estavam agitados, pois o garanhão lá no final começara a dar coices dentro de seu cubículo, como se fosse partir para cima deles.

A casa do lado oposto ao pasto era uma ruína que ele insistiu em me mostrar, um pedaço de parede pintada ainda de pé, uma escada que dava em lugar nenhum, seus degraus de ferro obstruídos por mato, o conjunto de gongos verdes da cozinha dos fundos ainda intactos, numa teia de bolor, e estorninhos que entravam e saíam a toda hora com pedaços de galho na boca, para fazer seus ninhos nas altas quinas vermelhas do que sobrara do telhado. Contou que a casa teve de ser queimada na época da Guerra Civil, para impedir os ingleses de usarem-na como quartel-general; muitas das grandes casas naquela área tiveram a mesma sorte. Ele mesmo tratou disso junto com três outros rapazes; foi até lá no meio da noite com latas de gasolina e bolsas de palha para alimentar o fogo. Tudo se deu em questão de minutos, uma grande fogueira a iluminar toda a paisagem, absorvendo o frio. As chamas se estenderam por vários quilômetros e a casa explodiu como se fosse papel; paredes e tetos desabavam uns sobre outros, os exaustores das chaminés dilacerados. Mas uma nova casa seria construída bem perto das ruínas carbonizadas — e também se chamaria Rusheen.

— Com certeza uma criança poderia tocá-la... e domá-la — disse Cornelius e me carregou para cheirar a inquieta égua alazã, fazer amizade com ela.

Mas, quando cheguei mais perto e vi sua boca úmida e negra como algodão, devo ter demonstrado meu nervosismo, porque ela começou a relinchar alto, assim como as outras. O garanhão pulava, pulava alto, acima da portinhola de seu cubículo, o pescoço arqueado preto e arrepiado, esterco e feno voando para todos os lados, os relinchos agora furiosos e enlouquecidos.

Cornelius conversou com eles, entre palavras e partes de palavras, e o velho cavalariço trouxe dois chumaços de fumo, um para ele e um para Cornelius, porque aquele era um dos cheiros favoritos dos animais. Depois veio a hora de alimentá-los e tudo se aquietou; só se ouvia os animais mastigando, mastigando, e ele acariciou a égua alazã, que sacudia orgulhosa a sua crina. Con disse:

— Ela vai gostar de você, vai te amar um dia — e acrescentou que ela faria parte da parelha que nos conduziria numa carroça, na manhã do nosso casamento.

Foi o seu jeito de fazer o pedido — e o velho cavalariço apertou sua mão e chorou de alegria com a notícia.

Sabia que minha mãe ficaria feliz, porque quando a carroça veio me buscar, benzeu-se e jogou água benta em mim para que me trouxesse prosperidade.

O noivado durou seis semanas; seis semanas agitadas, cheias de planos, compras e presentes para os meus pais. Para meu pai, um par de dentaduras novas, especialmente ajustadas por um dentista em Limerick, e para minha mãe, um aparador de carvalho, diante do qual ela se sentava todas as noites, como se estivesse em um altar. Cornelius mandava me apanhar todos os dias para discutir com Dan, o cavalariço, os planos para a construção da casa nova, que seria uma réplica da antiga: salas, quartos, banheiros, bar, janelas panorâmicas e até uma rosácea separando o vestíbulo do saguão. Como eu ansiava voltar para os Estados Unidos, meu futuro marido concordou que poderíamos passar um ano lá, enquanto a casa estivesse sendo construída.

*

Meus pais eram tímidos e inseguros demais para fazer a viagem até a igreja no cais de Dublin, onde iríamos nos casar. Apenas uns poucos convidados: os amigos de Cornelius, barbas por fazer e abatidos por causa das noitadas anteriores, totalmente sem dormir, mal jogaram uma água no corpo e se fortaleceram com café e álcool. Cornelius encontrou-me no altar porque eu tinha ido sozinha, já que se dizia que não dava sorte o noivo ver a noiva antes da cerimônia. Eu não quis um casamento de branco, talvez porque não quisesse me casar, porque nas noites anteriores eu escrevera o nome completo de Gabriel várias vezes nas cinzas quentes, com a tenaz. Minha mãe, vendo que eu estava dividida, fez um discurso enorme sobre os tempos da fome, quando nossos antepassados foram expulsos. Usei um costume cor de ameixa com chapéu combinando, o véu salpicado com pequenas frutinhas amassadas que pareciam comestíveis.

Quando chegou o momento da troca de alianças houve um incidente; o padre atarracado, de pé nos degraus do altar, examinava os rostos rapidamente, com crescente irritação, a papada cada vez mais vermelha. Os três coroinhas riam entre dentes, como se pressentissem o que aconteceria a seguir. Frank, o padrinho, tinha perdido as alianças. Procurou em todos os bolsos várias vezes — e por um momento acreditei que estava livre, de pé ali, em alegre e arrebatado suspense. Os homens — particularmente Cornelius — estavam envergonhados e confusos, até que surgiu um sacristão magro e servil, vestindo uma longa batina, e acenou com a cabeça na direção de um altar lateral, convidando o padrinho a acompanhá-lo. Um porta-joias comprido, escondido atrás da imagem de Santo Antônio, estava cheio de recordações: correntes de ouro, colares, contas de rosários, flores de coral. Destrancou-o e escolheu duas alianças. Em seguida os dois cochicharam, provavelmente sobre dinheiro, e meu coração apertou.

Ao abrir meus dedos travados para receber a aliança, veio-me o pensamento de que talvez pertencesse a alguém que tinha morrido e que possivelmente pedira para que fosse colocada naquele porta-joias para o repouso de sua alma. Os votos foram pronunciados muito depressa, e, na hora que saímos, o sineiro já fazia o seu trabalho: os sinos repicavam alegremente, logo acompanhados por muitos outros sinos de todos os campanários ao longo do cais, como um cortejo os repiques limpos e cristalinos naquele ar limpo e cristalino. Quando um coroinha jogou um pacote de arroz em cima de nós, meu marido e eu trocamos nosso primeiro beijo de casados diante da água do rio Liffey, que era cor de estanho com pedaços de gelo, alguns enormes, outros minúsculos, lavados e enxaguados, espalhados, explosões de luz, como joias, como se fossem muitas alianças, milhares de alianças polidas pelas águas do rio.

Parte Três

Nolan

Uma infinidade de sininhos, seguidos de sinos maiores, tocam dentro da cabeça de Dilly, repiques separados por meio século, e ela acorda aos poucos, a mente entupida de lembranças e confusão. Vê uma jovem robusta empurrando um carrinho de chá com um floreio, fazendo-o deslizar pela enfermaria como se estivesse num campo aberto, em meio a uma competição. Gotas de chá espirram pelo bico do bule de metal e a moça ri enquanto cumprimenta esse ou aquele paciente.

— Dia... dia a todos... dia a todos — diz, brincalhona.

Agora está ao lado de Dilly, sorriso aberto, os olhos salpicados de partículas cor de âmbar, a mão com sua tatuagem carmesim como um cartão de visita:

— Sou Nolan, trouxe o seu café da manhã — e explica que a irmã Consolata deixou um bilhete com rigorosas instruções para não servir leite, manteiga ou ovos quentes; apenas chá preto com pão e geleia. — Você é muito alegre — diz, embora não compreenda como uma mulher do campo, acostumada com galinhas, frangos, vacas e bezerros, pode ser tão detalhista com sua dieta.

— Irmã Consolata é aquela freira simpática que conheci no alto da escadaria?

— Essa mesma. Uma ótima criatura, mas muito estranha... A mulher traz anêmonas aqui para um paciente e Consolata diz que elas são vermelhas e arroxeadas porque cresceram ao pé da cruz no Calvário e foram manchadas com o Sangue de Cristo. A mulher não acredita no que está ouvindo, olha para mim e pensa consigo mesma: "estou num hospital normal ou no Hospital Psiquiátrico John O'Gods, com os lunáticos e alcoólatras?" Ainda assim, não há maldade em Consolata, só loucura mesmo... pronta para viajar a qualquer momento direto para os céus... encontrar com seu namorado, Santo Agostinho... "Tarde te amei, ó Beleza sempre antiga e sempre nova." Bem estranha, e isso é tudo o que tem de santidade.

— Fui sedada com pílulas — Dilly diz.

— Oh, aquela vaca da Flaherty — responde Nolan, enchendo demais a xícara de chá.

Bastam alguns minutos e as duas já se unem nas queixas contra a enfermeira Flaherty, que Nolan considera quase mulata e um tanto doida. Quase sem respirar, vocifera:

— Vaca frustrada, vaca perfeita... não é casada. Quem ia querer? Se estiver faltando um prato que seja, ela já arma a maior confusão! As chances de ela fisgar alguém são muito pequenas. Não dê atenção a ela... está de folga hoje... Bem que ela gostaria de ter um cara... Na hora da visita do jovem e belo cirurgião residente ela tenta impressioná-lo: "Vá sacudir aquele colchão." Já começa a me dar ordens. "Vá você", respondo. Seu rosto fica de todas as cores, vermelho, marrom, beterraba. Quer me matar. "Faça o que eu digo, faça o que eu digo", diz, já gritando. Fico na minha. Dava para ver que estava nervosa e confusa por dentro, mas, é claro, não podia ter um ataque com ele ali por perto. Gotas de suor escorriam-lhe pelo rosto e nos pelos do queixo, feito um homem. Garanto que ainda vai ter uma barba, posso apostar que vai. Essas velhas sempre têm barbas. "Você não espera que o cirurgião vá sacudir o colchão, não é?", diz. O médico tem de sair da enfermaria para não rir na cara dela. Eu digo para dar queixa de mim à superiora. Com isso ela se cala. Se quer saber minha opinião, as pessoas querem é fazer da vida das outras um inferno. Ou é isso ou é presunção. Algumas aqui dentro, gente importante... a rosácea de Chartres mudou minha vida. Marcel Proust, seja lá quem for, mudou minha vida. Pura bobagem. Se você tem filhos e não tem fraldas, nada muda sua vida, só as fraldas. É assim que me sinto. Quem vai tomar conta de mim e da criança? Larry, eu espero, a menos que esteja me enganando. Temos uma casa linda e tudo... Ganhei um dinheiro quando um caminhão me atropelou... levou muito tempo para conseguir... minha avó guardou para mim e, logo que soube que tinha um bebê a caminho, me deu mais de três mil libras e disse: "Você vai precisar, Nolan, para as coisas do bebê." Logo em seguida, Larry e eu fomos ao mercado de móveis em Castleknock... compramos uma cama de pinho e uma cômoda com gavetas... As pessoas perguntam o que é que eu vi nele. Eu sei o que vi nele... quando estamos sozinhos a gente ri muito... Ele não tem carro agora... um lunático acabou com o carro dele numa rotunda na Naas Road... Não temos pressa em nos casar, somos livres-pensadores. Minha mãe louca para se retratar, para ficar íntima, está com ciúme porque vou ter o bebê... abandonou minha irmã e eu... colocou a gente em orfanatos... Eu escrevia poemas para ela... Quer saber, a gente faz poemas quando não se pode falar direto com a pessoa e pôr tudo pra fora. Não dava a mínima para nós, só se preocupava com seu corpo... vê como eu sou... vê o meu tamanho... Bem, se minha mãe vestisse uma roupa minha, passaria direto por ela e cairia no chão... Está muito na dela desde que perdeu a beleza... Eu era muito presa a ela. Meu filho não será preso a mim porque eu vou saber como tratar disso, vou saber como amá-lo... Não estamos com pressa de casar... é inútil. O bebê vai ficar bem. Tenho uma lâmpada do Sagrado Coração que fica sempre acesa, dia e noite... ela nos protegerá.

Pela primeira vez olha para o rosto sobre o travesseiro, abatido e carente.

— Pode me dar meu cardigã? — diz Dilly.

Nolan pega o cardigã na cadeira e ajuda-a a vesti-lo, depois abotoa os botões de baixo. O toque é suave e gentil, em contraste com sua veemência.

— Ah, senhora... não ligue para mim, sou uma tola mesmo — diz, e espera, porque Dilly quer fazer uma pergunta.

— O que vai acontecer comigo?

— O que vai acontecer com a senhora é o seguinte: uma enfermeira vai dar banho em você e depois a senhora vai dar um pequeno passeio no corredor, para cima e para baixo: o Corredor de Maria, como eles o chamam. Vai conhecer outras pessoas... a maioria viciados... uns caras fedidos... tarados... mas antes disso a senhora vai receber a Sagrada Comunhão, todos recebem, uma freira vem à frente do padre com uma vela e um sino, a cabeça baixa... todo mundo de cabeça baixa... o padre segue com o cálice, e a senhora vai fechar os olhos e sua alma vai ficar branca como neve.

Irmã Consolata

— É verdade que nós duas somos do interior e do oeste? — diz a irmã Consolata, batendo palmas de júbilo, os olhos azul-escuros brilhando.

Entre ela e Dilly floresceu uma amizade. E ela tomou para si a tarefa de banhá-la no banheiro privado, de cuidar para que a herpes regredisse e, contra as regras do hospital, aplicar um unguento marrom-acinzentado que Dilly tinha conseguido com algum charlatão da sua cidade. Nas manhãs em que Dilly ia fazer seus exames, encorajava-a. Ia de braço dado com ela e explicava que eles limpariam o organismo, livrariam-no de todas as células sem vida e a deixariam nova. Dilly acreditava; no entanto, quando punham o garrote em seu antebraço para tirar sangue, seus medos voltavam e seu próprio sangue parecia-lhe traiçoeiro no pequeno tubo de vidro.

À noite, havia o ritual de suas pequenas "confabulações", como a irmã as chamava; puxava as cortinas em torno da cama e, quase sempre, dava-lhe uma fatia de bolo ou um pãozinho da despensa das freiras. A irmã presenteava sua nova amiga com as histórias que compilara da História: Cuchulain, herói condenado a matar o próprio filho, a quem não reconheceu por causa de uma neblina que tomou conta da floresta de salgueiros. Matou seu próprio filho, enlouqueceu por causa disso e depois, no final, amarrou-se a uma pilastra para morrer de pé; Cuchulain, que abriu sua túnica para deixar que as lontras viessem beber aquele sangue orgulhoso. E a pobre Grace Gifford, como diz a irmã, que teve dez minutos na calada da noite para dizer adeus a Joseph Mary Plunkett, o homem com quem casara havia apenas uma hora, e para escrever uma mensagem secreta nas paredes da cela onde estava preso, em Kilmainham. Joseph Mary e suas exaltações a Cristo — "Vejo o Teu sangue sobre a rosa, nas estrelas vejo a Glória dos Teus olhos" —, todos mártires e poetas. São seus amigos, diz ela, assim como os santos, especialmente os seus prediletos, Antônio, Judas e padre Pio, e aqueles seres incríveis, prestes a ser beatificados: Paulo da Cortina de Ferro, que enfrentou a ira dos comunistas para viver debaixo da terra e pregar a fé a inúmeras almas russas sedentas; Therese Neumann, com as chagas de Cristo pelo corpo todo, as roupas manchadas de sangue, sem se alimentar ou beber nada por trinta dias, recebia apenas a hóstia sagrada, mas era feliz, como diz a irmã, com seus pássaros que cantavam a plenos pulmões, em coro, ao redor dela.

À medida que os dias passam, a amizade se aprofunda; os pequenos e grandes segredos são revelados. A irmã começa a conhecer a casa de Dilly; o ambiente, as duas avenidas, a velha e a nova, os dois portões, as árvores maravilhosas, a palmeira que na verdade não era palmeira... depois por dentro, cômodo por cômodo, cortinas com pavões pintados, grandes espelhos, a caixa onde Dilly guardava as maçãs maiores e as miúdas, que quando maduravam soltavam um perfume de sidra; a planta florida sobre o gaveteiro, cujas casquinhas se soltavam e caíam como feno sobre o tapete, e a plantinha que devia estar morrendo de sede, já que nem Con nem Crotty se lembrariam de regá-la.

Mas o que mais ocupava o pensamento de Dilly era a família, os filhos, o desemaranhar dos sofrimentos que lhe tinham causado. Seu filho Terence, por exemplo, sempre fora o seu garoto de cabelos quase brancos, até cair nas garras de uma mulher avarenta e tornar-se tão difícil e mesquinho quanto ela.

— E foi assim — diz ela, a voz sumida ao recordar a noite em que a traição foi tramada. Terence chegou tarde, muito agitado porque sua mulher, Cindy, o deixara; sua querida esposa tinha desaparecido sem deixar sequer um bilhete. Não entrara em contato nem com sua própria família nem com a única amiga, a costureira Alice. Cinco dias e cinco noites, e tudo o que Terence sabia era que talvez tivesse ido para as montanhas, como já ameaçara fazer antes. Para as montanhas de onde pessoas infelizes, até mesmo jovens, costumavam atirar-se. O pai de Terence, farto de ouvir aquela ladainha, fez algum comentário mais incisivo sobre Cindy; seguiu-se uma briga, pai e filho quase chegaram às vias de fato, e Terence saiu tempestuosamente dizendo que sua própria vida tinha acabado, e que ele também ia para as montanhas.

No entanto, voltou bem depressa. A esposa tinha ligado para ele de um hotel em Dublin e os dois se reconciliaram. Mas depois disso as visitas deles tornaram-se muito breves, e mesmo no Natal sua mulher não se dignava a passar uma noite sequer sob o teto deles. Por fim, Terence revelou que a razão da infelicidade e do desaparecimento da esposa era o fato de não ser aceita de braços abertos por eles, de sempre ter se sentido uma estranha, e que o único consolo seria receberem Rusheen e todas as terras de papel passado. E acabou convencendo-os a ceder.

Conta como o filho foi traiçoeiro ao levá-los de carro até os advogados, a frieza no escritório, uma mesa enorme repleta de papéis e livros, a fachada com o nome da empresa gravado à tinta, o marido sentado a seu lado, o filho e a esposa nas cadeiras de trás, e ela obrigada a declarar seu desejo, seu desejo forçado; depois o advogado leu o documento na sua presença. Mesmo na hora em que o pegou para assinar, arrependida do que estava fazendo e consciente de que tinha omitido completamente sua filha, não lhe deixou nem mesmo o terreno no quintal que tinha prometido, e que um avaliador tinha ido medir.

— Ainda estou horrorizada com isso — diz ela, entre lágrimas, e a irmã concorda que de fato foi um comportamento muito desnaturado.

Mas a filha, como ela diz, está presa a uma vida de vícios lá longe na Inglaterra e os filhos pequenos numa escola *quaker*, sobre cuja escolha Dilly não fora consultada. E os livros dela, que escandalizaram o país? Mas, como a irmã se apressa em dizer e um padre comentou, as partes que falam da natureza são muito bonitas, arrebatadoras. Se ao menos tivesse cortado as partes escandalosas... Sim, Eleanora levava uma vida questionável, e Dilly teve prova disso, segundo ela, na única visita que fez à filha. Desconfiou disso quando Eleanora deu uma festa em sua homenagem, ainda que não conhecesse um único convidado. Vinhos e bebidas à vontade, ostras também, e um homem casado muito próximo dela, que pegou o pingente que caíra dentro de sua blusa transparente, levantou-o para beijá-lo e disse:

— Eu queria fazer isso desde que cheguei aqui.

Dilly lembra as ingratidões com relação aos presentes que lhe mandou ao longo dos anos: as capas de almofada em tecido artesanal com motivos antigos, que bordara com tanto esmero e que encontrou num armário. Os tons de lilás e índigo tinham escorrido no tecido branco; as capas tinham sido lavadas e ainda não estavam completamente secas. Foram enfiadas lá porque com certeza não eram suficientemente bonitas para os ilustres convidados e o homem casado.

A irmã segura o crucifixo de metal entre elas duas e diz para rezarem, que vão tomar os céus, e que, assim como os coelhos ficam brancos por comerem neve, as almas dos seres humanos tornam-se brancas em função do alimento espiritual destinado a elas. Mais tarde a irmã recorda ter lido sobre Eleanora, ter visto fotos dela. Um divórcio infeliz e um marido muito bonito, porém muito mais velho do que ela.

Dilly se contorce à simples menção do nome dele, um homem tão estranho, tão perverso, um autocrata — um homem que, até onde ela sabia, nunca se sentou para jantar com a própria família, e de quem a esposa, sua desafortunada filha, tinha de tomar emprestado a própria mesada para comprar sapatos e roupas para os filhos.

— Por que, por que, por quê? — pergunta, ainda indignada, ainda triste, ainda aflita, ainda atônita por um casamento assim ter acontecido um dia.

Parte Quatro

Cenas de um casamento

Cena um

O marido de Eleanora, Hermann, sempre afirmou que ela só se casou com ele, a pretexto de amor, para fomentar sua ambição. A mãe dela garantia que, ao escolher aquele louco, aquele infiel, a filha queria mesmo era colocar o último prego no caixão dela. Já Eleanora achava que a literatura tinha tido um efeito vertiginoso sobre ela. A literatura fora sempre um caminho para a vida ou para escapar dela, não tinha certeza, mas o fato é que acabara por se render a esse ofício.

Havia Clarissa, personagem de Samuel Richardson, com cadeados nas portas e janelas para barrar o Sr. Lovelace, um rufião, que disse não saber se a sua indiferença era verdadeira ou não — e que, para a desgraça dela, teve sucesso em convencê-la a passar por sua esposa. E depois havia Jane Eyre, escravizada pelo inescrutável Sr. Rochester, e também a criadora de Jane Eyre, Charlotte Brontë, que se apaixonou por *Monsieur* Heger, um homem casado. Quando a iniquidade foi descoberta, ela e a irmã Emily foram despachadas de Bruxelas de volta para o pântano, e mais tarde suas infelizes vidas foram transformadas em visões de amores despedaçados. E havia a filha pagã de Charlotte, que morreu no ventre da mãe — e que, segundo Eleanora, assombrava o mesmo pântano, lamentando a sua sorte, nem totalmente morta nem completamente viva, eternamente à espera de ser.

Pensava também, e com frequência, em John Clare num manicômio em Northampton, olhando para as vogais e consoantes que estava convencido de terem sido roubadas de sua cabeça pelas autoridades, e que por isso o poema que havia escrito sobre uma margarida não estava ao seu gosto. Seu último dístico, sobre a incapacidade da palavra para captar a alma oculta do amor, a aterrorizava.

Como Hermann, o futuro marido, podia ter suposto reflexões tão irracionais? Não podia, e a mãe muito menos. Sua mãe rejeitava a vulgarização da palavra escrita e, uma vez, num desabafo, afirmou que "o papel nunca recusava a tinta". No entanto, era subjugada pelos dois, fazia o melhor que podia para agradá-los, tinha medo de suas críticas, mas na verdade os enganava; era uma impostora carregando sua vida secreta, subversiva.

Havia o seu eu noturno, que pecava com ele; seu eu matinal, que reparava isso; seu eu de fim de tarde, quando punha a mesa e acendia velas — a pequena gueixa, como ele a chamava —; e o eu criança, nem totalmente morto nem totalmente vivo, esperando cristalizar-se em vida pela alquimia das palavras.

A primeira expedição à casa dele teve em si um quê de encantamento. Uma avenida, as fileiras de faias, um portão ornamentado verde enferrujado, e os narcisos ao redor das raízes das árvores e alguns esporádicos, que se bifurcavam no meio das cascas acinzentadas e crespas, montes deles em pequenas clareiras em meio à grama alta, o amarelo vivo das flores neutralizado pela grama verde, alta e úmida... e pelas ovelhas que, para desgosto dele, tinham invadido; levantavam-se desajeitadamente e chocavam-se contra a ampla parede de pedra, grande demais para ser escalada.

Quando o carro parou na frente da casa baixa e comprida, toda caiada de branco e tilintando, com caquinhos azuis de vidro e porcelana, construída num declive logo abaixo de um bosque em forma de ferradura, ela mais ou menos esperava ver uma cortina se abrir e a Sra. Rochester aparecer e dar a língua para eles, e depois recolher-se novamente aos seus delírios. Tinha sido casado com uma mulher exótica e muito viajada, como lhe dissera Johnny, o amigo que os apresentou.

Escreveu em seu diário um relato do primeiro dia, relato esse que, anos depois, ele lhe jogaria na cara como um exemplo de suas tentativas cretinas de escrever contos: "Um dia de primavera, tudo muito intenso. Os passarinhos ágeis e abusados voando por toda parte, nuvens cruzando os céus de um magnífico azul, como grandes e preguiçosos navios de passageiros, a cerca-viva de tojo salpicada de amarelo e as árvores primaveris com seu imemorial fluxo de seiva."

Ao ouvi-la recitar "Próximo ao lago, sob as árvores", dos *Narcisos* de William Wordsworth, esboçou um sorriso entre o deboche e a condescendência. Seu amigo Johnny, segundo ele, a apelidara de Bessie Bunter literária, por conta dessas citações pomposas de poemas e livros. Sofreu com o insulto, lágrimas quentes a lhe encher os olhos.

Só o conhecia havia poucos dias; tinha estado em sua companhia por umas poucas horas, esse homem bonito e austero com traços como que entalhados, a pele pálida, olhos profundos e mãos muito eloquentes, que se movimentavam como se estivessem prestes a dar vida a algo único, uma criança talvez. Foi um encontro espontâneo, um telefonema casual. Johnny tinha ligado para perguntar se, por acaso, ela estava desocupada. Bem, ela estava. Pegou emprestado umas luvas vermelhas com uma garota do alojamento para disfarçar o estado de seu casaco, que de preto passou a preto-esverdeado com alguns buracos. Sentada num pub em Henry Street, hipnotizada por seu refinamento e pela deferência com que os outros homens o tratavam, sentiu-se como se tivesse entrado num livro — uma pausa em sua vida entediante de trabalho na farmácia e aulas noturnas, às quais ia de bicicleta.

Os aposentos do andar de baixo tinham um ar meio sem vida, um pouco escuros por causa das janelas semicerradas, sofás e cadeiras de couro, um armário laqueado preto com duas lousas de porcelana cor-de-rosa em pequenos cavaletes, com a palavra "menu" rabiscada em ambas. Havia quadros empilhados à espera de serem pendurados; uma parede branca, outra terracota, a pintura meio inacabada, como se alguém — talvez ele mesmo — tivesse desistido no meio. E um retrato dele que, ao ser contemplado de frente, causou-lhe a impressão de que o pintor não gostava dele. A pele tinha um tom esverdeado, e seus olhos fundos e escuros brilhavam com uma raiva destruidora. Quando sua mãe e a família foram atrás dela e viram aquele quadro, a mãe disse ter ficado tão assustada, tão abalada, que foi como se tivesse visto um retrato do próprio Lúcifer. Mas isso só veio a acontecer muito tempo depois.

Primeiro fez a corte, mostrou a casa da qual ele tanto se orgulhava. Tomou-lhe a mão e conduziu-a ao estúdio; pilhas de livros, alguns com capa de couro, como os livros eclesiásticos, um barômetro no qual a previsão do tempo formava um gráfico automaticamente, com tinta sobre uma folha de papel quadriculado. Para diverti-la, escreveu a esperada chuva para a semana seguinte e colocou-a sobre a lareira. Os quartos, embora mobiliados, tinham um ar de desolação, talvez esperassem por passos, algumas camas feitas, outras sem roupa de cama, e num quarto um berço rosa sem colchão ou coberta, que falava de um outro tempo. Disse que sim, que tinha tido um filho, e agora estava sem esposa e sem filho, o que o desolava. Mas aos olhos das pessoas dali, não passava de um devasso, um desclassificado.

Caminharam pelo bosque, a brisa tão suave, tão doce, os ramos a balançar para lá e para cá. Os ninhos que os passarinhos tinham feito no ano anterior se decompunham nos galhos mais altos; milhares de moscas acorriam em louca revoada, como se tivessem sido acordadas de sua hibernação. Na parte mais distante do campo estavam os tojos, os ramos grossos e sem graça, alguns já em flor, e alguns carneirinhos recém-nascidos chorando como se fossem crianças. Subiram num muro para ver o lago, e ele disse que a levaria em seu barco para um piquenique. Era o seu jeito de dizer que pretendia vê-la de novo. Apontou para o pequeno chalé branco no outro extremo do lago; disse que uma mulher vivia lá sozinha e tinha se tornado tão reclusa que nem sequer cumprimentava o carteiro que passava uma vez por mês para entregar a correspondência. Em vez de recebê-lo, escondia-se no quartinho ao lado da cozinha e lhe dizia para ir embora, que não era bem-vindo. Eleanora tremia só de pensar num tal isolamento, como se esse fosse ser o seu destino algum dia.

— Você nunca foi solitária? — perguntou, com ar de dúvida.

— Fui... conversava com as árvores quando era pequena — respondeu ela.

— Conversava com as árvores... — repetiu, achando aquilo bobinho e adorável.

À noite comeram numa mesa de jogos, perto da lareira. Beberam vinho tinto e contaram um ao outro histórias cativantes, o tipo de histórias que as pessoas contam uma à outra nos primeiros encontros, quando estão prestes a se apaixonar. Quando um grampo caiu do cabelo dela, ele pegou, analisou-o e disse:

— Minha casa não está acostumada a encontrar um grampo de mulher — E, com ternura, guardou-o no bolso da camisa como lembrança. Era uma camisa xadrez com chamativos apliques em vermelho e amarelo, uma das peças de que ela se apropriaria no devido tempo, já que chegara sem um tostão e com a roupa do corpo.

Naquela mesma semana, ele foi de carro à cidade e levou-a ao cinema, onde assistiram A *balada do soldado*, um filme russo sobre um soldado que obteve folga para ir visitar a mãe. Levava de presente um sabonete em barra; no entanto, devido a várias circunstâncias e à sua boa vontade em ajudar os outros, só conseguiu chegar à casa da mãe alguns minutos antes de expirar a folga de 24 horas e teve de retornar imediatamente. O futuro marido não conseguia entender por que ela chorara tanto — no cinema, na rua e depois no restaurante onde a levou —, lágrimas que nem ele e nem ela conseguiam abrandar.

Cena dois

A fuga deles para casar teve, sem dúvida, um pouco do clima de perigo e dos subterfúgios da impulsiva Natasha Rostov, a heroína de *Guerra e paz* — só que sem os vestidos farfalhantes, as pedras preciosas na carne nua, sem a troika ou a capa negra, sem os assobios à meia-noite perto da porteira de vime. Em vez disso, fizeram uma viagem agitada para uma ilha rochosa na costa da Inglaterra, onde foram se esconder até que, como ele disse, a histeria se acalmasse. O segredo dela tinha sido revelado. Por uma carta anônima, a mãe de Eleanora fora inteirada de sua vida abominável, daí a família ter ido atrás dela na ilha rochosa, pedindo que a jovem lhes fosse devolvida. Hermann saiu para enfrentá-los. Ela esperou no quarto do hotel, mas nunca podia imaginar que, durante o incidente, dois dos ajudantes de seu pai iriam bater nele, derrubá-lo e machucá-lo durante a luta. A polícia foi chamada, o flagrante foi feito, os agressores, presos, mas uma desgraça ameaçava o quarto 17.

A gerente, que simpatizava com ele, disse que, na verdade, seu patrão preferia que fossem embora, mas, como ele havia pagado pela semana inteira, tinham assumido um compromisso. Podiam ficar, mas as refeições seriam servidas no quarto, e, contrariando as regras do hotel, conseguiu-lhes uma chaleira e uma tábua de passar. Era naquela chaleira de cobre que Eleanora fervia e refervia a água para cuidar dos ferimentos dele. Quando a água acabava e ela via a serpentina no fundo, esverdeada e torcida, não lhe parecia muito diferente do nó que tinha nas tripas, tremendo como estava diante de seu temperamento frio mas ao mesmo tempo agitado.

Ela fez tudo errado.

Sob a luz fraca da lâmpada de leitura, ele arregaçou a calça até a altura do joelho; ela viu os ferimentos, um roxo quase preto, a canela e o peito do pé esfolados, porém não sangravam e, consequentemente, faziam-no sentir muito mais dor. Estava profundamente irritado com a família dela: selvagens, caipiras de cidade pequena, com seus chapéus e os rostos vermelhos de bêbado.

E agora, depois de tudo, ela segurava o bico da chaleira com água fervendo próximo aos ferimentos e era considerada responsável pelas barbaridades cometidas pelos outros. Um corte acima do ombro fazia-o estremecer cada vez que tentava levantar o braço. Ainda assim, insistiu em escrever uma carta cheia de ódio. Grunhia quando ela aproximava demais o vapor da chaleira, e perguntava se era estúpida a ponto de não saber a diferença entre perto e longe, se a estupidez deles também a tinha afetado e isso não ficara evidente nos seus primeiros arroubos femininos. As moscas apareciam, vindas do jardim, em revoadas aleatórias — e ele usava o mata-moscas de musselina que pegara emprestado para esmagá-las. Assim, manchas marrons de uma substância mole enlameavam o globo de porcelana cor-de-rosa.

Quando terminou de escrever, estendeu-lhe a carta e mandou-a copiar em sua própria letra e assinar. Era uma carta feia, cheia de ódio, que enfatizava a ignorância deles e seus hábitos quase medievais, dos quais ela era a consequência.

— Não posso — disse e devolveu-lhe.

Furioso por ser desobedecido, espetou a pena de uma caneta-tinteiro vazando tinta em sua mão e depois praguejou porque algumas gotas de tinta caíram sobre suas palavras incendiárias.

— Faço qualquer coisa menos isso — disse, implorando para que ele rasgasse e descarregasse nela toda sua raiva e irritação.

Em vez disso, ele pegou três folhas de papel em branco e lhe disse para assinar todas as três — uma precaução caso a primeira, ou mesmo a segunda carta, não contivesse todas as tintas da sua raiva.

Num quarto estranho, cheio de medo e remorso, o sono não vinha. Ao assinar as páginas em branco, ela se transformara num Judas, vendera-se por aqueles cinco dinheiros... Só de ouvir o barulho da máquina de escrever — às vezes agitado, às vezes quase em pausa —, adivinhou que ele estava acrescentando mais munição mortal às suas palavras, e então pensou: *Eu não o conheço nem um pouco... não sei o quanto ele é sombrio, atormentado e vingativo.*

Todas aquelas ideias de amor arrebatadoras e românticas aprendidas nos livros foram erradicadas em meio à consciência de que tinha caído em território inimigo.

Cena três

De volta à casa dele, aprendeu a cozinhar, estudou receitas dos dois majestosos livros de culinária deixados por sua primeira esposa. Nos livros havia também dicas sobre como receber: ideias para café da manhã, *brunch*, como acomodar e servir as pessoas. Explicava que as flores a serem postas numa mesa não deviam ter um perfume muito forte para não competir, por exemplo, com os aromas dos molhos. Às vezes produzia doces finos, feitos com clara de ovo e framboesas, mas com frequência esses pratos exóticos não davam certo, tanto por causa de sua inexperiência como pela imprevisibilidade do fogão de lenha, que soltava fumaça ou espirrava brasas como uma fogueira.

Um determinado passarinho de cor marrom-escura — um melro fêmea, ela concluiu — pairava entre os galhos do cedro, ficava empoleirado lá e raramente aparecia. No entanto, estava sempre presente e atento. Achou que o melro tinha voado uns

160 quilômetros ou mais até lá. Sonhara mais de uma vez com sua mãe. Num dos sonhos estava com um homem, um estranho; usava uma camisola azul de gaze, que ele levantava e abaixava de brincadeira. De repente, num movimento furtivo, sua mãe deitou na cama com eles, e ficaram lá os três, rígidos que nem retratos. Para tornar as coisas mais desconcertantes, alguns dias depois chegou um pacote em papel pardo que continha uma camisola idêntica à que usava no sonho. Os selos estavam manchados, de modo que não podia dizer ao certo de onde vinha, mas desconfiou que fosse da mãe, porque o pacote tinha um incontestável cheiro de casa. Dizia a si mesma que se ela e o marido, juntos, vissem o bando de cervos vermelhos chegar bem perto da casa à noitinha, o casamento, ou pretenso casamento, seria feliz e que a rixa com a família seria resolvida. No entanto, quando saíam juntos, os cervos iam embora um instante antes de serem vistos, em formação flutuante e quase invisível, a caminho de lugares mais escondidos e cheios de árvores.

Às vezes ela também ansiava estar de volta a uma rua de Dublin, ouvindo música de baile. Mas tinha de admitir também que, quando estava lá, aquelas luzes coloridas penduradas e as sedutoras canções de amor não a satisfaziam de jeito nenhum. Uma vez, justamente depois de um desses bailes, foi para casa a pé acompanhada de um homem que trabalhava numa fábrica de pães e os entregava em várias cidades do interior do país. Disse-lhe que, se algum dia quisesse uma carona até em casa, ele era a pessoa certa. E anotou o telefone num pedaço de papel rasgado do maço de cigarros. E a grande noitada ficou nisso.

*

Amava o marido, ou acreditava que o amava, mas tinha medo de seus estados de espírito mais sombrios, da forma como se recolhia em si mesmo, distanciado dela. Tinha tido uma infância nômade; o pai era estrangeiro e vivia às turras com a mãe, muitas casas e casa nenhuma. Mais tarde teve uma esposa, a mulher exótica e viajada que fugira, e de quem Eleanora tinha ciúmes. Às vezes, quando vasculhava a casa, sentindo-se mais uma intrusa que a esposa, encontrava vestígios de sua predecessora: um espelho de toucador com cabo de prata, uma caixa de pó facial e, copiada em letra rebuscada, a letra de uma música: "Last night I dreamt I saw Joe Hill as clear as clear could be." No álbum do marido, uma foto deslumbrante dela com a camisa xadrez, a mesma que ele usava às vezes. Pensou em como deviam ter se amado para usarem a roupa um do outro.

Ele presenteara Eleanora com uma assinatura de uma biblioteca especial. Uma vez por semana, quando iam à cidade para um programa, ela devolvia uma pilha de livros e pegava outra. Abria lá mesmo e na rua para ter um gostinho deles.

Seu cantinho de leitura era uma saleta ao lado da cozinha, que mobiliara com uma luminária, uma mesa com uma toalha vermelha de lã e uma poltrona. Vezes sem conta perguntava-se qual das histórias era a mais bonita; com isso também tinha de decidir qual era a mais angustiante. O pobre Hermann Castorp, com sua tuberculose, em repouso nas montanhas em busca da cura, sentado do lado de fora com seu primo, tapetes de pele de camelo nos joelhos; o pobre Hans Castorp e seu amor não correspondido pela pequena russa Claudia Chauchat, perseguido por visões de seus joelhos, suas costas, seu pescoço... Sabia que o corpo dela era tão doente quanto o seu e, no entanto, esperava por aquele momento, na sala de jantar, em que passaria rapidamente por ele e lhe concederia, ou evitaria, um olhar. O que era pior? Isso ou Emma Bovary, que tinha um marido, dois amantes clandestinos e, no final, viu-se apenas com o punhado de pó branco que roubou do farmacêutico para se envenenar? Qual delas era pior? As duas eram piores. A guerra fez por Hans Castorp o que um coração partido fez por Emma. Castorp, um soldado com suas botas reforçadas, marchava sobre um lamaçal frio e traiçoeiro e abaixava-se quando as granadas inimigas explodiam e descarregavam uma quantidade enorme de lama, fogo, ferro, metal derretido; os tristes fragmentos de seus companheiros mortos por toda parte. Emma em seus últimos espasmos, calafrios que iam dos pés ao coração, levantava-se da cama como um cadáver galvanizado para ouvir o cego tocar sua gaita de foles e depois soltava uma risada atroz, delirante e desesperada.

Para alguns dos autores — os vivos — escrevia cartas. Mas nunca teve a intenção de enviá-las. Escreveu a Scott Fitzgerald sobre suas noites de verão, seus jardins azuis, mulheres como mariposas, a pálida magia no rosto de Daisy numa janela enquanto Gatsby mantinha sua vigília. Escrevia por conta da solidão. Os jardins dela não eram azuis, eram verdes e ficavam mais verdes ainda por causa das fortes chuvas. E as mariposas se alimentavam das suntuosas pregas da cortina do quarto. Um ponto que ele comentou, por sinal, consternado por ela ser tão pouco cuidadosa com a casa.

Sentia falta de algumas coisas: roupas, a música vinda do salão de dança quando ela e outras garotas se aproximavam da entrada; lá dentro aquela agitação, todas ajeitavam o cabelo, embora muitas vezes não fossem tiradas para dançar porque as mulheres eram maioria. E uma saia que ela adorava, xadrez, com tons quentes de amarelo e de terracota, perdida ou esquecida em algum lugar. Às vezes escrevia para a mãe, cartas que sabia que não iria, não devia mandar:

Querida mãe,

Suas roupas eram finas, embora meio desbotadas, puídas e lamentavelmente fora de moda. Tinha também aquele tempo em que nós duas acreditávamos que tínhamos escapado para sempre, fugido das sombras de Rusheen. Para a casa de sua mãe, para sua tão esperada herança. Oh, que bobas! Ela te perseguiu, sua pobre e assustada mãe. Ah, se eu pudesse ao menos falar contigo... Se pudesse confiar em ti... Esse meu futuro marido é um enigma em muitos aspectos. A família de seu pai, diz ele, veio da Armênia há muitos e muitos anos. Às vezes percebo um olhar tão sombrio, não dirigido a mim (ou nem sempre dirigido a mim), um olhar severo que parece evocar traições que ele não pode lembrar, porque correm dentro do seu sangue. Você firmou uma posição a respeito do amor. A seu modo, você ganhou. Tantas promessas de amor eu vislumbrei aqui, ali, em toda parte, junto com os belos textos oferecidos pelos atores mambembes, heroínas tuberculosas nas mãos de cafajestes, despedidas infelizes que antecipavam a estrela fria dos amores condenados. Nessa minha vida aqui, vou sempre ao bosque para pensar. Meus pensamentos andam sempre em círculos. Quando penso na vida, digamos, daqui a vinte, trinta ou quarenta anos, não consigo ver essa relação como uma coisa duradoura, e olha que ainda sou casada de pouco! Faço geleia quando os pés de nêspera e as ameixeiras dão frutos. Ele gosta quando faço geleia. Comemos com pudim de sagu. Há coisas que ele não aprova. Saltos altos, por exemplo. Diz que mais tarde causarão danos aos pés. É atencioso em muitos aspectos mas, quando penso naqueles vinte, trinta ou quarenta anos, estremeço. Do mesmo jeito que estremecia quando você me questionava sobre o pecado, sobre cometer pecados. Como naquela vez em que recusei a primeira comunhão no altar e, no caminho de casa, você me perguntava "por quê, por quê, minha menina?". Ainda posso ouvir sua voz e ouvir nossos passos na grama, a grama alta e congelada que arranhava, e você determinada a me castigar.

Com o passar das semanas e dos meses, Eleanora começou a escrever. Uns nadas ou quase nadas. Urtigas, galinhas pondo seus ovos ou o grasno dos gansos e sua felicidade por poderem ciscar à vontade o restolho, empanturrando-se da sobra de trigo e cevada. Sua mãe estava presente em tudo o que escrevia, e lembrou-se de um pacto silencioso que se estabeleceu entre as duas uma vez, numa hospedaria que ia ser inaugurada. Cecília, a dona, pediu-lhes, como se fosse um grande favor, que fossem até lá, para que ela pudesse ensaiar suas habilidades em atender pessoas. Num salão recém-decorado com papel de parede e cadeiras desajeitadas, um bule de chá com coador e um anteparo de porcelana para recolher os pingos, Cissy, ansiosa por servi-las, ensaiava as palavras certas, senhor e senhora, oferecia pãezinhos assados, sanduíches e um pão de ló ainda quente, com o recheio de framboesa a escorrer, e debatia em voz alta os preços que devia cobrar pelos chás mais sofisticados.

Num dado momento, quando Cissy saiu para buscar alguma outra guloseima, as duas olharam para o intrincado bordado cor de carmim, representando Cristo, com uma frase em letras rebuscadas. E a mãe lhe pediu que, como uma boa menina, lesse em voz alta o verso: "Cristo é o convidado invisível em toda mesa, o ouvinte silencioso de toda conversa." Com isso, a mãe inferia que também seria a convidada invisível e a ouvinte silenciosa de toda conversa.

Cena quatro

Era como se, logo abaixo da superfície, alguma coisa perigosa e perturbadora se escondesse. Ela e Hermann não engrenavam. Desejava que se tornassem mais iguais, não patrão e escravo, porque ela já estava começando a deixar de ser aquela escrava. Nos livros, encontrava não apenas riqueza, mas também rebeldia — e, em alguns, ainda que de forma velada, sabia que estava sendo infiel, e ele via, sentia isso. Fugira para casar num transe, às pressas, sua docilidade era apenas uma máscara, mil Eleanoras se revoltavam dentro de si mesma e contra ele. No entanto, lado a lado com toda essa convulsão interior, vivia a esperança de que, em uma noite qualquer, ele a chamasse ao seu estúdio e os dois conversassem abertamente sobre todas as coisas que os mantinham distantes um do outro, e daí nasceria um amor real e duradouro, como haviam vislumbrado um dia.

A notícia de sua gravidez deixou-o exultante. No momento em que soube, escreveu em todos os vidros da janela para comemorar. Ia ter um filho. Embalou-a no colo e andou pelo quarto todo, encantado com o fato de ser pai de novo, o roubo e a traição que lhe infligiram seriam desfeitos. Beberam vinho Madeira e ele disse que um dia a levaria à ilha da Madeira; os três iriam para a ensolarada Madeira, um tríptico.

Uma vez, no convento, ganhou um quadro sagrado da Virgem, retratada num ambiente interno e pouco iluminado, com uma fileira de ciprestes em simetria perfeita do lado de fora, e a própria Virgem envolta numa espécie de harmonia, sabendo que estava grávida. Não se sentia assim de jeito nenhum; estava aterrorizada, mas não podia dizer isso a ele. Sentaram-se em silêncio, unidos, o vinho doce e encorpado, muito íntimos naqueles momentos que acabariam por ser os mais acalentados e preciosos da sua história juntos.

Escreveu à mãe, sabendo que não ia mandar a carta:

Querida mãe,
Quando meu filho nascer, talvez você possa me perdoar — e seremos íntimas de novo. Ou será que sou eu que quero acreditar nisso? Só entre nós: estou com medo. As suas dores de parto se misturaram às minhas. Deus permita que eu não grite quando a hora chegar. Hermann tem sido muito gentil comigo. À noite, junto à lareira, vejo o melhor lado dele, um lado que você também gostaria de ver. O jeito como me escuta, com uma expressão terna... talvez, no fundo, todo mundo seja terno, só que as pessoas acabam por enterrar esses sentimentos. Flaubert afirmava que cada um de nós possui um salão real no coração, ao qual muito poucos são admitidos. No entanto, a mãe dele dizia que o amor pelas palavras endurecera-lhe o coração, deixando-a de fora. Certas manhãs, quando acordo e vejo o sol

entrar através das cortinas, imagino que não estou aqui no meu quarto ao pé do lago com ele, e sim no seu quarto, que também já foi meu. Como o sol se derramava e iluminava os emblemas e passarinhos empoleirados nas rosas e botões de rosa, tão ágeis e levados sobre o fundo de cretone creme. A propósito, ao que parece não tenho sido capaz de tirar as manchas das toalhas e guardanapos de linho do jeito que você fazia. Será que eram aqueles cubinhos que você usava? Uns que deixavam tudo branquinho de novo com um toque de azul?

O fato é que houve transmissão de pensamento entre as duas. O carimbo dos correios de casa, ainda que manchado e molhado pela chuva, e a carta que chegou num envelope cor-de-rosa. Treasa, uma amiga da mãe, deve ter gastado algum dinheiro com o papel de carta, ou talvez sua mãe tenha fornecido. A carta falava dos vários meses que tinham se passado desde que ela fugira, as lágrimas e o ranger de dentes de uma mãe, as lágrimas de um pai, uma paróquia inteira abalada em função do choque e, mais que isso, com o golpe no coração da pobre mãe, que desmaiou no jardim, mas felizmente foi encontrada por uma pessoa que passava. Depois de muito rezar e refletir, a mãe propõe que as duas se encontrem. Ela sugere um hotel em Limerick e duas possíveis datas, uma imediatamente e outra dentro de quatro semanas. Achou melhor ir logo, olhar finalmente nos olhos da mãe e não se esquivar mais.

Durante a longa viagem de trem, pôs de lado a irritação e mergulhou no livro que tinha levado. Não levantou os olhos dele um segundo sequer, nem para ver a paisagem, que por sinal conhecia: subúrbios, pequenos loteamentos, pôneis selvagens, gado pisoteando as ruínas de castelos destruídos, campos alagados e áreas pantanosas irremediavelmente negras. Estava lendo *O leitor comum*, de Virginia Woolf. Acompanhava o reitor Swift naqueles esplêndidos salões em Londres, prataria, milhares de convidados, muita vivacidade; o reitor ia para casa, encher páginas e mais páginas à luz de uma vela para contar tudo a Stella, que lhe adivinhava a grandeza, a caligrafia ilegível, porque uma letra ruim era garantia de confidencialidade. O formidável Swift descrevia para Stella os eventos do dia, a conversa durante o jantar, a conversa com ela numa língua de brincadeira na casa em Moor Park, ela de um lado do mar da Irlanda e ele do outro. No entanto, não tinha pressa alguma em trocar os rarefeitos círculos de Londres pelos riachos cheios de trutas de County Meath. Stella era trinta anos mais nova e vivia frugalmente com uma dama de companhia, a Sra. Rebecca Dingley, a quem ocasionalmente Swift enviava cigarros de presente. Stella era informada de todos os seus movimentos, dos panfletos que escrevia, os discursos em favor dos irlandeses, os vinte guinéus que dava a um poeta doente num sótão, as duquesas que repreendia ou amparava, e mais, e mais. Até que um dia Stella começou a perceber traços de algo menos aberto, menos confiante... em suma, o espectro de uma rival. Swift protestou. O que havia de tão errado em visitar a Sra. Van Homrigh, recentemente viúva, e sua filha Esther? Por que não podia jantar com elas, se morava perto? E que mal havia em deixar sua toga e peruca sob a guarda dela? E quem podia condená-lo por participar de um jogo de cartas? Nesse meio-tempo, Esther, que não era reservada e nem paciente como Stella, mostrou as garras. Escreveu para Stella em tom veemente, exigindo saber a exata natureza de sua relação com o reitor. Ao saber disso, Swift foi à casa de Esther, atirou-lhe a carta no rosto e partiu, deixando-a, nas palavras dela, com um olhar assassino. Palavras, aliás, proféticas, pois logo depois ela morreria e Stella permaneceria na Irlanda.

Daí passou para Dorothy Wordsworth e o irmão William, o olhar de Dorothy tão perspicaz, anotando tudo o que considerava útil para William: a protuberância nas costas dos carneiros, uma vaca que parava de comer para encará-los, o abrunheiro em flor, as vigas envernizadas do quarto dela que, na luz do fogo, pareciam pedras preciosas derretidas. Dorothy controlava e reprimia seus próprios impulsos para o bem de William.

Um momento de libertação quando leu sobre Christina Rossetti, vestida de preto num chá oferecido pela Sra. Virtue Tebbes, forçada a ouvir banalidades e bobagens sociais. De repente, levanta-se no meio do salão, segura um livro de capa verde com seus poemas e diz ao frívolo grupo:

— Eu sou Christina Rossetti! Tragam-me papoulas cheias de morte sonolenta!

Sim, ela seria Christina Rossetti na hora de enfrentar a mãe.

O trem tinha parado. Não sabia por quanto tempo. Levantou-se e caminhou — na verdade, correu — pelo curto trecho de rua que levava ao hotel onde a mãe já estava do lado de fora, de pé sob uma cobertura, com o olhar tenso e desnorteado, com medo de que ela não viesse.

A mãe é terna, fala macio. Uma pequena gota, como uma lágrima, surge na ponta do nariz. Também está nervosa, como Eleanora pode ver pela tensão em sua voz, uma timidez por conta de todas as reprimendas, a perseguição, o ataque ao marido, as cartas insultuosas dos advogados de parte a parte e o estado inacabado das coisas. Para começar, pedem sopa, sopa de ervilhas, seguida de costeletas de carneiro e batatas assadas. Enquanto esperam, a mãe pousa a mão sobre a mesa e a aproxima gradualmente da de Eleanora, como se dissesse: "Eu te perdoo."

A sopa está salgada demais, temperada com bacon, as costeletas um pouco engorduradas — Eleanora não consegue comer. A mãe, com uma estranha perspicácia, diz, em choque:

— Um bebê!

A palavra parecia pairar sobre aquele salão abafado com cheiro de cebola frita e molho.

— Você vai ter um bebê.

— Não tenho certeza.

— Eu tenho. — A mãe enxergava dentro dela a criança que carregava e disse que sim, ia ter um bebê. Agora precisava se casar com um homem com a cara de Rasputin, o homem que Treasa já batizara de Anticristo.

Alguns dias depois o marido recebe uma carta dizendo que, dados os recentes e significativos acontecimentos, a família dava seu consentimento para se casarem.

Ressentiu-se por alguém lhe dizer o que devia fazer, mas o fato é que se casaram. A cerimônia foi um tanto sem graça, na sacristia de uma igreja católica, com dois operários servindo de testemunhas. Ela usou um vestido marrom-claro de *crèpe de Chine*, com uma prega oculta na frente e um zíper escondido que podia ser aberto se a criança dentro dela chutasse a barriga e fizesse notar a sua presença.

No escuro, algumas noites antes de o bebê nascer, com uma lua redonda e perolada a estender seu brilho pelo chão do quarto, confessou ao marido que tinha medo de que a criança nascesse deformada por causa dos muitos pensamentos macabros que teve e pelo fato de ter sido concebida fora do casamento. Foi então que ele percebeu como era inexperiente e o quanto estava assustada. Enxugou seus olhos e disse:

— Acho que agora vou ter duas crianças em casa para cuidar. O parto, afinal, não foi tão terrível assim. Era como se alguma coisa se libertasse dentro dela — e, embora gritasse quando a dor comprimia e envolvia sua barriga, sentia seu corpo obedecer a algum instinto muito mais antigo do que ela, do que sua mãe, mais antigo que o tempo. Sentiu-se livre. A enfermeira vinha a intervalos determinados e lhe dizia para empurrar; depois saía para dar atenção a outra mulher em trabalho de parto. Ficou sozinha com o filho, e no entanto não estava sozinha. Era um torneio, por assim dizer, entre ela e a criança. Na última e feroz meia hora, todo o seu ser parecia ser levado pelo bebê; depois veio a grande explosão em água, quando a criança veio com toda força ao mundo. Um filho, o filho dela, o filho deles, vermelho e nu, ágil como um pugilista e gritando a plenos pulmões, um protesto por ter sido lançado repentinamente num mundo frio e sem limites definidos. O pai escolheu o nome e tomou providências para que fosse circuncidado. Dois dias depois da operação, lá estava ele em seu cesto, como um pequeno homem da neve, um embrulho, pálido, quieto, apertado dentro de um xale de renda branca. Num cartão de cumprimentos, ela escreveu: "Nas dobras da sua fralda um fruto, fresco pelo sangue da manhã, e sua pele marcada pela faca da manhã."

Vestiu-o com roupas novas e com os casaquinhos azul-bebê que as amigas da mãe tinham mandado. Azul para menino e rosa para menina. Se tivesse outro bebê seria uma menina, um de cada, um casal. Às vezes ele ria e balbuciava um "gu" com alegria, depois arrotava o leite que tinha mamado, já meio coalhado, e em outros momentos manifestava uma certa gravidade — o pequeno profeta que sabia, que compreendia, como se bebesse na fonte de uma antiga lembrança. E logo já estava engatinhando, tentava alcançar as pedrinhas durante o passeio, para enfiar no nariz ou atirá-las à simples visão de estranhos que não lhe agradavam. Não demorou muito e já falava. Ficava em seu próprio mundo, em seu berço, tagarelando. Milhares de palavras fascinantes, uma miríade de sons e cores, com e sem sentido, o cheiro dele, tão particular e tão afetivo, e a pele de seda, mais macia que a flor mais transparente. Seu filho e, de certa forma, seu escudo. O pai também derramava amor sobre ele, jogava-o para o alto para logo a seguir pegá-lo na descida, os bracinhos como dois ramos que se abriam para ela e para o pai, um candelabro unindo os dois.

O segundo filho veio ao mundo de um jeito diferente, quase sem aviso, não houve um grande romper das águas, apenas achou o caminho. Olhos azul-escuros enormes. Pensou que seria uma menina, mas não, era outro menino, e o irmão derramou sobre ele a água do banho que estava do lado da cama, dizendo *neném bonzinho, neném bonzinho*, enquanto o despachava rumo ao seu fim. Com o tempo, brigavam. Brigavam por causa do cavalinho de balanço, por causa das amoras amassadas com açúcar, que adoravam, as mãos e as bocas roxas, dois rostos pintados, dois guerreiros pintados. Gostavam das suas batalhas, mas não no dia em que o mais velho tropeçou numa mangueira e abriu a testa: o menor tentava limpar e gritava:

— *Sama o dotô, sama o dotô!* — Tinha dificuldade para pronunciar certos sons.

A paz que ela e o marido tinham construído era tênue. Ele sabia que ela escrevia e escondia os escritos em pastas, entre folhas de mata-borrão, para que não fossem descobertos. Mas ele os encontrou e passou a fazer comentários, alguns bem cáusticos. "Não existem estradas azuis", escreveu com caneta vermelha numa das páginas. Trabalhava à noite. Uma luz na janela dele e outra na dela; é isso o que um viajante encontraria. Duas luzes, sinal de uma divisão.

Aconteceu no estúdio, que tinha se tornado o habitat dele. Era lá que fazia as refeições, ouvia música, exercitava-se com os halteres que tinha encomendado, e escrevia, segundo dizia, mas guardava tudo numa caixa bem forte para que ela não lesse. O fogo estava aceso e uma pilha de lenha descansava sobre um carrinho de mão que ele acabara de trazer para dentro.

    O livro que segurava estava encapado com o mesmo papel de parede em tom ocre que revestia a parede do quarto do casal. Lia alto e com convicção. A história falava de um homem com febre, no comando de um navio, que recebia a visita de uma mulher e declarava, naquele instante, sua paixão por ela. Dizia que, se ela fosse uma selvagem e ele um forte caçador, poderiam voar até a selva, onde havia grandes árvores e enormes cachos de uvas. Deixando de lado o protocolo, o homem confessava um amor tórrido por vir, uma vida de sangue e coração, como ela jamais tivera com seu marido.

    Perguntou a opinião dela. Não era seu estilo.

    E por que não era seu estilo?

    — Não tem vida — respondeu, sem jeito.

    — Em que sentido?

    — É generalizado demais... grandes árvores e enormes cachos de uva... não é assim que...

    — Você quer dizer, não é Hans Castorp — devolveu, agressivo.

    — Quero dizer que não é Hans Castorp — confirmou.

    Em seguida, com extrema meticulosidade, ele removeu o papel de parede que recobria o livro. E ali, na capa empoeirada, estava o seu nome escrito em belas letras, com uma foto dele bem mais jovem, tão sincero e estudioso, um jovem movido por uma grande e poética determinação. Olhava para a foto, para ele e para a foto de novo, e só conseguia dizer a mesma frase inadequada:

— Deus nos ajude... Deus nos ajude...

E ele, impassível, sem mexer um músculo, enquanto ela tentava consertar o erro, a tentativa tão servil, tão cretina, e os olhos dele ferviam com uma tristeza devastadora.

Sombra e meia-sombra a desenhar-se enquanto caminhavam entre as fileiras de árvores, a luz da lua a se derramar e espalhar pedaços de si pelo caminho, embranquecendo troncos de árvores e o próprio caminho por onde os dois seguiam. Pararam de repente, um surpreso por encontrar o outro do lado de fora tão tarde da noite. Ela saíra pela porta da cozinha e concluiu que ele devia ter saído pela porta que levava à estufa. E depois seguiram em frente, como estranhos. Se houvesse um momento para a reconciliação seria aquele, ali, na doçura da noite, com as árvores em seu traje de primavera e as folhas a suspirarem, sem o alvoroço do inverno.

Ela seguiu até a cerca, subiu nela e olhou para baixo, para onde os carneiros descansavam em seus sonhos oscilantes, e um regato vindo de algum lugar com seu alegre marulhar, que parecia dizer sempre a mesma coisa: Irrawaddy, Irrawaddy... Irrawaddy.

Cena cinco

Um caso de amor.
Aconteceu de se deparar com um pequeno anúncio numa das últimas páginas de uma revista, que convidava os leitores a participar do trabalho de ler manuscritos. Para sua surpresa, foi aceita e assim começou a sua vida profissional: uma conexão com o mundo lá fora — o mundo das cartas, por intermédio do qual, agora, buscava libertar-se.

Mergulhou de cabeça naquele novo projeto, a agitação ao abrir cada envelope, contar as páginas, ansiar pela mesma sensação de se transportar a outro ambiente, o mesmo transe hipnótico que encontrara nos grandes romances russos: intrigas, bailes de máscaras, céus trovejantes, amores insolúveis, duelos... A maioria, porém, eram histórias sobre vidas pálidas, sem esperança, não muito diferentes da sua. Em consequência disso, seus relatórios eram um tanto diretos, às vezes até condescendentes.

E então, um dia, chegou junto com o cheque do pagamento uma breve nota do diretor administrativo da editora. Dizia que, ao percorrer os labirintos da sua sala e mexer na infindável e desanimadora pilha de correspondência, tinha encontrado alguns de seus relatórios — e que sopro de ar fresco! Uma inteligência nova, viva, nervosa, feminina, estranhamente pessoal e, no entanto, sem medo de se mostrar. Na sua opinião, o que ela oferecia à empresa valia mais do que os dois guinéus que recebia por comentário, e só queria agradecer. Eleanora não respondeu, mesmo porque sentiu algo de estranho naquilo.

Bem, ele escreveu de novo; disse que ficou curioso em saber quem seria aquela pessoa, e em poucos meses havia-se desenvolvido uma intimidade entre eles.

> É noite e voltei ao escritório, todos os corredores escuros e desertos, toneladas de manuscritos, toneladas de papéis rasgados, e o cheiro azedo do perfume das secretárias. Vim dirigindo em meio a um temporal; depois que saí da Albany Street, vim dar numa faixa limpa, cruzando toda a rua, em que não tinha chovido nada! Parei e saí do carro para ver em que direção o vento soprava. Vinha do lado do seu país e eu pensei na neblina sobre as montanhas, as nuvens tão grandes, tão errantes, relutantes em cruzar o mar da Irlanda para vir e pairar sobre esse grande borrão que é a cidade de Londres, e pairar sobre mim. Pensei em ti, a quem nunca vi.

Então saíra de casa para ir ao escritório pensar nela, do mesmo jeito que ela subia até o bosque para ficar sozinha com as cartas dele. Dizia o tempo todo a si mesma que tudo aquilo era inofensivo, que podiam muito bem ser Swift e Stella, em pontos diferentes do mar da Irlanda, apenas trocando correspondências. Quando lhe escrevia, ele dizia encontrar alívio dos "se" e "mas" e das tensões do mercado editorial, e também pedia pequenas descrições que permitissem vislumbrar um pouco da vida dela — não que ele quisesse invadir.

Em uma das cartas, quis saber se ela alguma vez tinha escrito qualquer outra coisa além dos seus relatórios detalhados; em caso afirmativo, pedia permissão para ler. Enviou-lhe então algumas coisas, desculpando-se pelas divagações. A resposta dele foi a troca que ela sempre esperara. Apesar de certas passagens meio canhestras, identificara uma voz nova, um novo olhar, uma jovem que lhe revelava que os anjos estavam do lado dela. As histórias brotavam — pequenas coisas, grandes coisas. O eczema do pai, que passou a estourar com frequência depois da hipoteca, o jeito como aquilo coçava e enlouquecia o velho, e a mãe espremendo laranjas que eles não podiam comprar, para aliviá-lo... depois de espremê-las, dava-lhe o bagaço com um torrão de açúcar em cima para sugar. Depois foi aquela noite de inverno, quando um homem com casaco e luvas de couro, provavelmente um médico, veio até a casa deles para examinar uma vizinha. Da sala de jantar se ouviam gritos; no dia seguinte, a moça foi afastada e nunca mais se ouviu falar dela. E havia Drue, o operário, que sempre lhe pedia um beijo, uma dança, mas recomendava que não dissesse a ninguém. Toda essa troca de informações acontecia sob o teto do marido, sem que ele soubesse, e o amigo a deleitar-se com isso. Entremeava elogios com relatos de reuniões e comitês. Descrevia as pessoas que trabalhavam para ele: uma secretária extremamente nervosa, um escocês falastrão que recitava os poemas de Iain Lom, que lutara ao lado do marquês de Montrose na Batalha de Inverlochy — e agradeceu a Deus porque, depois daquela batalha, as planícies e encostas da região seriam fertilizadas com os corpos dos mortos pertencentes ao clã Campbell empilhados e abandonados no campo de batalha.

E pensar que apenas dois meses antes ele ainda não a conhecia, e agora, enquanto enfrentava diretores de arte, gerentes de publicidade e diretores de produção, buscava a sua caligrafia, procurava nas pilhas de correspondência pelos seus relatórios, por suas histórias — que o arrancavam de uma estoica condescendência, da dura carapaça dos orçamentos e lucros, e o devolviam ao seu verdadeiro eu. Em uma das cartas, disse que ela o fazia lembrar-se de um certo dia, na juventude, quando ele também descobriu a literatura, da maneira como ela a estava descobrindo. E talvez, quem sabe, mais adiante eles se encontrariam e falariam sobre isso e muito mais. Ele podia sentir e responder a uma certa pressão interior da parte dela, e queria preservá-la da dureza do mundo, porque sabia que esse mundo já lhe tinha feito alguns estragos.

Sabia os nomes do marido e dos filhos, e sempre concluía suas cartas com cumprimentos a cada um. Foi aí que chegou a carta incriminatória. Ele tinha ido a Nova York a trabalho e contou com detalhes como tinha sido a noite anterior; foi ao teatro, saiu para jantar, depois foi a um clube, muito uísque, e depois o sonho com ela. Um oceano de distância lhe permitiu dizer que ela o tinha nas mãos, hoje, amanhã e sempre. No sonho ele a viu, o sol sobre o lago, ou melhor, o lago do marido, as folhas secas no bosque filtrando a luz, a distância azul e ela também azul, abrindo seus braços esguios para a vida. Usava um vestido azul, meias brancas de tricô e sapatos pretos de camurça, o vento lhe revolvia os cabelos. No sonho, ela lhe perguntara para que lado ficava a parte alta da cidade e para que lado era o centro, e os dois entraram num daqueles carros elegantes e disseram ao motorista para levá-los ao Central Park. Viram um reservatório congelado, envolto em luzes tremeluzentes verde e prata, como um pavilhão de dança sob uma lua pálida. No momento em que ia tirá-la para dançar, acordou.

Mas o sonho dela não correspondeu ao dele.
   Quando o marido anunciou que iam vender a casa e mudar-se para Londres, ela mal podia esconder sua felicidade. Começou a confusão da partida, descer cortinas, enrolar tapetes, embalar porcelana e copos, colocar rótulos nos caixotes de livros... um pouco nervosa demais para acreditar. Mesmo assim, em sua vida de sonhos, viajou. Um cisne branco incorporou-se a ela, transportando-a até o lugar que imaginava ser Londres. Estava de pé numa ponte iluminada por uma fileira de postes, e um estranho, um homem paramentado, levantava, uma a uma, várias cartas com letras em hebraico antigo, e dizia que ela iria descobrir o significado secreto da palavra. Em outro sonho, ainda estava onde acreditava ser Londres, numa rua coberta de névoa, onde havia um vagão de trem prateado semelhante ao que seu marido vinha transformando, de qualquer maneira, numa habitação misteriosa e fechada.

Nem Thackeray nem Dickens. Nada de salões com pé-direito altíssimo, onde se escondiam as ardilosas risadas de lorde Steyne e Becky Sharp, nenhuma Srta. Flite com suas vinte gaiolas de pássaros e sua ronda diária para ouvir as intermináveis discussões em Chancery.
   A casa deles ficava num bairro afastado, com vista para uma área pública desolada e coberta de névoa, e um lago de águas

calmas, verde-garrafa. No tapume pregado à ponte, em letras manchadas e desbotadas, uma lista dos peixes que um dia houve no lago. Era uma casa geminada, com falsas janelas estilo Tudor e cumeeira, um pequeno jardim na frente com roseiras dispersas, idêntico ao de todas as outras casas acima ou abaixo dela. Havia um passa-pratos da pequena cozinha para a sala e o linóleo deixado pelo proprietário anterior, branco e preto como um tabuleiro de xadrez, onde as crianças pulavam amarelinha e perguntavam, em tom de lamento, quando a família voltaria para casa.

Não teve pressa em encontrar o amigo, com medo do que pudesse acontecer. Dava sempre desculpas esfarrapadas: ainda estavam se instalando, tinha de levar e buscar as crianças na escola. No entanto, fazia simulações, antecipando esse momento. Nas noites claras, depois que as crianças já estavam na cama, caminhava mais ou menos um quilômetro e meio até a estrada principal, onde a cada vinte minutos passava o ônibus para a estação ferroviária. Estudava a tabela dos horários e se imaginava pegando o ônibus. Depois de saltar tomaria um trem até a estação Waterloo e depois pegaria o metrô até o local movimentado onde ele a estaria esperando. O que ele faria diante dela? E ela, o que faria diante dele? Às vezes, numa dessas caminhadas sem objetivo, cumprimentava uma vizinha, uma professora de oratória que vivia três casas abaixo e lhe tinha dado um cartão, caso os filhos precisassem de aulas. Uma tal de Srta. P. Trevelyan, mulher tímida, com gola branca de arminho e luvas brancas de pele de porco, legado de dias melhores, ainda cheia de entusiasmo ao relembrar os nomes de dois atores famosos que tinha ajudado a ganhar os palcos londrinos.

Na vitrine de uma agência de notícias havia anúncios escritos à mão, gente em busca de trabalho, amor, móveis — e um que a comoveu por ser particularmente triste: "Viúvo deseja desfazer-se das roupas da esposa recém-falecida, praticamente novas. Ligar à noite."

À mesa, no jantar, o marido recorreria a versos burlescos ou rimas tais que faziam cremosa e deliciosa rima com esposa — e esposa que subornava os filhos com doces e pistolas de brinquedo para desestabilizar o pai, roubar-lhe o amor dos filhos para que ele ficasse antipatizado e associado a tarefas menos agradáveis, como tomar óleo de fígado de bacalhau, escovar os dentes e fazer o dever de casa. Os filhos eram sugados dia a dia para dentro da incubadora emocional da mãe — aconchegante, que rimava com sufocante. As crianças não eram indiferentes a essas farpas, mas lidavam com elas do seu jeito infantil: riam sem controle, faziam caretas engraçadas ou olhavam para o nada como se estivessem fora do ar. Contavam as mesmas charadas cujas respostas já estavam cansadas de saber:

— Qual o arco que tem sete cores? O arco-íris! Dã-dã-dã-dã...

E quando um se apressava a responder, o outro o ameaçava de extinção:

— A minha turma é mais forte que a sua, e a gente vai te pegar!

O caçula leu a redação pela qual tinha ganhado uma estrela dourada:

Eu estava brincando num pequeno espaço cercado, rodeado de macieiras que os meninos usavam como a trave do gol. As árvores estavam cheias de frutos coloridos e era uma pena vê-las ser golpeadas continuamente pela dura bola de couro. Por alguma razão eu tinha uma lupa na mão e uma menina pegou e fugiu com ela. Corri atrás da menina, mas na hora que consegui pegar a lupa de volta, tocou o sinal do final do recreio e tive de entrar. A menina começou a jogar maçãs em mim, então eu peguei algumas e joguei nela também.

O irmão chamou a menina de Eustáquia e seguiram-se vários nomes engraçados de meninas.

Puddle Dock. Blackfriars. Threadneedle. Throgmorton. Cripplegate. Cheapside. Camomile. Nomes que recendiam a lutas, negócios e dificuldades que tinham ocorrido. Antigas paredes de tijolos tomadas por hera e cobertas de ervas daninhas; mais adiante, o calor dos tijolos lado a lado com pedras e também com tijolos novos, clarinhos, uma confusão que contrastava com a tediosa monotonia do bairro onde moravam.

O amigo a reconheceu imediatamente. Tão saudáveis, tão acolhedores, tão generosos foram os seus gestos que ele conseguiu derrubar os pratos de comida que uma garçonete vinha carregando com muito cuidado. Nesses momentos confusos, logo que se conheceram, Eleanora sentiu-se um pouco tonta. Findo o mistério que haviam construído em torno um do outro, ela viu um homem com um bigode quase raspado, a pele cor de âmbar, um porte cavalheiresco que a fazia lembrar aqueles funcionários públicos das peças de Tchekhov, cheios de anseios românticos, porém irrealizáveis. Quanto a ela, não era a visão azul do sonho dele.

— Enfim. Enfim! — Como podia ter existido um tempo em que ele não a conhecia? — Ah, esses Deuses, esses Deuses ciumentos e capciosos...

Estão num reservado só para eles, um painel de madeira os separa dos vizinhos, uma vista de pequenos barris de madeira, martelos de madeira, cestas de madeira e fotografias de moças alegres e descalças, na colheita das uvas em Kent. Ele mostrou-lhe as figuras habituais do lugar. O homem de boina preta alegava ser sobrinho de Marc Chagall e, agora, oferecia-se para fazer um retrato dela por um preço razoável. Outro, de barba grande e vermelha, era um pedinte e imediatamente tentou a sorte com ela. Eleanora negou e ele a chamou de piranha do pântano. Seu amigo contou-lhe que esse homem tinha publicado um fino livro de versos há vinte anos e vivia em permanente estado de pobreza e mau humor.

Ela não ousou falar da vida doméstica. Em vez disso, contou que, como chegara muito cedo, tinha ido a um pequeno museu. E lá, entre fotografias e desenhos em tinta vermelho-escura, aprendera que no ano 51 a.C. o imperador Cláudio precisava de uma vitória e invadiu a Inglaterra. Trouxe elefantes para assustar os bretões, mas perdeu milhares de legionários nos pântanos. Tudo naquele tempo era de ferro, disse ela: as armas, as lanças, as catapultas, até mesmo as canetas — e as palavras eram esculpidas com a ponta afiada de uma caneta de ferro em pranchas de madeira. Deviam ser palavras muito severas!

Olhou-a com compaixão e disse:

— Nós não somos de ferro... longe disso. Nós somos nós... e estamos aqui.

Em seguida pediu um vinho muito caro, que tinha de decantar, e, enquanto esperavam, insistiu para que cada um bebesse um pequeno trago de uísque maltado.

Os dois pratos de carne e a torta de miúdos, escorada com dois suportes de ovos quentes virados ao contrário para evitar que a massa cedesse, ficaram intocados. O vinho a deixara um pouco atordoada. A fumaça de cigarro envolvia o ambiente e dava aos rostos avermelhados dos garçons um ar sepulcral.

Já na rua, deixaram passar vários táxis. Os dois sabiam que havia algo a ser dito, mas não disseram. Ela se desculpou pelo fato de não poder encontrá-lo com frequência, e ficou decidido que telefonaria da loja de doces perto de sua casa todas as segundas-feiras. Ele pagou o taxista com extrema generosidade e recomendou que a senhora fosse levada até a porta de casa, pois era de fato uma carga muito preciosa. Ela resolveu fazer o último trecho a pé, para evitar suspeitas do marido. Parecia levitar, o chão subia e descia sob seus pés, a servidão não era mais um matagal sombrio e sim um palco, com suas luzes azuladas e errantes. Só agora, ao reviver cada momento, experimentava o entusiasmo que deveria ter sentido na companhia dele.

A carta chegou poucos dias depois; o carteiro entregou-lhe quando voltava para casa, após deixar as crianças na escola. Deixou-se ficar ao lado da ponte para lê-la, deleitar-se com ela:

> Foi maravilhoso e foi revoltante. Você, que todos os bardos deviam retratar, mas oh, a terrível pantomima que foi não sermos capazes de falar um com o outro, além de "sim", "não", e "será que vai ser a costela ou a torta de peixe?". E, no entanto, como ficamos próximos naquele cantinho apertado, e tanta gente com inveja do nosso enlevo. Eu não queria deixar você ir. E você não queria ir. Ao chegar no escritório, percebi que tinha pegado o casaco errado e também a pasta errada. Então, voltei ao restaurante. O dono do casaco ainda estava be-

bendo no bar e observou que a sua caxemira era muito superior à minha, "meu velho". E a minha pasta estava aos cuidados da simpática garçonete, que disse não ter ficado surpresa com a confusão que fiz, pois havia estrelas em meus olhos. Sim, havia. As estrelas eram os olhos da garota sentada à minha frente. Então, o que fazer? Trabalho, trabalho, trabalho... a receita de Thomas Carlyle para a melancolia. Nunca conheci ninguém tão, tão... mas para que explicar? Você sabe como me sinto.

E chegavam religiosamente, ainda que profanas: duas, três, quatro cartas por semana, as palavras amorosas, os sussurros do seu coração, como ele dizia, a derramar-se. Guardava-as numa velha bolsa de crocodilo, que ficava pendurada num cabide na entrada, atrás de uma capa de chuva. No entanto, quando foram descobertas, não pôde deixar de se perguntar por que tinha sido tão descuidada, por que não as escondera.

Foi perto do Natal — e o selo, que nunca esqueceria, tinha uma foto do Papai Noel enfrentando uma tempestade de neve.

A carta começava com "Meu anjo vivo", e ela logo pressentiu a catástrofe. Continuou a ler.

Seu marido me escreveu. A carta foi entregue por um portador — e esta mão tremeu ao ler e reler o conteúdo, até a última sílaba. Como é compreensível, ele está muito aborrecido e diz que vai arrebentar os poucos dentes que me sobraram na frente. Ao que parece, em nosso primeiro encontro você foi seguida até o restaurante, pois ele sabia onde nos sentamos e quais vinhos que escolhi. Que filha da mãe é a vida. Nossa felicidade vem em milímetros e o desespero em quilômetros. Foi cego e leviano da minha parte não ter previsto isso. Estou muito angustiado por algum mal que porventura lhe possa ter causado, e sinto um nó em minhas vísceras quando penso no prejuízo à sua vida familiar. Isso precisa ser corrigido. Escreverei a ele e direi, com franqueza, o que ele já sabe: que gosto de você — meu Deus, quem não gosta? —, que nos correspondemos e que lhe ofereci meus serviços como editor. Precisamos aprender a acorrentar nosso afeto, reprimi-lo, controlá-lo, evitar que se espalhe aos quatro cantos. Tudo aconteceu muito inesperadamente. Parece que estivemos bem próximos da cratera de um vulcão e, num certo sentido, sempre estaremos, mas não devemos nos precipitar para dentro dela. Pobre de mim, fico me contorcendo só em pensar na sua tristeza e na sombra que caiu sobre a sua família, mas que será retirada. Escreva seu romance. Faça isso por mim. Será a ponte entre nós, e, por causa disso, serei um homem feliz.

Naquela noite, deixou a carta sobre o prato do marido quando se sentaram para jantar e disse:

— Enfrente-me.

No cardápio, rissoles (que estavam salgados) e couve-flor gratinada (que tinha queimado), a panela esmaltada de molho na pia. As crianças, pressentindo um terremoto, sentiram-se fortes o bastante para zombar daquilo e deixar a mesa para, segundo disseram, continuar a trabalhar na lista que estavam fazendo para o Natal. Os dois queriam um relógio com cronômetro e um telescópio para estudar as estrelas e estrelas cadentes da sacada.

O marido não a olhou uma vez sequer; apenas leu a carta, depois dirigiu-se à lareira, com ela atrás.

Eles ficaram parados como estátuas. Ambos observaram, sem dizer uma palavra, quando o pequeno espetáculo de chamas azul-petróleo desviou-se na direção das barras de aço da lareira. Depois, por um instante, inflamou-se e formou um redemoinho, como se quem escrevera aquelas palavras estivesse verbalizando alguma objeção; no entanto, logo diminuiu, transformando-se numa mancha cinza e prata e caiu, feito um passarinho, sobre os galhos cobertos de musgo da macieira, que as crianças arrastaram para dentro depois que a árvore caíra.

Cena seis

Sua mãe tinha prometido aparecer. Sentia falta das crianças; as cartinhas deles eram um estímulo, mas, como disse, sentia falta de ver os rostinhos de seus pequenos príncipes.

Chegou carregada de presentes: bolos, geleias, chutneys, suéteres da marca Fair Isle com as cores do mar para as crianças e capas de almofadas bordadas com motivos celtas, nos tons de roxo e índigo, que eram as tintas dos antigos. O marido ganhou uma garrafa de sherry seco, cujo selo nem tirou. Foi colocada sobre a lareira e, com o tempo, seu gargalo virou suporte para elásticos de diferentes cores.

A mãe achou Londres estranha, não tão amigável quanto o Brooklyn; sentia falta do sotaque americano. No entanto, adorou as lojas, e, durante três dias seguidos, as duas bateram perna para cima e para baixo numa rua movimentada e pouco civilizada. Ela estava em dúvida se o presente que Eleanora insistia em lhe comprar deveria ser um casaco castanho-claro de lã de camelo, que seria mais útil, ou um de astracã cinza com uma gola enorme, mais elegante.

    Uma noite elas jantaram, só as duas, num restaurante tão pouco iluminado que a mãe disse que parecia o próprio esconderijo do Aladim. Tornou-se jovial, expansiva e não fez comentários quanto ao fato de a filha beber um coquetel com uma flor dentro do copo. Ficou encantada com os pratos decorativos que foram colocados debaixo dos pratos de louça; admirou as flores pintadas e disse que relutava em se separar deles. Da mesma forma, ao sentir o calor da redoma que acondicionava o seu carneiro temperado com ervas, disse "que aspecto, que aspecto", depois trocou receitas com o garçom, que não entendia uma palavra do que ela dizia, mas era a cortesia em pessoa. O salão de empoar, como era chamado, tinha perfume de gardênia e ela queria saber se havia alguém a quem pudessem perguntar qual spray tinha sido usado ali. No táxi, na volta para casa, disse que aquele tinha sido um dos grandes momentos da sua vida — e, no entanto, pouco depois, resolveu encurtar a visita em vários dias. Todos foram muito educados e fizeram planos de visitas mútuas, cruzando o oceano. Pouco antes de partir, deu a Eleanora uma garrafa de água-benta para borrifar sobre as crianças pagãs.

    Ao dar adeus à mãe na plataforma, Eleanora pensou em quantas coisas não tinham sido ditas, em como tinha mantido a mãe a distância, simplesmente por temer que ela desmoronasse completamente se soubesse como a filha era infeliz.

Cena sete

Os lilases no jardim deles e o laburno do vizinho, formas cônicas vermelho-claras e amarelas, balançam-se em silêncio, sem ostentação. A Sra. Humphries, a vizinha do lado, chamou do portão e perguntou se podia dar uma palavrinha com ela. Eleanora foi, temendo que a bola das crianças tivesse caído lá de novo e causado algum dano aos canteiros de begônias cor-de-rosa e laranja. Em vez disso, porém, foi um encontro amigável. A Sra. Humphries tinha uma surpresa: lá estava, enfiado numa caixa redonda de chapéu, um aplique louro-avermelhado, tão vivo que poderia até haver um craniozinho descansando debaixo dele (o crânio estreito da própria Sra. Humphries). Os cabelos eram sua maior glória, que o marido tanto adorava — e, quando ela decidiu cortar, contra a vontade dele, ele insistiu em mandar fazer uma longa peruca para que pudesse continuar a admirá-los. Chamava muito a atenção no jantar de Natal, quando outras esposas ostentavam seus vestidos e joias, e ela aparecia com sua maior glória. Agora, ao observá-la na luz brilhante da noite, a Sra. Humphries via voltarem todas as suas lembranças, a mocidade no norte de Yorkshire, e depois quando foi para Londres e encontrou trabalho como arrumadeira num hotel em Marble Arch. A felicidade de conhecer Hubert, que vinha duas vezes por mês de uma vinícola em St. James para pegar os pedidos, e lá, numa galeria, encontrou-a — sua namorada de Durham. Chamava-a de cotovia e ela também o chamava de cotovia. A primeira viagem de trem que fizeram juntos, para conhecer os pais dela, o nervosismo deles, o primeiro beijo na viagem de volta quando o trem parou e serpenteou pela Liverpool Street; o anel de noivado que, apesar de pequeno, não tinha preço, os planos para o casamento, a agitação, as despesas aliviadas em parte porque o Sr. Humphries teve permissão para trazer o seu próprio vinho, embora o avarento hoteleiro tenha cobrado uma taxa por garrafa consumida. A lua de mel em Bognor Regis, o cabelo que encaracolou após tomar uma grande chuva e ela teve de passar a ferro, o Sr. Humphries encantado porque ela foi passar sua longa cabeleira a ferro num salão de beleza, e desejando sinceramente ser um artista com cavalete e pincel.

Eleanora teve de ser convencida a tocá-la, e mais de uma vez sentiu-se compelida a repetir como era linda, vibrante. Em suas reflexões, a Sra. Humphries tinha tomado uma decisão. Brenda — era esse o nome da peruca — tinha alguma semelhança com o cabelo de Eleanora, os mesmos reflexos dourados, e, portanto, estava pedindo que fosse usada por ela. Eleanora deveria ficar com ela, mas não podia de forma alguma deixá-la cair nas mãos dos meninos. Brenda devia ser guardada em sua caixa, seus fios lisos, afofados de vez em quando com um grampo de cabelo. E quando fosse usada, Brenda devia ser ajustada de forma a ficar confortável, presa ao cabelo natural, pois do contrário seria arrancada ao primeiro pé de vento. Eleanora hesitava. A Sra. Humphries estava inflexível. Brenda voltaria a ter o seu lugar em meio a uma galáxia de convidados glamourosos, pois esse era, em sua imaginação, o padrão da vida social de Eleanora.

Uma amizade floresceu.

Quando, às sextas-feiras, Eleanora fazia o pão de ló que as crianças devoravam, cortava um pedaço, embrulhava em papel-manteiga e deixava sobre as telhas de terracota, do lado de fora da porta de entrada da Sra. Humphries. Ela nunca batia, temendo ser invasiva. No dia seguinte, ou no outro, recebia uma nota de agradecimento que dizia como ficava delicioso o pão de ló com café, um ritual que a Sra. Humphries cultivava em memória de seu querido Hubert. Acrescentava sempre que o café engarrafado com sabor de chicória era, de longe, o mais prático para as pessoas que viviam sós. Numa das cartas pedia à nova amiga que jamais tivesse pena dela, pois era bem feliz conversando com Hubert duas vezes por semana, nas sessões espíritas que frequentava.

Só meses depois veio a desavença. O pedaço de bolo semanal foi devolvido e, da janela do andar de cima, Eleanora podia ver que o jardim da Sra. Humphries parecia maltratado; roseiras que haviam caído não tinham sido replantadas e a prateleira com o pássaro pintado caíra na grama. A própria Sra. Humphries, usando um chapéu impermeável, às vezes era vista dando pauladas nas flores e arbustos e gritando com eles. E aquela mesma voz logo convocaria Eleanora, numa hora da manhã pouco razoável: a peruca devia ser devolvida. Algum evento importante ia acontecer, uma reunião com comerciantes de vinho; uma taça de prata da Saxônia seria ofertada ao querido Hubert, que insistia para que ela comparecesse.

Quando pegou a caixa de volta, a Sra. Humphries levantou a tampa e viu que não só estava certa, como suas cogitações eram perfeitamente justificadas. Brenda tinha ficado na solitária; o papel de seda sequer fora tocado. Não tinha sido, como deveria, o foco da admiração geral. Ao sair com a caixa, criticou a ingratidão das pessoas, prometendo a Brenda um retorno triunfal.

Aquele pequeno incidente era um exemplo de suas vidas pequenas, em suas casas pequenas com seus jardins pequenos, os corações se contraindo dia a dia, impondo pequenos rancores uma à outra, em lugar da felicidade perdida.

Cena oito

Um ano se passou.
Final de maio. Os plátanos em flor, o pólen, uma quimera no ar, peônias brancas e cor-de-rosa com as bordas enfunadas, em buquês de cinco nas bancas externas da quitanda, os brotos gordos e roliços parecendo ovos.

Seu marido estava na soleira da porta do quarto das crianças, onde ela estivera escrevendo seu romance junto à janela maior. Era lá que estava o livro pronto, com uma pena de pavão colocada em cima, cerimoniosamente.

Estava pálido e abatido; os olhos incendiados, em contraste, fulminavam, pareciam conter brasas de carvão. Embora ainda estivesse de pijama, tinha vestido sua jaqueta angorá marrom por cima. Eleanora concluiu que ele devia ter posto o relógio para despertar cedo e se levantara para entrar no quarto enquanto ela estava fora, para confirmar suas suspeitas.

— Então você conseguiu o que desejava — disse ele.
— Ainda não sabemos — respondeu, recorrendo ao plural para acalmá-lo.

— Um trabalho sem o menor respeito ao marido, um épico absurdo sobre uma infância piegas está prestes a ser enviado a um cafetão, antes que ele tenha permissão para corrigi-lo — disse, fervilhando de raiva.

— Você só iria remendá-lo todo — disse ela, corajosa e medrosa ao mesmo tempo.

— Oh, pelo amor de Deus, ilumina-me... — respondeu, debochado.

— Eu escrevi: "Era uma estrada rural, com um asfalto muito azul", e você apagou; disse que não existiam estradas azuis.

— E não existem — respondeu, feroz.

— Existem, sim — tornou ela, também feroz.

Aquilo foi demais, absolutamente demais. Ele quase voou quarto adentro e ficou perto da janela, olhando para a evidência da traição dela, ele, que tinha ido às últimas consequências para orientá-la, que sacrificara seus próprios dons para servir aos dela, que tinha mais conhecimentos sobre gramática, sintaxe, estilo e enredo do que ela poderia acumular em um milhão de encarnações, estava aterrorizado diante do romance concluído.

— Pois rasgue... queime, se é o que quer — desafiou-o.

— Tarde demais para queimá-lo... o imbecil do editor, seu cafetão, já viu alguns capítulos, já se desmanchou em elogios. A sua voz é a voz de sua raça sofrida, oh, maravilha, oh, que falsidade profunda e diabólica, ele está sendo levado a pensar que você escreve como um anjo, quando na verdade não sabia rabiscar uma palavra sequer quando a conheci.

— Você me odeia, não? — perguntou.

— Então agora voltamos aos hábitos histéricos, quer se mostrar como a perseguida, aquela que é odiada... a vitimazinha.

— Mas você me odeia, isso sai pelos seus poros.

— Não chamaria de ódio... Chamo de um despertar. Você foi a garota que escolhi, pura, leal, imaculada, esposa exemplar. E em vez disso vejo uma estrategista, que trama alimentar a própria ambição podre sob a capa de poesia. Que palhaçada, que casamento!

— Então, o que fazemos agora? — perguntou, ousando olhá-lo nos olhos.

— Para comer a noz tem que quebrar a casca — disse ele.

— Faça o seu próprio trabalho... pare de empatar o meu — disse ela em tom triunfante.

Foi muito, sim. Alguma coisa violenta e desequilibrada soltou-se dentro dele quando olhou para a alta pilha de páginas, as mãos abertas como se fosse destruí-la. E as palavras saíram quase sem sentir:

— Você conseguiu, e eu nunca vou perdoá-la.

Ela saiu e nem se preocupou se ele rasgaria ou não o romance, porque por dentro a sensação era profundamente revigorante, como se tivesse esperado a vida inteira por aquele momento.

Sentou-se próximo ao lago. Dois pescadores, com seus banquinhos, sentaram-se a curta distância, em silêncio. Jogaram a vara diversas vezes, sem sucesso. Estava quente, abafado, praticamente sem ondulações na água, e havia enxames de pequenos insetos, da mesma cor mostarda do pólen. E começou a escrever tudo de novo, as palavras sendo levadas pelo ar, em silêncio, as frases numa resma, como um carretel desenrolando-se dentro dela.

Os pescadores fizeram uma pausa, serviram o chá de seus cantis e começaram a conversar. Embora estivesse um pouco afastada, podia ouvi-los como se fossem vozes dentro de um sonho, não invasivas, enquanto preenchia uma página atrás da outra.

— Foi no rio Blackwater, no sul da Irlanda — começou um deles.

— No rio Blackwater, no sul da Irlanda — respondeu o amigo, em tom lúgubre.

— Foi o arrastão mais longo que já tive... Deixei-o correr... e correr.

— Você o deixou correr — repetiu o amigo.

— Foram cinco horas, quase seis, até que virou de barriga pra cima... vi a velha barriga branca... sabia que o jogo tinha acabado... sabia que estava cansado.

— A velha barriga branca.

— Levou mais de uma hora para pegá-lo na rede... umas dez libras. Acabou que era uma fêmea.

— Uma fêmea... você deu com o pau na cabeça dela?

— Dei... que noite no pub... foi um recorde.

— Grande noite no pub, foi?

— Grande noite... foi o que chamam uma festança.

Quando acordou, estavam em silêncio de novo, as varas a remexer-se no lodo verde, quase luminoso, sob os salgueiros-chorões excessivamente curvados.

A porta da garagem foi aberta e o carro dele não estava lá. Sobre a mesa de carvalho, no vestíbulo, estava o manuscrito e, ao lado deste, um grande envelope de papel-pardo, que servia como um aval para que ela o enviasse ao editor.

Cena nove

Tinha-lhe tirado aquilo que era seu por direito, estava convencido disso. Em voz alta relembrou o que quisera escrever, o que deveria ter escrito, o que não tinha escrito por ter se dedicado a orientá-la.

O diário que ele mantinha, e não fazia qualquer esforço para esconder, tinha por título *Pequena Eleanora*.

Além de odiar o interior, ela queria conhecer mais gente, então mudamos — e lá encontrou o seu Lothario, doido para publicar alguma coisa, o lixo sentimental leviano sobre o qual eu me debruçava à noite, depois que ela ia dormir, e trabalhava em cima, aperfeiçoava. Por que eu iria deixar minha adorada Casa do Lago para viver num bairro cinzento de Londres? Ao que parece, para que minha mulher tivesse um caso com seu editor para que ele publicasse os livros dela. A máquina estava a pleno vapor, a maior propaganda enganosa de todos os tempos, material informativo sobre ela, fotos particularmente atrativas, o nome dela amplamente divulgado, elogios ao trabalho reescrito por mim inúmeras vezes, capítulos inteiros reescritos do início ao fim, quando sua pena falhava ou ela estava demasiado pueril para lidar com cenas difíceis.

No início do nosso casamento, começou a ter períodos de histeria e ciúme, e esses estados passaram a apresentar um padrão regular. Não demorou para que eu percebesse sua mudança de personalidade, mudança essa de natureza esquizofrênica, com depressão intensa e agressividade, mania de perseguição, explosões periódicas e momentos em que decidia que o marido não era uma boa pessoa, não era gentil, na verdade, era "cruel". O padrão que se estabeleceu, de dissimulação compulsiva e egoísmo, ciúme e paranoia, começou a corroer naturalmente uma relação que poderia ser a única salvação na vida dela. Foi implacavelmente conduzida pela doença e por uma vaidade e uma ambição doentias. Nada que eu fizesse poderia detê-la. O nome dela tinha de aparecer em grandes letreiros luminosos. Mais cedo ou mais tarde, todos têm de enfrentar as consequências de seus atos. Vê-la transformar-se, ao longo dos anos, da garota que conheci (ou que não conhecia) no tipo de monstro feminino que se tornou, tem sido como assistir à morte lenta de alguém sem ser capaz de fazer nada para impedir.

Não duvido que às vezes ela se odeie. E deve se odiar mesmo, ao ver o mal que está fazendo aos outros. Mas essas crises de consciência infantis duram pouco, tão apoiada que está em seu estado patológico. É incapaz de agir sobre si mesma, de sair do buraco que é o seu próprio massacre emocional, e, no entanto, com a astúcia camponesa à que está acostumada, decide continuar casada — e por quê? Porque não seria ninguém. A bobagem que escreve e está fadada a escrever, admitindo-se que haja idiotas tão ingênuos quanto ela que queiram ler, só se torna suportável por obra e graça do marido, que lapida o material e o torna, por assim dizer, inteligível.

Existe um ditado que diz que somos responsáveis por nossos próprios rostos após os 40 anos. Aos 25, seu rosto e sua aparência como um todo se vulgarizaram. Para onde foi a flor da idade? Como não é amada e não inspira amor, sua vida tem sido usar desonestamente os outros. Ela me usa e sem dúvida usará meus filhos mais tarde para sujar o meu nome.

Cena dez

Quando se encontraram na estação ferroviária, naquela manhã de verão, meio confusos, olhando uns para os outros com timidez e desconfiança típicas de pessoas que não estão acostumadas a viajar, Eleanora ouviu uma das mulheres dizer:

— Eu acho, Mavis, que você vai perceber grandes mudanças em nós antes do fim da semana!

E não pôde deixar de sentir que as palavras dela soaram como uma espécie de profecia.

Algumas pessoas do grupo já se conheciam, pois trabalhavam na mesma fábrica em Dundee. Brincavam e faziam troça uns dos outros: sim, John; sim, Muriel; sim, Geordie. Outras eram de várias partes da Inglaterra, os homens um tanto cerimoniosos e calados, envergando seus melhores ternos, as mulheres com vestidos floridos, chapéus de palha e permanente no cabelo. Reviravam suas bolsas de palha e se perguntavam se tinham esquecido isso ou aquilo; depois vinha o evidente alívio quando encontravam um vidrinho de remédio ou um motivo de crochê. Duas mulheres ficaram encantadas ao descobrir que ambas se chamavam Violeta; lamentaram o fato de o nome ter saído de moda e decidiram, de comum acordo, que seriam Violeta Um e Violeta Dois durante a viagem. Jesse, um rapaz de jaqueta de couro, brinco de ouro numa orelha e gargantilha de couro no pescoço, tremia incontrolavelmente, mordia o cigarro e disfarçava o seu nervosismo cumprimentando todo mundo do mesmo jeito:

— Moleza, John; moleza, Muriel; moleza, Geordie.

De pé sob o teto de vidro todo sujo de fuligem da estação, nenhum deles poderia imaginar como a viagem seria sufocante, claustrofóbica, como as vozes seriam irritantes, e como, pelas menores coisas, os ânimos se inflamariam, ou que as hospedarias ao longo do caminho seriam tão desinteressantes, salas de jantar escuras onde eles se rebelariam contra a comida servida, quartos que mais pareciam celas, muito próximos uns dos outros, levantar de madrugada para a etapa seguinte da desconfortável viagem.

Gianni, o guia, com cabelo muito preto e olhos cor de melado, tratou de se ocupar. Apresentou-se a todos e ajudava as damas mais fortes a subir os degraus: "Para a senhora inglesa, tudo", ou "Depois do senhor, cavalheiro inglês!", viscoso em seu terno imaculadamente branco com um cravo vermelho na lapela. Tornou-se teatral em seu discurso de boas-vindas, o seu *"Wilkommen"*, como ele dizia. Falou do privilégio que era estar na companhia de viajantes ingleses e escoceses, que, sem dúvida, possuíam o lendário espírito conquistador de seus povos. Como era fascinante, para ele, ser a pessoa que os despertaria para uma nova vida, novos sonhos, novos olhares, galerias de arte, igrejas, restaurantes, os ambientes intocados, a flora e a fauna, geleiras e picos; e depois descansar e relaxar em seu castelo alpino, o ar limpo e fresco da montanha, sem falar na *haute cuisine* e nas conversas tête-à-tête à luz de velas.

As férias foram ideia dela. Outros casais saíam de férias e reconciliavam-se... Elas extraíam o veneno da vida cotidiana. Os filhos, ao saber que iam para a casa da avó materna, ficaram visivelmente felizes, pois acreditavam que a sua casa da árvore estaria perfeita e que toda a magia dos verões anteriores lhes seria devolvida. O marido tinha feito as reservas; tudo o que ela sabia é que excursionariam por vários países europeus e terminariam a viagem num resort nas montanhas suíças, tudo por um preço absurdamente baixo.

Bairros londrinos, parques aqui e ali, ruas com lojas funerárias e alfaiatarias sob medida, um restaurante de peixe com fritas, um cinema, outro restaurante de peixe com fritas, e à frente deles, o continente onde poucos tinham estado, porém o pai de um dos passageiros havia lutado e morrido em Flandres. Será que visitariam os campos de Flandres? Ninguém sabia.

O marido apoiara a cabeça no encosto, o lenço sobre os olhos; no entanto, mesmo dormindo, encolhia-se quando seu braço roçava no dela. O motorista estava determinado a descarregá-los o mais rápido possível; dirigia de modo insano, o veículo comportava-se como uma besta em fuga, as árvores no horizonte passavam rapidamente diante deles, estradas traiçoeiras, curvas traiçoeiras, surdo aos gritos e pedidos para que dirigisse mais devagar, e num desvio quase dizimou um grupo de ciclistas, cavaleiros em armaduras negras idênticas que, em seus reluzentes veículos, ergueram os pulsos e xingaram com vontade.

A viagem demorava, e às vezes, para Eleanora, era como se estivessem passando pelos mesmos lugares: os mesmos campos de feno e de milho, canteiros de papoulas cor-de-rosa e carmim a sussurrar, mulheres com lenços na cabeça curvadas sobre suas tarefas, um pássaro solitário, um falcão ou um bútio muito, muito lá em cima, quase imóvel ao sol sob a névoa. As casas de fazenda tão confortáveis, tetos pintados de coral em meio a pomares de maçãs... E, nas ruas estreitas das cidades pequenas, pedestres corriam para proteger-se quando o ônibus entrava com tudo, levantando espirais de poeira escura atrás de si.

Você dirige durante uma hora. Na verdade, durante uma vida inteira. Cidadezinhas fechadas e sonolentas. Sua única companhia é A *estepe*, de Tchekhov. Você está com Iegóruchka, o sábio menino de 9 anos, que observa e escuta com Deniska, o rechonchudo cocheiro, um grupo de comerciantes e alguns homens santos, aproveitando a vida e o aprendizado, os petréis com seus gritos fortes e alegres, as abetardas lutando ou copulando no céu azul, a infindável estepe e seus tons de marrom, as secas planícies, os moinhos de vento tal qual velas. E à noite, ao pé do fogo, no terreno em frente às pousadas, histórias sobre ladrões daquelas de gelar o sangue nas veias, tudo novo e estranho, e fica mais estranho ainda com a névoa, a lua ou as tempestades, pensamentos de céu e de verde, a melancolia e o assombro de um menino dentro de você — e de repente o choque de realidade, os instantes estragados, vulgares e pueris da sua vida passam diante de seus olhos e você se volta para o marido que é seu inimigo, que está meio acordado, que vive procurando em você esquemas loucos e fúteis para abandoná-lo, roubar-lhe os filhos, envolvê-los em lençóis de esquecimento, e você diz, numa voz talvez teatral:

— Para as estepes, pois há mortes a acontecer! — e ele pisca, como um sátiro traiçoeiro.

Cena onze

Eleanora descobriu um pequeno aposento privado, a porta coberta com baeta, um tecido isolante à prova de qualquer som e qualquer intromissão. Entrou e até se serviu de um licor de pera que encontrou num armário.

Georgette, a arrogante dona da pensão, retirou-se com Gianni pelas escadas laterais. Enquanto subiam, ele desmanchava o cabelo dela.

Eleanora fica sentada por um bom tempo, cansada da confusão do dia, do calor e de percorrer as ruas, aleias e becos. A guia local — uma especialista, como dissera Gianni — recomendava a ela e aos poucos valorosos ingênuos que tinham decidido fazer o tour histórico que por favor observassem essa fortaleza, o belo pórtico, aquele escudo de pedra. Paravam em prédios com cotas de malhas que atravessaram os séculos, a partir da Idade do Ouro em Antuérpia. E depois em galerias, paredes e mais paredes de pinturas de animais e de frutas, e pássaros mortos —

os tons vívidos de verde e castanho-avermelhado de sua plumagem tão cheia de vida... e os cães de caça, não saciados, combativos e sedentos de sangue.

Tinha sido um dia insuportavelmente quente. Escadas e mais escadas, todos ofegantes sob o calor, pausas para respirar. Os homens seguravam seus lenços o mais alto possível para proteger-se do sol, o que lhes dava uma aparência ridícula. As mulheres desfaleciam e arfavam, inclusive ela própria. Naves, altares, criptas, uma infinidade de sofrimentos cristãos, as mãos retorcidas e enceradas de um mártir coberto num relicário, os encantadores tons de vermelho dos trípticos, Cristo carregando a cruz, o encontro de Cristo com sua mãe aflita, Cristo pregado na cruz, os pingos ocre de sangue coagulado espalhados pelas costas, Cristo retirado da cruz, mulheres chorando, a bochecha e o queixo de uma determinada virgem que, segundo a guia, não foram feitos pelo mestre, e sim por outras mãos, assim como a manga direita de Maria Madalena.

Dentro de uma das maiores igrejas, lutou contra uma vertigem que só fazia piorar mais e mais. Segurou-se num dos bancos e, justo quando achou que tinha passado, os anjos de asas azuis no teto acima de sua cabeça começaram a cair de seus pedestais de nuvens junto com ela, que desabou sobre os ladrilhos escuros e quase invisíveis. Todos correram para ajudá-la; Violeta com os sais aromáticos, outros a abaná-la. Atribuíam sua pequena queda ao calor, à insolação, ao café forte com o qual não estava acostumada, mas ela sabia que a razão era outra. Sabia que, para deixar o marido, teria de sair por um desvio, pois ambos haviam ido muito além do razoável.

*

Carregou seus sapatos para cima; podia ouvir — e quase dar nome — aos vários tipos de ronco.

O marido dormia. Deitou-se na cama de solteiro ao lado dele. Os sinos das várias igrejas tocavam repetidamente e enchiam o ar com seu som repetitivo. Sinos metálicos, novos, fortes; os repiques mais fortes faziam ressoar os mais fracos, como se, por trás dos lambris de madeira, ratos corressem numa espécie de delírio jubiloso, os passinhos leves e, no entanto, ameaçadores. Depois um som arranhado e ela já os imaginava roendo um caminho para sair, cuspindo a polpa da madeira. E os sinos tocando cada vez mais alto, mais forte. Fala consigo mesma e se dá conta de que a avalanche de visões, sons e o calor do dia ameaçam engoli-la. Repete os clichês ditos pela guia, pelo menos são alguma coisa a que se agarrar:

> A chicória é uma variedade belga de endívia, que deve ser cozida bem tenra em água fervendo. Leopoldo II resolveu criar uma colônia belga na África. O primeiro lapidador de diamantes originou-se próximo à estação central. Na batalha naval de Lepanto, os turcos otomanos foram derrotados pelos cristãos.

De repente, viu a pequena duende Klara num lugar mais alto naquele museu, em homenagem aos órfãos que tinham sido abandonados por suas mães volúveis. Seus casacos, chapéus e tigelas de madeira para mingau estão expostos ao lado das metades de cartas de baralho distribuídas a eles. As outras metades ficaram com as mães que nunca retornaram.

De repente vê seus filhos cortados ao meio, em quatro partes, divididos entre ela e o marido, as crianças que dormem na casa da avó naquele momento, sem saber da ruptura que está para acontecer. Sem condições de deter esse influxo, levanta-se da cama, ajoelha e reza:

— Oh, Deus, não permita que eu caia, por favor. Deus, não permita que eu fraqueje nesta cidade estrangeira, com o fantasma do sangrento rei Leopoldo!

Cena doze

Vieram dos Países Baixos, do reflexo prateado dos rios de correnteza forte, dos campos cultivados e dos canteiros irregulares de papoulas para uma terra mais agreste. O trem serpenteava por um longo e estreito desfiladeiro; lá embaixo, as gargantas guardavam restos de neve amarelada. Cruzaram pico após pico, todos cobertos de neve e luminosos. Na descida das pequenas elevações, os pinheiros em moitas e às vezes solitários lembravam obeliscos negros em silhueta, figuras monásticas entre o verde-escuro e o negro, sinalizando o caminho.

Como um gesto de despedida, Gianni leu num guia a altura dos vários tipos de montanhas, as características do platô, a população das vilas encravadas no meio dos vales, os vinhos dos vários cantões e uma piada que tinha a ver com camponeses protestantes que mataram um monge capuchinho na época da Contrarreforma. Wagner, disse ele, tinha tornado aquela região histórica porque, ao ouvir a corneta alpina em sua visita, inspirou-se para compor a ária do pastor de *Tristão e Isolda*.

Quando o trem cruzou lentamente uma passagem cuja largura mal permitia que se espremesse por ela, todos aplaudiram e comemoraram, esticando o pescoço por curiosidade, animados como no primeiro dia. No entanto, poucos minutos depois, os ânimos voltaram a acirrar-se e a indignação tomou conta deles de novo.

O resort era um amontoado de prédios baixos de madeira, de alturas diferentes, janelas estreitas e listradas que davam para um vasto pátio de concreto e um parapeito com alguns cravos amarelos murchos, espalhados num canteiro em forma de meia-lua, a grama escura e ressecada. Na porta de entrada, uma mulher com um avental azul e cabelo muito curto acenava e gesticulava para que o motorista desviasse das flores e da grama — no caso dele, pura perda de tempo.

— É uma espelunca. É um cortiço. É um ninho de ratos. Onde está o mar? Onde está o maldito mar azul, Geoffrey? Cadê a maldita corneta alpina? Vou lhe dizer uma coisa: isso não vai ficar assim, Dudley.

— Você poderá olhar as montanhas, querida... quando estiver em Roma — respondeu Dudley. A esposa enfurecida, irritada, andava de um lado para outro em suas sandálias simples de couro, decidida a pedir o dinheiro de volta acrescido de uma compensação.

A mulher do avental azul chamou cada nome ou casal em voz alta, conferiu-os em sua lista e depois direcionou todos para fazer o registro, receber as chaves dos quartos e as instruções por escrito sobre as refeições — que, segundo ela, deviam ser rigorosamente observadas.

— Onde está a piscina? — alguém perguntou.
— *Wie bitte?*

— A piscina, gracinha.
— Yoah yoah — respondeu.
— Yoah yoah... que merda, não tem piscina.

O quarto deles era pequeno e abafado, dois beliches com colchas brancas grandes, dobradas, pareciam dois cadáveres enrolados. As paredes de madeira estavam tão quentes que soltavam bolhas de creosoto, o que a fez lembrar-se de um berloque de âmbar que tinha visto numa loja e queria muito comprar, uma pepita banhada em ouro que, acreditava, iria lhe trazer boa sorte. O marido tinha lhe dado uma mesada para a viagem, o suficiente para cobrir o custo dos cartões-postais e, ocasionalmente, de um café. Era um armarinho que vendia rendas, bordados, botões, fitas e dedais de porcelana branca decorados contra ramos de flores, que as mulheres pediram para experimentar. Colocaram nos dedos e lutaram boxe de brincadeira umas contra as outras, em represália pelos aborrecimentos durante a viagem. Enquanto isso, muitos dos homens tinham descido a rua de pedras ao lado para se surpreenderem, ou pelo menos foi o que disseram, com visões apimentadas nas vitrines: modelos com chicotes e capas de chuva impermeáveis, cartazes com *fraus* ousadas, vestidas com cintas-ligas e meias de renda, provocando os clientes.

Jogados enfim um contra o outro naquele quarto apertado, sem a alegria e a segurança da presença das crianças, um esperando o outro atacar, preferiram desfazer as malas e colocar suas roupas em gavetas separadas do armário compensado embutido.

— Podemos dividir, podemos dividir — disse ela. Tremia, vestida com sua combinação branca, num quarto pequeno demais para caber o desespero dos dois, ele com olheiras roxas e escuras por dormir pouco, mas os olhos em fogo, como se olhasse através dela, lá dentro dela, e só enxergasse o vazio.

— Você já foi inconsequente demais comigo e com meus filhos. Mais uma decepção e você os perde para sempre... para sempre.

Pegou uma toalha, uma camisa limpa e saiu correndo do quarto, em busca de algum santuário.

Nenhum dos cartões-postais que comprara na galeria de arte onde tinham parado lhe parecia apropriado para enviar à sua mãe. Reproduções de bacanais de Pieter Brueghel, anões e caçadores sob céus esverdeados, jovens devassos pelo chão, um jarro de porcelana Delph quebrado, uma casca de ovo cortada por uma faca, tudo prova de orgias. Até a representação da Virgem, debaixo do que parecia ser um palco italiano, vestida com luxo e com a barriga em destaque para evidenciar sua gravidez, lhe pareceu lasciva demais, corporal demais no conjunto.

Escreveu sem pensar, porque, se expressasse suas dificuldades, a mãe ficaria preocupada:

Querida Mãe,
    Já chegamos aqui. Espero que as crianças estejam se comportando e não a deixem muito cansada. O hotel fica num lugar muito alto, a quase dois mil metros, dizem. Uma pessoa que sofre de asma já reclamou de problemas respiratórios. Fora isso, está tudo bem. Vejo-a em uma semana, a contar de terça-feira.

"Ele treinou em Lausanne, sabe?" Essa era a piada que corria sobre o garçom que tremia ao anotar os pedidos de bebidas num caderninho minúsculo, tremia quando mudava de lugar o velho carbono roxo para anotar o próximo pedido, e assim sucessivamente, e depois quase derrubava a bandeja carregada ao tentar colocar o pedido de cada pessoa na posição certa.

Tinham decidido fazer o melhor, dentro das circunstâncias. As mulheres se arrumaram como se fossem para uma festa; os homens se barbearam e vestiram camisas limpas, em sua maioria brancas, o que os fez parecer uma banda de músicos itinerantes. O marido, separado do grupo como estivera até então, usava um suéter preto de gola alta. Ela observou que estava animado e até tomava um uísque. Estava animado ao contar a Mona e seu marido sobre a sua casa no lago, as verduras que cultivava, as especiarias e abobrinhas cobertas em seus canteiros no quintal.

June ganhou uma salva de palmas quando apareceu em um tule cor-de-rosa e saltos muito altos, cambaleando feito um flamingo, assim como as duas Violetas, com suas bolsas de cetim desbotadas e vestidos de bolinhas quase idênticos.

Eleanora sentou-se ao lado de Jesse, que usava uma jaqueta de linho não só amarrotada como vários tamanhos acima do dele. Tinham-se tornado amigos desde aquele dia em que cruzaram um campo para buscar água e os cães selvagens foram atrás deles. Surgiram do nada, de cauda baixa, rosnando ameaçadores, cheirando-os — ela em particular, pois farejaram a menstruação. Jesse disse:

— Não corra, não corra! — E ela respondeu:

— Estou menstruada, estou menstruada!

Orientou-a para caminhar de costas e ela obedeceu. O mato era cortante e espinhento. Caminhou devagar e de costas, como ele mandou. Viu-o afastar os cães com brincadeiras, um enorme e dois menorezinhos, que logo se cansaram. Depois tirou sua bandana vermelha, sua adorada bandana vermelha, e começou a brincar com o cão maior, como touro e toureiro, debaixo do sol escaldante. Seus belos passos intrigaram o animal, até que conseguiram se aproximar do ônibus. O cão percebeu que estava sendo enganado e mordeu a mão de Jesse, que contra-atacou com pancadas feias e fortes, até que o motorista veio com uma britadeira e o cão foi obrigado a soltar, a língua musculosa pendurada, em fúria, e gotas de sangue nos dentes da frente. Uma vez dentro do ônibus, Jesse desmaiou, caiu estatelado no chão e recusou-se a ser consolado ou ter a mão examinada ou enfaixada. Ficou lá, embalando-a em silêncio, olhando para dentro e para cima, como um anjinho num afresco. Naquela noite, em um restaurante numa daquelas esquinas sombrias, onde o grupo parou para tomar um drinque, lanternas nas árvores, pratos de azeitonas nas várias mesas, aceitou o lenço de seda que ela lhe comprara, sem ficar remoendo nada. Disse apenas:

— Moleza, John, moleza, John — e transformou-o numa nova bandana.

A alface de fato estava mole, mas quem ligou pra isso? E o antepasto de salsicha, cortado em fatias grossas de um vermelho infeliz e hiper-realista, tinha consistência de borracha, mas quem ligou pra isso? Tomaram seus drinques, brindaram:

— É bom, é ótimo, é o Continente!* — Rindo o tempo todo da forma inacreditável como o garçom tremia.

A conversa foi parar nas lembranças de férias e excursões inesquecíveis. June dizia que não havia lugar como a alegre "Parrii", as Tulherias, o *Folies-Bergère*, o Pigalle com sua lingerie escandalosa. Violeta Um lembrou seu período de treinamento no serviço, quando jovem, a quantidade de faisões para serem depenados depois da temporada de caça em agosto, sentada próximo à porta da cozinha, ela e outra garota só depenando as aves,

---

*A forma como os irlandeses se referem à Inglaterra. (N. do E.)

o alvoroço na cozinha. Mavis, que tinha sido pasteleira e cozinheira em outra mansão, recordava-se de que seu patrão tinha reservado sua própria saleta de jantar em Ascot, filas e mais filas de salas de jantar, algumas bem maiores que a dele, alugadas por pessoas simples, que se aglutinavam na varanda entre um prato e outro para ver a corrida, e adivinha? Um membro da família real, primo da rainha em primeiro grau, estava numa varanda duas salas abaixo da deles.

O prato principal de carne de porco e chucrute não agradou muito, mas, como Dudley disse:

— Uma vez em Roma... — e pediu ao garçom para repetir as batatas fritas e as cozidas.

Os pratos de sorbet, enfeitados com estrelinhas, foram retirados e a intensidade da luz foi reduzida para marcar o início do entretenimento.

Um anão impecavelmente vestido, de terno preto e camisa branca, carregou um acordeão para o palco, acomodou-o numa banqueta e cumprimentou a plateia. Entrou então o cantor, coberto de lamê; pegou o acordeão, que tinha margaridas selvagens pintadas sobre os painéis laqueados de preto, e abriu-o devagar. Algumas pregas do fole vermelho estavam rasgadas, antecipando as emoções que se seguiriam.

— Você é o maior! Pode me deixar louca a hora que quiser! — disse June, jogando-lhe uma série de beijos afetados. O marido comentou o mau gosto daquela entrada em cena dela, após algumas doses de gim.

A primeira canção falava claramente de amor; ele era o apaixonado agitado; dirigia-se a uma garota ausente, muito triste porque ela o repelira. Falava devagar, quase chorando, seus sentimentos desperdiçados num mundo vazio. Amor, amor, amor.

Liebe, liebe, liebe. Depois veio uma seleção de canções ciganas, e o cantor as bebia com seus olhos macios e aveludados. O velho garçom distribuía as xícaras de café e os grandes copos inaladores de conhaque, com lágrimas nos olhos por causa do cansaço ou porque as músicas ciganas o fizessem reviver alguma lembrança perdida.

Para o *finale*, escolhera uma canção que achou que todos saberiam, e charmosamente convidou-os a juntar-se a ele nos versos de Robert Burns:

> *Um beijo terno e nos separamos*
> *Se nunca tivéssemos nos amado com tanto carinho*
> *Se nunca tivéssemos nos amado tão cegamente*
> *Ou estado juntos, ou separados,*
> *Nossos corações nunca se partiriam.*

Depois caminhou entre eles de forma muito amigável, concordou em posar para fotos com várias senhoras, flertou com uma ou outra, jovem ou não, não tinha importância. June implorou que lhe desse a letra da primeira canção que cantou, e ele anotou cuidadosamente no cardápio.

"*Mit 17 da hut noch traum*: aos 17 a gente tem doces sonhos." Que simpático. Que gentil. Que verdadeiro... E qual era o seu nome?

— Konrad.

— Konrad! — exclamaram. Queriam pegar o acordeão, apertavam e puxavam as teclas como se estivessem apertando e puxando o próprio artista.

— É bom! É ótimo! É o Continente, é Konrad! — gritou Dudley.

Depois que terminaram os cumprimentos, afastou-se para um canto do salão e foi jantar com o anão. Os dois conversavam e riam animadamente, o velho garçom a enchê-los de comida e jarras de vinho.

Duas noites depois Eleanora estava sentada num banco no pátio da frente, próximo aos poucos cravos que se reanimaram com o sereno da noite, quando ele apareceu. Pouco antes acontecera algo estranho na montanha: os sinos das ovelhas, que normalmente soavam de modo leve e intermitente no silêncio cristalino, de repente começaram a tinir e chocalhar juntos, um claro sinal de alerta de que algum perigo rondava o rebanho lá em cima, e as reses corriam, confusas.

Konrad surgiu pelo lado do prédio, as roupas nem de longe teatrais como na primeira noite. Não havia sinal dele desde então, pois nas duas noites seguintes uma senhora cantou canções alemãs, com o anão virando as páginas da partitura. Os aplausos não foram tão generosos como os que ele recebeu.

Pareceu surpreso ao vê-la, mas depois lembrou Ah, sim, não era a senhora que usava um colar e um xale?

— Não consigo dormir — desculpou-se, como se sentar ali fosse algum crime.

— Às vezes isso acontece na montanha... o *fuhn* perturba os visitantes... sentem-se *betruben* — respondeu, sorrindo.

— *Betruben?* O que quer dizer?

— Eu lhe digo... se for tomar chá comigo amanhã no meu *loge* lá em cima... na torre.

— Não posso.

— *Du bist* muito agradável — disse, e arrancou um dos cravos para lhe oferecer.

Depois pegou uma bicicleta que estava presa a um poste com várias outras e saiu pedalando, indiferente.

Voltou a sentar-se e começou a arrancar aplicadamente as pétalas, bem-me-quer, mal-me-quer, enquanto se perguntava se devia ou não ir ao *loge* dele no dia seguinte.

As cortinas estavam fechadas; viu que ele estivera deitado, pois a coberta branca de algodão foi afastada quando ele obviamente pulou para atender à porta.

— Desde duas horas estou sonhando com isso — disse, e a fez entrar, ao mesmo tempo que trancava a porta.

— Não posso demorar — respondeu, sem fôlego. Subira quatro andares de escadas, não se arriscou a ser vista tomando o elevador, e depois mais uma escada em espiral pouco firme, que levava à torre. Na penumbra daquele quarto encontrou a urgência dos seus beijos, o doce suspirar de palavras sufocadas, a mão sobre o seio que guardava o seu desvairado coração que batia como um louco... Enquanto ele a levantava, ouviu o baque revelador de seus sapatos ao caírem, um após o outro, sobre o chão de madeira.

— Adoro as *mulherres*... adoro as *mulherres*... — dizia sem parar. As palavras soavam obscenas e doces saídas de seus lábios.

Quando ele tirou seu cardigã, os arrepios a tomaram inteira e ele a beijou apaixonadamente na nuca, pensando que fosse acalmá-la, mas não foi o que aconteceu. Gostou de vê-la tão nervosa. Depois passou à cama e, como um mágico, baixou o cortinado de musselina branca em volta e buscou sua mão para que se enfunassem ali dentro, escondidos, não revelados aos olhos do mundo.

O que mais queria no mundo era entrar ali com ele; no entanto, algo a deteve. Sentiu-se nua sem seu cardigã e perguntou se podiam conversar. Conversar.

Então, ele a fez sentar-se na cadeira de vime e agachou-se a seus pés, olhando para ela e se perguntando muitas vezes qual seria a exata cor dos seus olhos — aqueles olhos mutantes — enquanto mordiscava os discos suaves e redondos do seu colar de vidro verde e perguntava o porquê da expressão "sonhar acordado".

— Porque é acordado — sussurrou, em resposta.

— Pois então sonho acordado e sonho dormindo contigo — respondeu, e ela sabia (ou, quem sabe, suspeitava) que provavelmente já dissera aquilo antes. No entanto, havia tanta sinceridade nele...

Encolheu-se ao pensar no que teria de lhe dizer. Sim, podiam ser amantes, mas não ali e naquele momento, talvez mais lá em cima, num dos abrigos dos pastores, ou em alguma outra cidade ou resort onde ele fosse cantar e ela pudesse dar um jeito de encontrá-lo. Ele sacudiu a cabeça sem compreender, ficou desapontado, franziu o cenho, perguntou por que não ali, naquele momento? Eleanora disse que não, e viu que os olhos dele, que pensara serem castanhos, eram na verdade cor de violeta, iguais à flor da violeta genciana.

— Adoro as *mulherres*... Adoro as *mulherres* — repetia ele.

— Konrad — disse, e soltou logo. — Konrad, posso ir embora com você? Posso viver com você?

No primeiro instante ele pareceu atordoado, como se não tivesse ouvido direito. Mas logo disfarçou com um belo sorriso, enquanto pegava um maço de cigarros na mesinha de cabeceira e acendia um para ela, sem sequer perguntar se fumava.

Não respondeu de imediato, não sabia como. Aos poucos, porém, conseguiu contar sua breve história, com voz macia, atenciosa e estranhamente triste. Morava ao norte de Viena, numa pequena cidade industrial, coberta de neblina no inverno. A esposa e a filha moravam lá. Claro que prefeririam viajar com ele, mas os gerentes dos hotéis não viam isso com bons olhos. A esposa se ressentia das viagens, do fato de ele cantar para outras mulheres. E sua filha Lena, sua pequena Lena, chorava sempre que ele voltava para casa depois de uma longa ausência; ia até o canteiro que sua esposa cultivava sob a janela e jogava pedrinhas e pequenos pedaços de carvão nele como punição.

— Sua pequena Lena — disse ela.
— Minha pequena Lena — respondeu.
— Eu também tenho filhos — disse Eleanora, como para contrapor alguma respeitabilidade à sua ousadia de ter ido até lá. Então ele a tomou nos braços entre sussurros, sussurros que eram o presságio da despedida.

— Pode ser que nos encontremos de novo — disse Konrad, mas ela sabia que estava apenas sendo cortês.

"Fui infiel dentro de mim... e isso é o que conta... e isso é o que conta", dizia a si mesma enquanto descia as escadas, extasiada. Já reunira coragem para dizer ao marido que tinha se libertado... Só que, para sua enorme surpresa, ele não estava, tinha ido embora, não havia sinais dele. Levara todos os seus pertences. Deixou apenas a passagem de volta dela, largada sobre o travesseiro.

Tinha ido embora. Era como se soubesse, como se adivinhasse sua transgressão e tivesse ido pegar as crianças na casa da mãe dela, cinco dias antes do combinado.

A carta da mãe estava em sua caixa-portal, no endereço que indicara. Leu-a debaixo de um poste de luz, com a neblina e restos de arco-íris escorrendo sobre as palavras implacáveis e turbulentas.

Até que enfim a esperada ruptura aconteceu, e parece que espero por isso há anos. Devo admitir que é um golpe terrível e que tenho pedido a Deus que me ajude a suportá-lo. Tenho 70 anos, mas gostaria de ter 90 e bem pouco tempo ainda neste mundo. Senti que viria e sei que provavelmente é melhor viver separado do que junto, quando isso se torna impossível. E vou aceitar, se você me prometer duas coisas: que quando ler estas palavras vai se ajoelhar, onde quer que esteja, e jurar que nunca mais vai ingerir qualquer bebida alcoólica e nunca, nunca mais, terá qualquer relacionamento com outro homem, em corpo ou em espírito. Você é jovem e a tentação há de cruzar o seu caminho muitas vezes. Prometa. Você deve isso a Deus, a mim e aos seus filhos, e sei que, a meu pedido, procederá como quero. Você escolheu esse casamento e nós nos adaptamos o melhor que pudemos, então não nos venha culpar por sua má sorte, como acho que no fundo faz. Parece que você declarou que todos os escritores são homossexuais e estão acima da moral comum. Pois não são, e nem deveriam ser. Você domina a literatura, em vez de deixar que ela a domine. Não é bom viver no escapismo, como tem sido o seu costume. Pense na fé que você perdeu, que jogou fora. Volte para ela. A religião e a crença na vida eterna são o que contam, e sem isso a vida é um lugar triste. Escreverei regularmente, como tenho feito até hoje, mesmo estando arrasada, mas talvez não viva muito tempo. Pelo resto da minha vida, curta ou longa, vou rezar por você e pelos seus e pedir a Deus que sempre esteja do seu lado, orientando-a e aconselhando-a. Estou muito, muito triste, você jamais saberá o quanto, mas afinal a gente não nasce mesmo para ser feliz.

As crianças estavam na casa dele agora, prisioneiras, e ela tinha permissão para falar com eles ao telefone todas as noites a uma determinada hora, as vozes finas, apertadas, as conversas artificiais; ela garantia que ligaria de novo na noite seguinte, à mesma hora, como se até lá alguma coisa pudesse mudar, e um dos dois desligava zangado e a ponto de desmoronar.

PARTE CINCO

O canário

O canário gira, sem gorjear, em seu poleiro comprido e fino, uma vez, duas, amarelo-ocre, as duas hélices brancas tornam-se transparentes como gaze ao sabor do vento. À espera do vento como ela. Sua filha. Seus exames. Cheia de pressentimentos. As horas pesam sobre ela.

O canário chama-se Busby. Busby fala com ela em sua algazarra, sua semialgazarra, tagarelice. E ela responde:

— A irmã Consolata diz que vamos pegar um esfregão e fazer uma limpeza, eliminar de vez o tumor. Mas será que conseguimos, será, Busby? — e então espera que ele repita o seu estonteante circuito.

— Não sou uma boa candidata à morte — diz, e acha que finalmente Eleanora atenderá o seu telefonema. Todas as suas esperanças estão depositadas na vinda de Eleanora.

Olhando para cima, vê o médico andar pelo corredor, o barulho acentuado da sola de borracha de seu sapato. Uma enfermeira o acompanha, submissa.

— O doutor L'Estrange quer vê-la — diz a enfermeira.

Ele tem maneiras um tanto rígidas, os óculos de aro dourado pendendo bem abaixo do ossinho do nariz, jaleco branco. Pensativa, pergunta-se por que veio num domingo de manhã, e numa hora tão pouco civilizada. Lembra-se muito claramente dele naquela primeira consulta, lembra-se da espera em seu consultório, a cadeira de couro por trás da mesa, o couro borgonha preso por botões, vincado próximo ao buraco dos botões, uma cadeira imponente, de juiz, e o frio aperto de mão quando ele a acompanhou à porta.

Está de pé diante da cama, a postura e o rosto rígidos, um pequeno ponto de sangue seco em sua bochecha, com certeza um corte no barbear. Fita-o com uma expressão pesarosa, que pergunta sem palavras: "Você me traz más notícias?"

— Não são más notícias — diz, e começa a explicar que se trata apenas de um pequeno problema: a aspiração em sua barriga precisará ser repetida, e que o funcionário foi instruído para fazer isso logo no dia seguinte. Ela pergunta por quê, e tudo o que o médico diz é que houve uma dúvida no laboratório.

— Você quer dizer que eles perderam o exame? — pergunta, irritada.

— Não, não perderam... O diagnóstico não é conclusivo... é isso.

— Bem, se as notícias não são más, boas é que não são — diz. O ressentimento cresce dentro dela; pergunta-se por que justamente o dela tinha de ser inconclusivo, entre as dezenas de exames que vão todo dia para o laboratório.

— Temos de ter clareza sobre as questões, pois do contrário não podemos tratar.

— Tenho vontade de sair daqui agora — diz ela, os olhos em fogo.

— Isso não seria uma boa ideia — torna o médico, e consulta o histórico para conferir a temperatura e a pressão arterial. Descreve um círculo no ar com o polegar direito, como se essa fosse a sua forma de fazer diagnóstico, e num instante já se foi. Sai tão abruptamente que nem escuta a mulher gritar no meio da enfermaria:

— Doutor, quando é a Páscoa este ano?

Uma vez sozinha, tira da nécessaire o artigo de duas páginas que surrupiou de uma revista na sala de espera do Dr. Fogarty, muito antes de ele perceber que havia algo além da herpes que a afligia. E torna a ler, como tinha feito no consultório, sobre o câncer de ovário, o assassino silencioso que roubava a vida de tantas mulheres, os sintomas quase indetectáveis, em geral semelhantes aos de outros problemas comuns, leves ou benignos. A natureza a derrotá-la. E a filha que não vinha.

Houve um tempo em que as duas eram muito próximas; respiravam em uníssono quando dormiam juntas na mesma cama, quase sempre petrificadas, os mesmos gostos para comida, a coalhada de limão com camadas macias de suspiro malcozido sobre um pudim especial; os mesmos gostos para roupas, uma queda pelos tweeds salpicados de azul e roxo, cores que agradavam a gregos e troianos; as contas de vidro verde-azulado do rosário de Lourdes que rezavam juntas, uma rezava para que a outra não morresse primeiro, juravam morrer juntas, inseparáveis... e, no entanto, tudo isso acabara. Eleanora tinha um estilo de vida diferente — homens, Shakespeare e Deus sabe o que mais... Oh, sim, um belo firmamento onde não havia uma cadeira reservada para a mãe.

Todas aquelas cartas que escrevia nas noites de domingo, depois que o marido ia se deitar, a maioria ignorada, ou quem sabe queimada. As cartas de Eleanora nem de longe tinham o mesmo espírito; vivas descrições de belas praças em cidades mediterrâneas, a cor clara e aconchegante dos prédios, palazzos, gente reunida à noite para um café e aperitivos, bosques de laranja, de limão, oliveiras com seus troncos deformados, mas cheios de folhas jovens e sussurrantes. Coisas pitorescas, mas nunca a essência, nunca a razão pela qual a filha estava nesses lugares claros, nem com quem estava, nem as cartas que uma mãe desejaria receber. Nenhum abrir ou reabrir do coração, como fizera um dia.

Bart

Dilly está com Bart num local reservado onde pediu que a levassem para conversarem em particular. Foi conduzido por uma enfermeira; sua mão enluvada procurou a dela e depois tateou para encontrar a cadeira, pois já não enxerga quase nada.

Primeiro relembra o marido dela e a casa deles, os caminhões e caminhões de arenito que ele e um outro camarada trouxeram das ruínas da casa de um inglês para construir Rusheen, o marido e ele na maior cordialidade quando se encontravam nas feiras de animais e jogos perdidos. Chamou-a, como diz, para pedir alguns conselhos, sendo ela e o marido pessoas instruídas.

— O que houve, Bart, o que é? — pergunta enquanto o observa, tão agitado, sorvendo o ar entre os dentes como se fosse sufocar.

— Ele destruiu minha bombinha, madame... a bombinha para o coração. Pensei que ia morrer, e se a senhora me visse também pensaria, sem minha bombinha... o telefone arrancado da parede, e no quintal o que é que o sujeito fez? Puxou o tapete com que eu cobria a caminhoneta para manter o motor aquecido, arrancou fora. Sem carro, sem telefone, sem a bombinha... Isso é o que me trouxe aqui, e por que não? Meu próprio primo! O ladrãozinho de rua com sua ladrazinha de rua. Cobiça tudo o que eu tenho. Manus era um cara legal até se casar com ela. Thomand, quem mais? A sujeitinha começou a aparecer muito lá em casa depois que viu o que eu tinha. Foi gradativo. Bonita. Bonita. Fingia ter esquecido alguma coisa, um broche na noite de Natal, que tinha de estar em algum lugar. Não esqueceu broche nenhum, só desculpa para roubar, bisbilhotar as gavetas e o guarda-roupa para descobrir onde eu escondia o meu dinheirinho. Tem de estar em algum lugar, repetia, descrevendo o broche: uma folha de marcassita, presente de um ianque. Um espetáculo. Que broche, que nada. Ao pegar os copos na caixa, produzia aquele estranho tilintar que avisa que um marinheiro está morrendo no mar.

"— O que eu ia querer com esses Cristais Waterford? — gritava ela.

"— Ponha no lugar! — eu disse, e bati com a vara.

"— Oh, estou só limpando. — Foi a resposta.

"— Uma noite o marido aparece por aqui e diz que vai pôr os animais para dentro para mim, porque está chovendo muito. Sentou-se.

"— Já é tempo — começa ele — de você pensar em fazer seu testamento.

"— E quem disse? — digo eu.

"— Se você morre sem fazer testamento, o governo põe as mãos em tudo, e isso não é bom pra ninguém.

"— Isso não vai acontecer — respondo.

"Tinha mais algumas desculpas na manga, como insinuar que minha memória estava indo embora, mas eu sabia que ela estava por trás de tudo. Madame Thomand. Raça ruim, raça nenhuma, o pai perambulava pelas ruas.

"Acontece que eu dei ao marido um terreno para construir sua casa antes de a conhecer, antes de ela entrar em cena. Quando um homem casa com uma mulher, ela o transforma segundo a sua própria imagem e semelhança, sua própria e estragada imagem e semelhança. Nem eu nem meus dois irmãos nos casamos. Tenho uma sobrinha, filha da minha irmã, que está no exterior, em Vancouver, é minha única parente de sangue. Manus era um cara legal até conhecê-la, a safada. Dei o terreno para ele porque achei que podia ser uma companhia, uma voz para escutar de vez em quando, alguém que passasse, trouxesse o leite ou a lenha para a lareira e mantivesse as minhas cercas em ordem. Não tive essa sorte. Tudo o que ele queria era botar as mãos na minha casa. Eu disse:

"— Não vou fazer porcaria de testamento nenhum. — Aí começou a praguejar e a xingar, a quebrar tudo o que via pela frente. Fui para o telefone e, eu juro!, não é que ele arrancou o aparelho da parede para que eu não pudesse chamar ninguém? Sabiam que eu tinha uma sobrinha e ficaram com medo de eu passar tudo para ela.

"Algumas semanas depois ele volta, todo meloso.

"Vamos beber — diz, e me leva ao pub na caminhoneta. Por causa dos remédios pra dormir que eu estava tomando, a bebida subiu depressa demais para o cérebro e não havia pão que desse jeito. Estávamos no salão. O cara tinha posto na mesa uma garrafa de uísque e uns copos. Juro por Deus, Thomand traz uma bela caneta-tinteiro e um vidro de tinta, e diz que a Sra. Deane, sua prima em primeiro grau e dona do bar, é uma testemunha de confiança. Em seguida tira da manga um desses formulários que a gente pega no correio para fazer um testamento sem precisar ir ao advogado. Mesmo bêbado como eu estava, não assinei de jeito nenhum.

"Dei um salto e disse:

"— Agora eu vou lá no meio do bar, contar pra todo mundo o golpe que vocês estão tentando me aplicar! — Eles me seguraram.

"Foi depois disso que a guerra começou de verdade. Minhas cercas derrubadas. Meu pequeno terrier envenenado. Denunciei-os à polícia mas não podia provar, não havia como provar. A enfermeira aposentada me dizia que Thomand era perturbada por não poder ter filhos. Perturbada não, é ruim mesmo. Eu lhe digo, madame, o que contei é apenas uma pequena parte do que aconteceu. Agora estou aqui, praticamente cego, e penso dia e noite no que vai acontecer com a minha casinha. Sonhei duas vezes com fumaça saindo pela porta da frente. Uns poucos anos de vida que me restam, e uma vagabunda secando meus três terrenos, um barquinho e a casa onde cresci. Melhor não ter mulher nem filho nem parente de sangue, porque tudo o que eles querem é roubar; são capazes de virar o defunto para pegar o que tiver nos bolsos.

Ao voltar para a enfermaria, Dilly se dá conta de que vê em todos os rostos o mesmo tipo de preocupação, o mesmo medo, cada um pensando na sua loja, nas suas cabeças de gado, nos seus pertences e no que vai acontecer com eles, elucubrando sobre o que devem fazer, e devem usar a cabeça, senão...

Nolan

— Gambiarra nas gavetas da cômoda não adianta, mais duas já emperraram, e o metido lá de Castleknock continua dizendo ao Larry que só precisa de um pouco de óleo, e a Sra. Lavelle quase fugiu... na porta de entrada, no meio da noite, enganou um motorista, pediu-lhe uma carona e ele caiu...

É Nolan, com seu boletim diário de novidades e acontecimentos. Ao longo da semana, Dilly ficou sabendo tudo sobre a Sra. Lavelle e como têm de vigiá-la o tempo todo, e sobre um homem vindo de Kerry, já vestido para ir embora, que de repente pede para sentar e não se levanta mais... É o "além do além", nas palavras de Nolan.

Dilly não escuta nem presta atenção, absorta em seu próprio estado de confusão, sua vida de cabeça para baixo, a filha que não atende o telefone — e um pressentimento de que nunca mais sairá dali.

Nolan vê lágrimas, mas, como se tornaram amigas, pensa que pode evitá-las:

— Não te contei sobre o sujeito que me pediu em casamento. Solteiro, casa de dois andares, a oito quilômetros de Loughrea, onde antes alugava quartos com café da manhã. Imagine ele tomando conta de um negócio desses!

"— E o que você servia no café da manhã? — perguntei. E ele:

"— Chá, cereais e suco de laranja.

"Disse que, se eu for morar com ele, me deixa a casa como herança. E eu vou ser importante a oito quilômetros de Loughrea, caçando com cães, como os Galway blazers, os caçadores mais tradicionais do país. Vai me deixar a casa como herança... só se eu fosse muito boba! O cara deixa um testamento aqui, outro lá e quando morre logo aparecem os parentes brigando e se matando. É assim que acontece. Vou enrolando ele, digo que vou pensar, só para conseguir mais coisas dele. Você não vai acreditar, mas esta manhã ele me pediu para pôr a mão no bolso do seu pijama.

"— Eu não — respondi. — Tentando me fazer pegar no seu fandango! O próximo passo será um documento em papel pautado, dizendo: "Eu, de posse de minhas faculdades mentais...", e por aí vai. Tudo papo furado. Pobre-diabo, pobres-diabos, casados ou solteiros, todos necessitados, todos morrendo por uma trepada...

Ao ver Dilly tão desalentada, inclina-se como para niná-la, enxuga uma lágrima e depois outra com a ponta de seu guardanapo e diz, num sussurro:

— Ah, madame, você não está entre os piores... o derrame é pior... o derrame é o fim da linha mesmo!

Cornelius

Dilly está terminando sua tigela de gelatina com creme quando levanta os olhos e afasta o olhar, surpresa. Seu marido, que ela não esperava, vem caminhando pela enfermaria, trazendo laranjas numa bolsa de tela e uma lata de doces. Billy, o ex-ferreiro, esconde-se atrás dele, uma das mãos no bolso, os dois hesitantes, como se a qualquer momento fossem ser expulsos dali.

Por uma terrível fração de segundo, acha que seu marido pode ter voltado a beber; ele e Billy tinham sido grandes beberrões em corridas e shows, mas, para seu alívio, quando Con se aproxima, vê que está completamente sóbrio — sóbrio e também um pouco constrangido. A chegada deles, de algum modo, a deixou desconcertada. Já se enquadrou na rotina do hospital — no limbo, como ela diz; acordar muito cedo, um céu cinza-escuro, os pombos arrulhando nas árvores em seus murmúrios guturais, e depois o lento avançar da aurora, o pequeno canário pronto para um sopro de vento, e Nolan chegando com a ilícita xícara de chá em porcelana especial, uma flanela úmida para refrescar seu rosto, a segunda xícara de chá com gosto de folha de sene, os acertos com Nolan quanto ao que vai comer no almoço e no jantar; vários médicos chegando, com ar importante, e os alunos atrás deles, sem pronunciar palavra.

Com o marido ali à sua frente, lembra-se intensamente de casa, suas 12 ou 13 galinhas, os ninhos provavelmente úmidos porque ela não está lá para colocar neles uma camada limpa de palha; os cinzeiros cheios, outra conta de gasolina e Rusheen já com aparência de malcuidada.

— Não precisava ter vindo — diz, um pouco tímida.

Billy viria de qualquer jeito, dizem, pois tem de ir ao oculista num outro hospital para tratar da catarata. Billy está na fila para uma operação daí a três meses, a lista de espera é bem grande. Apesar de enxergar pouco, Billy é um comerciante esperto e Con diz, com certo orgulho, que a viagem porta a porta foi feita em menos de duas horas, enquanto Buss levaria quase quatro.

— Ele sempre dirige como se estivesse acompanhando um funeral — diz Billy com uma fungada. Ele ainda tem aquela aparência de quem não toma banho, o rosto escurecido por trabalhar mais de quarenta anos na forja, fundindo ferraduras e pedaços de ferro sob o fogo crepitante.

— Duas horas é rápido demais, é perigoso — diz Dilly.

— Bem, estamos aqui — diz Con, e entrega os presentes, desajeitado.

Sentam-se, pouco à vontade; não estão acostumados aos barulhos de hospital, telefones, campainhas, o rodar dos carrinhos, a alternância entre turnos de conversa e turnos de silêncio. A cadela sente falta da dona, acomodou-se num buraco debaixo da cerca, ansiosa por seu retorno. Vasculham a memória em busca de novidades: um assalto a banco — Tilda, uma menina bem jovem, estava envolvida; tem um novo padre rezando a missa e há rumores de que o padre Finbar não está em boa situação perante o bispo, devido ao hábito de beber e frequentar noitadas num hotel em Ennis.

Ao ver o marido com as roupas comuns do dia a dia, meio despenteado, os punhos desabotoados, pergunta se ele está comendo direito, como faria com uma criança.

— Não está — apressa-se a dizer Billy, e em seguida começa uma disputa sobre o número de cigarros que Con fumou durante a viagem. Billy insiste em dizer que foram vinte pelo menos, Con tira o maço do bolso para mostrar que ainda sobraram alguns, e portanto não fumou todos os vinte. Falam do tempo, tanto na cidade como no campo, e o marido conta que Crotty concordou em dormir lá durante o tempo que ela estiver fora — o marido, um homem feito, com medo de dormir sozinho em sua própria casa, ele que durante tantos anos espalhou terror sobre ela e Eleanora.

— O que foi que eles disseram que há de errado contigo? — pergunta ele.

— Você quer dizer "o que foi que não disseram", né? — responde com sarcasmo, e então conta-lhe que todos os exames tiveram de ser repetidos e reenviados ao laboratório. Billy, com sua filosofia particularmente debochada, entra em cena para dizer que os médicos não sabem nada, que jogam com a sorte tanto quanto os apostadores.

Serviram-lhes chá com biscoitos; a conversa estagnou. Então Dilly teve uma ideia brilhante. Da pequena carteira de couro que ela mesma tinha produzido nas aulas noturnas, faz surgirem algumas notas de 10 libras e lhe diz que é uma excelente oportunidade para ir até a cidade e comprar um par de sapatos novos.

— Estou bem assim — responde.

— Olha, vá até a O'Connell Street... você e Billy... vocês vão gostar de dar um passeio depois de ficar tanto tempo sentados no carro. — Billy se entusiasma com a ideia, recorda-se de um hotel perto da Parnell Square, onde bebeu com jogadores de hurley depois de uma final irlandesa.

Quando os dois saem, começa a escrever uma carta. Lembra a Con o quanto Rusheen lhes é cara e como tiveram sorte em não perdê-la. Deram um jeito de resistir, fazendo contas em tempos de adversidade, como ela diz, orgulhosos disso e vaidosos quando os motoristas param à entrada para admirá-la, a bela e acolhedora casa feita de arenito, com árvores de todo tipo em volta. Recorda o episódio agitado e coercitivo em que fez o testamento, ele como testemunha, e nenhum dos dois com energia para discordar daquilo. Não seria mais justo, pergunta, dividir as coisas em partes iguais para os dois filhos? Se algo lhe acontecer, apela para que ele honre esse seu desejo final. É a primeira carta que escreve ao marido em mais de cinquenta anos, e ao admitir isso engole uma lágrima, aliás várias. Cinquenta anos. As bodas de ouro que nenhum dos dois lembrou. Os campos transformados em pasto. Sem os orgulhosos puros-sangues a relinchar pelos campos, os puros-sangues nos quais se concentraram as esperanças dele, e pelos quais perdeu sua fortuna.

Voltaram bem alegres e falantes.

— Só tomei uma água mineral — diz Con, lendo nos olhos dela a ansiedade pelo fato de Billy ter tomado algumas. Meio vacilante, levanta o braço para saudar os linimentos de uma jovem enfermeira que passa apressada.

Con está usando os sapatos novos e pede que ela adivinhe a diferença deste para os outros pares que comprou ao longo dos anos. Ela não consegue adivinhar. Ah, esses têm uma característica exclusiva. E qual é? Absorvem os impactos. O quê? Estou dizendo, absorvem os impactos. Tira um dos sapatos e aponta para um nódulo metálico, mais ressaltado, que, garantem, é capaz de absorver qualquer impacto. Em seguida calça-os novamente e dá uma volta em torno da cama para que ela possa admirá-los. Dilly adivinha o preço quase até os centavos.

— Meu Deus, eles não nos deram a caixa de graxa gratuita — afirma Bill. Em tempos remotos, quando Billy comprava sapatos, davam sempre uma caixa de graxa e um par de cadarços como brinde, mas os tempos, como ele mesmo diz, ainda que modernos, são mais difíceis.

— Acho que está na hora de pegar a estrada — diz Con, sem olhar para ela.

— Certo — diz Billy, um tanto ansioso. Depois, estimulado pela bebida, delira sobre sombras que crescem, névoa sobre os rios dominando os pântanos e ilhotas, faróis que cegam, tudo assustador, e o motor do carro, que a qualquer momento pode falhar.

— Tem certeza de que tem condições de dirigir? — pergunta Dilly.

— Claro! Então não temos um chofer? — Só então ela fica

sabendo que contrataram um rapaz da fábrica para levá-los. E na confusão de repreendê-los pela extravagância, agradecer por terem vindo e lembrar Con de dar comida à cadela quando chegasse em casa mais tarde, esqueceu completamente de lhe entregar a carta.

Segurando-a ainda, depois que ele saiu, pensa em quantas coisas ficaram sem dizer.

Amor enterrado

Há três noites seguidas Dilly sonhava com Gabriel, uma expressão ansiosa no rosto, as roupas soltas no corpo. Não se aproxima dela, mas sua presença se faz sentir, parado numa estrada deserta, como se estivesse à espera. Três noites seguidas.

— Talvez isso signifique que ele está tentando encontrá-la — diz a irmã.

— Não — responde Dilly, e diz que acredita que ele está morto. Uma carta que escreveu há um ano foi devolvida, depois de ter passado por vários endereços por toda a América. — É triste — admite, e a irmã concorda — quando coisas dessa natureza ficam sem solução. E lembra o último encontro, ou melhor, o último encontro perdido.

— Eu estava no Brooklyn com Cornelius, recém-casada, em acomodações bem melhores que a casa de Ma Sullivan, o cavalheiro todas as noites pelos bares, gastando os tubos, quando uma noite a senhoria bate à porta e me entrega uma caixa com um laço de fita. Era um prato de vidro com o desenho de um mirtilo vermelho, que lembrava um pote que ele ganhara em Long Island há muito tempo, e um cartão desejando a mim e a Cornelius toda a felicidade. Corri escada abaixo, descalça, e saí pela rua para perguntar se alguém tinha visto o homem alto de barba, mas já era escuro e ninguém o vira. Subi de volta e estudei o presente, da mesma cor daquele dia de sol, mas o P.S. em seu bilhete era muito direto, definitivo: "Não estou mais no lugar onde estava." E aquilo era tudo. Era o Gabriel. Fui injusta e ele pagou-me na mesma moeda. Disseram-me que ele estava com outra mulher, mas não estava. Naquele momento estava doente, inconsciente após um acidente em Wisconsin transportando madeira, mas aquelas duas meninas, as duas amigas, fizeram com que eu acreditasse que o noivado tinha sido rompido, quando não fora.

— Mas isso foi muito ruim — disse a irmã, compadecida.

— Bem pior que isso — responde Dilly, e reflete em voz alta sobre os sofrimentos que cercam o amor.

A irmã assente, hesita, depois senta-se e rememora, numa voz muito diferente daquela tagarelice de todo dia, a sua queda: a única vez que ela renegou Cristo, o Redentor.

— Eu, que me consagrei, que ofereci minha vida, meus pensamentos, meus desejos, meus longos cabelos negros, enfim, tudo a Ele. No jardim da matéria, a maçã se esconde. Foi na enfermaria 17. Desapareceram seis dos meus urinóis. Eu sabia que a culpada era a irmã Xavier. Enviada para me testar, vivia metendo o nariz nos meus assuntos. Fui direto conversar com ela. Conversar! Osso duro de roer. Primeiro negou, depois disse que eu teria de me contentar com vidros de geleia. Meus pacientes tendo de urinar em vidros de geleia. Que vergonha, Xavier! Ah, nós brigamos, sim. Feito duas lavadeiras, batendo uma na outra e tudo o mais, e então um braço envolveu minha cintura e uma voz masculina disse:

"— Não se preocupe. Vou providenciar para que você receba outros seis.

"Pus os olhos nele pela primeira vez, um médico novo, iniciante, bonito, com aquele sotaque de Cork, um deus; Aengus, o mesmo nome do deus errante.

"Fizeram-me ajoelhar no carvão após as orações da noite; a madre superiora disse que tinha havido uma reclamação contra mim, que eu teria perturbado outra irmã. Recebi penitências, tinha de levantar os pacientes pesados, virá-los na cama sozinha, lavá-los com esponja e colocá-los de volta no lugar, além de esfregar as escadas de pedra e os pórticos três vezes por semana com um produto específico. E foi lá que o encontrei muitas, muitas vezes. Tinha um cachorrinho no carro, um cocker spaniel, que tinha de levar para passear duas vezes por dia. Chamava-se Buttons; era um azougue para caçar aves. Conhecia todos os cantinhos em Cork: metia-se nos arbustos de rosa-mosqueta e na vegetação rasteira onde os faisões se escondiam, nos juncos onde estavam os frangos-d'água e as carijós, e afugentava-os. Todos os dias, Buttons se aboletava no capô do seu carro esporte, as orelhas em pé, levantando uma pata e depois a outra, como uma bailarina. Buttons, o nosso cúmplice. E Aengus a me encher de perguntas. Em que momento da minha vida eu descobrira que tinha vocação? Contei então que uma noite, ao voltar de um baile — devia ter uns 17 anos —, ainda meio empolgada com a dança, sentei ao pé da lareira para ler o jornal e dei com um artigo sobre Catherine McAuley, a fundadora da nossa Ordem. Uma herdeira que poderia ter levado uma vida de prazeres, mas em vez disso abriu a Casa Coolock para os pobres e empenhou-se numa cruzada para ajudar as crianças dos becos e vielas de Dublin. Aos 50 anos, entrou para o noviciado e tornou-se freira.

"Com o passar do tempo, as coisas foram ficando mais perigosas, com aqueles olhares reveladores, sussurros ao meu ouvido. Quem cortou o meu cabelo e com que frequência eu trocava o hábito? Queria saber cada detalhe sobre o meu hábito: o material, o véu, o comprimento da túnica, a veste de fustão, a blusa, a faixa da cintura, a camisa interna de mangas, a veste externa de mangas, o lenço de bolso, a baetilha noturna e o véu noturno de morim que nós, freiras, usamos para dormir. Tinha de saber tudo. Eis que, no calor do momento, pega o meu rosário para olhar as contas negras com as duas cruzes, a de ébano e a de marfim, e depois o anel no dedo anular, que significa fidelidade ao Senhor. Pouco depois, começaram os presentes. Inofensivos no começo, como barras de sabonete perfumado, um peso de papel que continha um universo de flocos de neve... Depois veio o mais comprometedor: um vidrinho azul de perfume, e eu ousei desenroscar a tampa, retirar a proteção de borracha cor-de-rosa e sentir prazer naquele cheiro profano. *Oh, o Sangue de Cristo me salva, o Corpo de Cristo me inebria.*

"Fazia tudo para evitá-lo e, no entanto, nos momentos mais inesperados, caminhava diretamente para ele e corava; tinha de abster-me dos sacramentos, porque meu confessor não podia saber do meu pecado. A madre superiora me convocou à sua sala para uma conversa dura. Por que eu não recebia a hóstia consagrada havia cinco semanas? Seria o pecado do orgulho? E eu sem condições de responder. Punições. Não tinha sequer permissão para ouvir os programas musicais no rádio com as outras freiras nas noites de domingo — eu que amava aquelas baladas e cantarolava-as enquanto fazia minhas tarefas.

Depois veio a queda. Concordei em encontrar-me com ele na farmácia, onde à noite eu tinha de pegar os remédios para dormir de seus pacientes, e onde eu também tinha de ir para recolher meus remédios, supositórios e outros. Fechou a porta devagar. Perguntamos um ao outro como cada um estava, mas não respondemos. Botou tudo no papel e enfiou a carta dentro da minha manga interna, dizendo que eu podia lê-la em reclusão. Li umas mil vezes. E a última linha me crucificava: 'Por que você continua onde não deseja estar?' Em três meses iria para os Estados Unidos, tinha conseguido emprego num hospital em Buffalo, e pedia que eu fosse com ele como sua esposa. Em vez de um anel de prata, como ele disse, eu teria uma aliança de casamento de ouro, muito mais importante. Se fosse muito estranha para mim a ideia de viajarmos juntos, sugeriu que eu o seguisse dentro de uma semana. *Por que você continua onde não deseja estar?* Deu-me tempo para pensar e prometeu privar-se da minha companhia. Não iria procurar-me, longe disso; pediu para ser transferido para outra ala que havia sido inaugurada, na descida da rua. Eu procurava Buffalo no globo terrestre que ficava no escritório, girava-o várias vezes mas não conseguia encontrar. Vozes me diziam: 'Consolata, este é o momento do seu teste!'

Estava claro para todas as minhas irmãs em Deus que havia algo errado comigo, pois emagreci e andava por todo lado como um fantasma. O Santo Ofício, que éramos obrigadas a dizer duas vezes por dia, mal era pronunciado, as belas palavras dos Salmos, desperdiçadas. Eu me perguntava como ficaria com roupas comuns. Sem o hábito, sem o véu, os metros e metros de camuflagem retirados e as minhas pernas brancas, que ele nunca tinha visto. Sapatos e meias teriam de ser comprados em

Buffalo. Quantas cartas escrevi ao meu arcebispo, dizendo que queria renunciar aos meus votos e deixar a Ordem? Quantas cartas escrevi e rasguei? Ensaiava a entrevista com a madre superiora. Imaginava o seu rosto curtido como madeira quando eu lhe dissesse; pior ainda seria dizer à minha mãe. Escreveria uma carta que ela decerto leria na cozinha, e muito provavelmente teria uma apoplexia. Ia de tarefa em tarefa, pedindo ao bom Deus, a quem estava traindo, para olhar por mim. Em alguns momentos eu saboreava a ideia da felicidade que viria: Buffalo, Aengus, fazer o jantar e ir ao cinema, de saltos altos e bolsa a tiracolo.

"Irmãs de vários conventos apareceram para persuadir-me, algumas duras, outras compassivas. A pior foi uma madre superiora da nossa unidade em Liverpool, muito alta e dominadora. Dizia-se que sofria dia e noite com enxaquecas e nunca dormia. Não mediu suas palavras; não me deixariam sair, ao menos por cinco dias. Depois, se desejasse, poderia seguir meu caminho infiel. Será que eu não via, insistia ela sem parar, que estava sendo testada? Será que eu não percebia a honra com que o bom Deus me distinguira, ao me permitir seguir o caminho da cruz? Citou o caminho que conduziu ao Calvário, Satanás que incitou Judas à traição, a negação de Pedro, Pilatos lavando as mãos. Insistiu que Satanás tinha me escolhido ao me mandar essa tentação; por meio dela, contemplava novamente sua obra-prima, que foi a crucificação de Cristo.

"— Cristo fugiu ao sacrifício?

"— Não, madre.

"— Pois você também não deve fugir. — Disse que a cortina do desejo humano devia ser rasgada ao meio, e que eu devia contemplar minha própria alma e superar o abismo do inferno.

"— Eu estou no inferno — disparei. E ela quase me atingiu com sua mão levantada e seca.

"Depois disso veio o banimento. Mandaram-me para um lar de irmãs em Ballinasloe, para silêncio e meditação, liberada de todo e qualquer trabalho manual, sozinha comigo mesma, sem pacientes para ocupar minha mente em conflito. Chegou um cartão na Páscoa. Dele. Botões-de-ouro amarelos e chicletes e não a imagem do Cristo na cruz. Estava à minha espera e se consumia, enquanto eu era vigiada pela mudança abissal que deveria se operar em minha alma. Um dia uma jovem freira, uma postulante em seu hábito branco, sentou-se ao meu lado num banco do jardim, e ficamos as duas a observar uma cerejeira que começava a florir. Ciente de que eu estava em voto de silêncio, não pronunciou uma palavra. Apenas sentou-se ali e começou a chorar, suave e sinceramente. Até hoje não sei se chorava comigo ou por mim; tudo o que sei é que foi enviada no bojo de algum milagre, porque pouco depois acordei, dizendo e repetindo:

"— No rejuvenescer do ano veio Cristo, o Tigre.

Foi o meu momento de decisão.

"— Parece que foi ontem — disse, e levantou-se.

Pousou a mão na janela úmida, trouxe-a até a touca de fustão que lhe cobria a testa e apertou, depois molhou novamente a mão na janela e mais uma vez levou-a à testa, agitada demais para dizer qualquer outra coisa.

A visita

Ó que dia lindo, lindo de verdade, que mudança, meu Deus, que mudança depois daquele vento inclemente, daquele vento cortante de março. A temperatura subiu depois de chegar a menos qualquer coisa, e graças a Deus, uma bela manhã clara, brotos novos nas árvores, as folhinhas dobradas e os arbustos nervosos com tantos passarinhos.

Como riem, como fazem barulho, a confusão e os risos enchem aquela área da enfermaria, inundando tudo. Uma traz a cadeira para Eleanora, outra, uma xícara de café, encantadas por ela ter finalmente aparecido, todas com medo, como temia a mãe, de que tivesse ido para algum lugar muito distante, como o Peru, por exemplo. Pelo menos foi só à Dinamarca para uma conferência ligada ao trabalho, segundo informaram.

A mãe está sentada, apoiada em vários travesseiros, o cabelo bem-arrumado com duas pregadeiras, o rosto com excesso de maquiagem, o blush rosado sem espalhar. Retorce as fitas azuis de seu robe, incapaz de conter seu orgulho e alegria pelo fato de a filha ter vindo. Várias freiras e uma enfermeira para recepcioná-la — e que recepção: cumprimentos pelo belo buquê de flores, chocolates, biscoitos de amêndoa e doces recobertos de chocolate numa cesta de presente, de dar água na boca só de olhar aquelas tâmaras tão úmidas, tão saborosas, importadas diretamente de Gibraltar.

Depois os elogios são para o traje de Eleanora, tão feminino, a cor que lembra o fúcsia das flores nas sebes. Uma das freiras, empolgada e alegre feito um passarinho, fica encantada com a semelhança entre mãe e filha. É irmã Consolata, a quem Eleanora é apresentada com toda a cerimônia. A irmã toca sua lapela e pede que ela fique lá um mês para ouvir as grandes histórias da mãe e, quem sabe, fazer delas um livro.

— Eu sabia que você viria, eu sabia! — diz Dilly, as lágrimas e a alegria disputando o controle sobre ela.

Irmã Rosário, uma postulante vestida de branco, o rosto pálido e frio como mármore, dá uma passada por lá para conhecer a visitante e admirar o belo xale de franjas, o presente para a mãe, que foi aberto sobre a cama, para melhor estudarem as cores e a estampa com pássaros e motivos góticos entrelaçados. Superam-se umas às outras na tentativa de definir qual é a sua cor exata, marrom?, cacau?, canela?, perguntam-se, para depois concordar que tem um pouco de todas elas, as tonalidades quentes da terra aquecida pelo sol constante. O xale é colocado nos ombros de Dilly, que, rendendo-se afinal às lágrimas, diz:

— É bom demais para mim, é mesmo bom demais para mim.

— E a irmã Rosário, com sua petulância, pergunta por que haveria de ser bom demais para ela, uma mãe irlandesa como todas as outras, que sacrifica a própria vida pelos filhos.

— Estou transbordando de alegria — diz Dilly. Prova um dos chocolates e diz que, ao contrário de Eleanora, tem um fraco por doces, sempre teve, a vida inteira, e por isso ganhou uns pneuzinhos. Irmã Consolata refuta:

— Bobagem, bobagem, quase uma garota, elegante e com lindos cabelos, que, aliás, passou à filha.

Irmã Consolata chama então a atenção para Busby, o canário amarelo em seu poleiro alto de madeira. Eleanora deve ter notado sua distinção, o pequeno mascote lá fora no jardim, atento aos golpes de vento que fazem rodar suas hélices, para que possa ser notado. Sim, as hélices falavam por ele, cantavam por ele, o biquinho nunca soltou uma nota, mas a natureza, como disse a irmã, sempre melhora e enriquece qualquer processo. Mas Busby, admite, é mesmo uma graça, uma atração para os pacientes, para tornar mais agradável o passar das horas. Aquinas, uma irmã mais velha, pediu ao jardineiro para instalar Busby por algum capricho, mas Aquinas é mesmo do contra, sempre reclamando, não gosta disso, não gosta daquilo, não suporta cebolas, reclamava quando encontrava cebolas no cozido.

Eleanora está o tempo todo preocupada com a hora. Não pretende demorar, mas a mãe ainda não sabe. Não usa relógio. Siegfried está à sua espera, peixe salgado e lagosta, uma escada para o sótão, por essa hora já deve estar saindo para o aeroporto, vindo do esconderijo que tomou emprestado para recebê-la.

Irmã Consolata percebe o desconforto dela e pergunta se por acaso precisa ir ao banheiro. Ao ouvir que não, bate palmas, alegre, brincalhona, diz que já é hora de mãe e filha serem deixadas a sós para reconstituir as areias do tempo. Quando faz as cortinas deslizarem pelo trilho, Eleanora revive o terror que sentia quando a portinhola de madeira deslizante do confessionário era levantada, e o rosto carnudo do padre aparecia por trás da treliça.

Não falou nada sobre ir embora; no entanto é como se a mãe sentisse. Seu rosto começa a ficar mais triste e sombrio, o orgulho e a alegria de antes se anuviam. Eleanora faz coisas desnecessárias: altera o ângulo da lâmpada sobre a cama, ajeita o papel que cobre a jarra de suco de cevada, muda as flores de lugar e depois volta com elas ao lugar original. E diz que só as folhas verdes têm cheiro, só as folhas de eucaliptos.

Mais dez minutos, senão perde o avião. E aí terá de mandar um telegrama ao escandinavo para pedir que repita o percurso na manhã seguinte.

Por sorte encontrou uma novidade, algo que possa despertar o interesse da mãe: um kit de costura que havia no seu quarto de hotel na Dinamarca, onde os dois se encontraram, flertaram, onde caminhavam à noite depois do jantar pelas ruas de paralelepípedos, os ciclistas passando no meio deles nos dois sentidos, sinos de igreja, o cabelo dele às vezes tocava o rosto dela quando se inclinava para quase beijá-la, embora não beijasse de fato. Depois retornavam ao hotel e ocupavam as duas amplas poltronas verdes no térreo, enamorados, nem um pouco dispostos a se separar tão cedo. Riam diante de todos os pares de sapatos do lado de fora das portas; uma vez, de brincadeira, ele trocou alguns pares de lugar, para causar alguma confusão na manhã seguinte.

Abre a sacola onde está o kit de costura. Há agulhas de diferentes tamanhos, um pequeno alfinete dourado de segurança, minúsculos botões de blusa em forma de pérola e fios de linha dobrados bem apertados, as cores se misturando como as cores do arco-íris. Dilly concluiu que seria difícil enfiar a linha naquelas agulhas, seus olhos tão pequenos, ainda mais com a catarata...

Mais oito minutos. Uma enfermeira de cabelos grisalhos, cintura grossa, os ombros apontando para fora, vem ver a visitante; para, o olhar agudo e inquisitivo, um certo ar de mofa, e diz:

— Então esta é a famosa irmã de Terence? — E sai.

A mãe explica que a enfermeira Flaherty comanda a enfermaria com mão de ferro e como a hostilidade entre elas começou logo no primeiro dia. E ainda se ressente do modo como foi maltratada, obrigada a tomar pílulas para dormir por aquela enfermeira sem-vergonha, foi forçada a engolir, a mente começou a divagar, estava de volta ao Brooklyn e cruzava com gente que não encontrava havia anos. Daí passa para a visita de Terence, tão corrida, tão rude. Madame Cindy decidiu não entrar; preferiu esperar lá fora no carro, porque os hospitais a deixam nervosa.

— Nenhum dos dois tem caráter — Dilly diz. Estende a mão e pede que a filha a segure. Pergunta o que a madre superiora disse a Eleanora quando se reuniram em particular, lá embaixo. Porventura estariam escondendo alguma coisa dela?

— Não estão, não... o caso é que não podem operar até que todo o líquido tenha se esgotado... até que você esteja pronta... até que esteja mais forte.

— Não estou bem, querida... não estou bem — diz Dilly.

— Vai ficar bem... vai ficar — garante Eleanora, e então Dilly puxa-a mais para perto e sussurra que quer lhe deixar Rusheen, quer ir até em casa só por um dia, voltar ao mesmo advogado onde já esteve e fazer um novo testamento, deixando Rusheen para ela.

— Não há pressa — responde Eleanora.

— Mas você adora aquela casa, não é?

— Sim, adoro.

— Então está decidido. Vá lá embaixo e diga à madre superiora que vamos sair só durante o dia...

Eleanora procura, rápida e nervosamente, uma forma de dizê-lo, e de ser perdoada por isso... e então, com voz hesitante, fala:

— Tenho de voltar para aquela conferência... não tinha acabado quando saí. — E reconhece, pela rápida farpa que vislumbrou nos olhos da mãe, que não acredita nela, os olhos azuis e frios, em repúdio pela esperança roubada.

Tira então de debaixo do travesseiro umas folhas rasgadas, que estende à filha com energia, sem qualquer traço de gentileza ou docilidade. O tempo parece arrastar-se num hiato insuportável, até que a mãe volta a encará-la e à sua mentira deslavada.

— Leia, leia — insiste.

Eleanora lê, um pouco afetada:

— "Chamado com frequência de assassino silencioso, o câncer de ovário ceifa seis mil vidas a cada ano, e no entanto seus sintomas são quase impossíveis de detectar. O câncer se desenvolve nas células dos ovários, dois órgãos de forma amendoada posicionados dos dois lados do útero, que produzem os óvulos. Quanto mais óvulos o seu ovário produzir durante a vida, mais as células precisarão dividir-se, e com isso há maiores oportunidades de as coisas darem errado."

— O assassino silencioso — diz Dilly.

— Mas a foto é de duas mulheres que se curaram.

— O número das que morrem é igual ao das que se salvam — diz Dilly, categórica.

— Estarei de volta em 48 horas — diz Eleanora.

— Faça isso... faça isso.

Em seguida Dilly levanta-se da cama e, arquejante, abraça a filha. Enlaça-a num apertado, desajeitado, zangado, desesperado, amoroso abraço de despedida.

Eleanora sai, depois volta-se — e a última coisa que vê é o braço da mãe levantado, a manga da camisola também levantada, cortando o ar, o osso do ombro dela do mais triste e solitário azul, e só então a compaixão que deveria ter demonstrado antes começa a tomar conta dela.

Siegfried

Uma casa baixa de madeira, com jeito de estábulo, a porta de entrada pintada com alcatrão, e a palha do teto caída sobre os beirais e as pequenas vidraças das janelas. De um lado, uma pilha de madeira cortada, um machado rigidamente fincado no enorme tronco redondo, que obviamente não conseguiu cortar, e próximo a ele, um barril cheio d'água, com uma cuia de madeira pendurada num pedaço de barbante marrom molhado. Tudo exposto e nu, sob uma luz cinzenta e fraca.

Longe de tudo, no norte do país, um chalé emprestado por seu amigo Jakob, situado numa área plana e inespecífica, semelhante às áreas que cruzavam na volta do aeroporto: só os campos e, ocasionalmente, uma configuração de pedras altas em algum tipo de comemoração ritualística, e depois uma minúscula capela em tom amarelo-claro, que mais parecia um peregrino abandonado. Não viram animais, mas era forte o cheiro de porcos pelo caminho.

Já não era o mesmo Siegfried que flertara com ela há poucos dias. Lá era charmoso, afável, o cabelo louríssimo ocupava aquela sala acanhada como se fosse um firmamento. Como parecia ter sido cortado de qualquer jeito, as mulheres sempre se ofereciam para apará-lo para ele. Muitas mulheres à sua inteira disposição.

A porta dava para um cômodo com escadas que conduziam a um sótão no pavimento superior, cujas paredes recendiam levemente a limão. Numa prateleira acima do fogão de ferro negro estão suas meias, a camisa e algumas cuecas cinza. Um cobertor de lã amarelo e ocre estende-se cerimoniosamente ao longo do corrimão. A mesa estava posta, ao que parece, para o café da manhã: canecas, uma garrafa de café e pequenos descansos de tricô colocados ao lado dos grossos suportes de madeira para ovo quente.

Algo aconteceu no pouco tempo decorrido desde que se separaram, tão suspirantes.

Deixara sua mãe e se arrependia agora; quer voltar imediatamente, mas está nervosa demais para dizer isso a ele, que é tão irritadiço e crítico. Acredita que seja casado e que provavelmente houve cenas em casa antes da partida. Adivinha-o porque ele vasculha os vários bolsos em busca de alguma coisa, possivelmente uma carta, e depois escreve uma inicial na parede branca. Não pode ser simplesmente por causa da sombra nos olhos, repete para si mesma, um tanto incomodada. A questão da sombra a deixara arrasada. Quando caminhou na direção dele no pequeno saguão do aeroporto, ele usava gorro com borda de pele e estava sozinho e pensativo como um caçador solitário; não apertou sua mão nem beijou-a. Limitou-se a passar o dedo em suas pálpebras para apagar o brilhante tom de terracota que era uma afronta à escuridão nórdica.

Sentiu uma pontada ao relembrar a semana anterior. As mesas de trabalho, cadeiras de plástico brancas e azuis, jarras de água. Vários palestrantes, todos corteses e sinceros, fizeram exposições sobre o futuro do romance, o futuro do cinema, drama *versus* documentário. O tédio daquilo tudo só se tornou suportável porque, sempre que ela olhava na sua direção, sorria-lhe um sorriso radiante, tão jovem, jeitão de menino, o cabelo louro e profuso. Quando saíram para o almoço e tiraram os crachás, assim como os jalecos obrigatórios de algodão vermelho, deu um jeito de se sentar do lado dela, e foi assim que ouviu falar das noites brancas, quando as pessoas dormiam do lado de fora e enlouqueciam por causa da interminável luz do dia, e também do outono nas florestas. Ele e os amigos mastigavam cogumelos e tiravam a roupa para dançar como dervixes.

Quando chegou a sua vez de assumir o púlpito, decidiu falar em inglês em consideração aos visitantes estrangeiros, mas ela sabia que era por causa dela. Num telão assistiram a imagens arrebatadoras e inquietantes de sua geografia, que vinha filmando havia muitos anos: ilhas, fiordes, lagos, pessoas velhas e jovens, crianças em trenós zunindo, livres. Depois foi questionado quanto à razão de não ter feito filmes durante alguns anos, porque muitos tinham assistido àquele que o tornou famoso.

— Chamam-me de gênio o tempo todo... todos me chamam de gênio por um mês — riu, e garantiu que não era mais arrogante, que não era mais gênio, e sim apenas um desocupado. O filme que queria fazer era esotérico demais. Era a história do poeta Hölderlin, doente mental, prisioneiro num quarto em

Tübingen por 37 anos, onde tocava piano dia e noite, tendo como guardião o carpinteiro Zimmer.

Na última noite mataram aula, não foram à festa de despedida no pequeno café na entrada principal; em vez disso, encontraram-se no suntuoso salão de jantar do terceiro andar, uma verdadeira galáxia de luzes acolhedoras, pequenas coroas com velas que balouçavam devagar, sustentadas por aros de metal, os reflexos das estrelas a correr pelo telhado, estrelas do tamanho de flores grandes. Por toda parte, verdadeiras lagoas formadas por velas acesas, todos os garçons e garçonetes vestidos de preto, como pássaros emplumados com sorrisos de vitória.

Foi durante o jantar que decidiu que pediria ao amigo Jakob a casa de veraneio emprestada, e por alguma razão ela imaginou que o lugar fosse rústico e acolhedor. O jovem garçom explicou-lhe os pratos numa voz musical e recitativa:

— Temos porco com recheio de maçã, lebre recheada com filhote de lebre, cervo recheado com frutos de junípero, e lagosta quente ou fria, acompanhada de batatas com endro.

O clima estava muito gostoso. Siegfried tocava a seda de sua manga, o pulso, aguçava o seu desejo, o rubor tomava-lhe o pescoço e as faces, e os dele também. Só que, tanto nele como em todos os rostos jovens à sua volta, a palidez da face não passava de uma simples gaze a cobrir o sangue que pulsava embaixo, o sangue vermelho, extasiado, tão inocente.

Mas agora, na fria cozinha toda organizada, cachimbos e limpadores, vários pares de botas e sandálias que obviamente são de Jakob, cada momento vivido no hospital se repete diante dos seus olhos, o osso e a junta do ombro da mãe, do mais triste e solitário azul, e ela quer contar tudo isso a ele, quer chorar em seus braços. Anda de um lado para o outro para se aquecer, passa a mão sobre a parede úmida e para diante de um pôster ampliado de um casal de lobos, a pele cinza-esverdeada toda salpicada com neve, as tetas da loba pesadas com o leite, e lê: "O lobo alfa macho segue fielmente a sua companheira por toda parte, antes e durante o período do cio, à espera de uma chance para copular. Depois de montar a fêmea e inserir seu pênis, o macho desmonta ainda preso, dá um giro de 180 graus e vira-se para o outro lado. O casal fica de pé ou deita-se, e os dois permanecem ali, presos um ao outro, por um período de até meia hora. Só então é que vem a verdadeira sensação de plenitude, quando a fêmea alfa libera seus hormônios sexuais."

Observa que ela está lendo, mas não para; move-se apressadamente, ágil e determinado. Traz a madeira para dentro, despeja-a com um baque surdo dentro do cesto; depois pega uma bomba de bicicleta no peitoril da janela e diz que a água congelou nos canos, e que as coisas podem se complicar muito se não tiverem água.

Foi quando ela pediu uma bebida — qualquer coisa, uísque, conhaque, licor — que ele se encolheu e perguntou se ela era alcoólatra, e ficou chateado porque ela não gostou da piada. Só que não havia uísque, nem conhaque, nem licor. Só leite, que ele tinha trazido da cidade junto com arenque em conserva, pão de centeio, um pacote de espaguete e uma lata que ostentava a imagem de tomates carnudos.

— Jantei com toda prudência e sem Schnapps — diz citando Strindberg, o pobre Strindberg com suas melodias lúgubres. Bebem Schnapps e diluem seus efeitos com cerveja, num pub isolado e cheio de cordas, correntes e âncoras penduradas no teto, recordações dos homens do mar. Há uma velha jukebox com a frente arredondada, além de uma orquídea branca e seca, coberta de poeira. A dona, uma mulher peituda e taciturna, está atrás do balcão, a olhá-los com desconfiança. O cabelo é da mesma cor do de Siegfried, só que sujo, o rosto tem a mesma palidez e o sangue que aflui. Na mesa grande de madeira há um grupo de rapazes barulhentos às gargalhadas. Perto do fogo, um velho com uma jaqueta militar desbotada murmura coisas para si mesmo. O fogo se resume aos tocos de velas usadas lançados sobre um tronco grosso, e alguns cones de pinheiro cheios de líquen. Chamas intermitentes, esverdeadas e fantasmagóricas.

Foi no chalé, pouco depois do jantar, que aconteceu, que Strindberg veio ajudar no resgate. Por que será, perguntou ele, que toda mulher que ele conhece na vida tem de trazer a maldita mãe para a cama? Toda maldita mulher, inclusive a própria esposa, Siri.

— Você tem uma esposa — disse ela.

— Claro que tenho uma esposa, todo mundo tem — respondeu com ar cansado, e depois contou-lhe que Siri estava a bordo de um barco nos mares do sul, com o marido de então, engenheiro de rádio, e ela teve certeza de que a mãe tinha morrido em Colônia. Adivinhou até que a mãe tinha tirado a própria vida. Fez tudo com tal propriedade e consideração que a cama estava intocada: a mãe decidiu morrer num colchão sobre o assoalho.

— Mas minha mãe não está morta... nem mesmo está morrendo — disse.

— E como você sabe? — disse ele, as palavras carregadas de tom tão fatalista que o copo de leite escapou da mão dela, atravessou todo o cômodo — não rápido como um meteoro, mas mapeando o próprio curso, até decidir chocar-se contra a vidraça, onde explodiu num desenho em forma de estrela.

— Strindberg! Strindberg! — exclamou ele, com um belo ar de surpresa.

Agora estão no pub, e ele bebe à saúde de Strindberg naquele quarto frio em Montparnasse, com seus utensílios e seu forno de fundir minério, tentando desvendar os segredos da matéria. Preferiu a ciência ao amor, conforme suas convicções, e no entanto foi consumido pelo amor. A primeira, a segunda, a terceira esposa, as mãos negras e sangrando por causa dos experimentos. Lembrava-se de um filho, vestido de branco, com seu barco a vela de brinquedo, num castelo em algum lugar da Áustria com a mãe, o visco sobre a mesa de Natal, pobre Strindberg, amante proscrito e banido.

— Tenho sido um porco contigo — diz, enquanto toma as mãos dela e inclina-se sobre a mesa, quase a ponto de beijá-la. É a senha que um dos garotos esperava. Desde que sentaram — Siegfried de costas para eles — que ela o notara: louro, gordinho, lascivo, a incomodá-la com caretas, gestos, passava um dos cones de pinheiro na língua e os amigos morriam de rir.

Agora está de pé diante da mesa deles, os olhos pequenos e encovados, cheios de nada, e sem dizer uma palavra põe um presente no colo dela. É um maço de cigarros e está quente.

— Não fumo — diz. Repete várias vezes e então pede a Siegfried:

— Diga a ele que eu não fumo.

Os dois homens trocam palavras acaloradas. O rapaz recusa-se a retirar o "presente". Em vez disso, e com ar de galhofa, abre o maço e derrama um monte de cinzas quentes sobre a saia dela. Orgulhoso do feito, pega o gorro de Siegfried, que está sobre uma mesa. É um gorro especial, bem melhor que o dele, com uma bela barra de pele de raposa, marrom e marrom-avermelhada, a tampa trabalhada em forma de V com várias tiras de peles diferentes, mais macias, terminando com um detalhe de jaguatirica.

— OVNI OVNI OVNI... disco voador, disco voador! — diz, virando-o para simular o nariz de um avião e, tendo impressionado os amigos, põe na cabeça, dá uma volta e pergunta se lhe fica bem.

Siegfried se levanta para recuperar o gorro e de repente todos os outros rapazes se levantam gritando, o mais corpulento torce e destorce o braço nu, e desafia quem se dispuser a quebrá-lo ou ter o braço quebrado. Puseram música na jukebox e Eleanora é puxada pelo gordinho para uma dança feia, sacode para todo lado, as palavras doces e banais da música, "Eu quero, eu quero, eu quero, eu quero, eu quero", as cordas e correntes do teto batendo em sua cabeça, o velho levanta no ar uma cadeira, as pernas sujas envergadas em posição de defesa. Passam-se apenas alguns instantes — embora pareça que foi muito mais tempo — e então a mulher atrás do balcão resolve agir; entra no meio deles, brandindo um pé de cabra, e dá umas estocadas neles como se fossem gado. Chama todos pelo primeiro nome, ordena que voltem para a mesa e expulsa os dois visitantes que não eram bem-vindos, o chapéu enxovalhado jogado na estrada para ele mesmo pegar de volta.

A estrada estava escura, o céu negro, sem uma estrela sequer; o vento castigava seus rostos enquanto corriam sem trocar palavra, ele mais rápido do que ela, por causa dos saltos altos. Quando ouviram o primeiro som de motocicleta, a poucos metros de distância, Siegfried agarrou seu braço e a fez passar por uma abertura na cerca para um campo limpo e arado onde cambalearam feito bêbados, até encontrar um esconderijo atrás de um alto banco de terra. Ficam de ouvido em pé enquanto o som dos motores chega mais perto; depois escutam o barulho dos freios quando os motoqueiros param diretamente do outro lado, como se tivessem farejado a presa, os faróis altos e as vozes elevadas. Os dois ouviam com todos os poros do corpo, respiravam quase como se fossem um só, mas não agarrados um ao outro, e sim separados, tensos, até que as rodas riscaram o chão lá fora e os motores roncaram, indecisos.

Depois disseram um nome: Henrik. Devia ser um dos caras do grupo, ou o sujeito que esperava por eles. De qualquer modo, os motores foram ligados, como se respondessem a algo mais desafiante, e arrancaram, gritando, para anunciar a próxima pilhagem.

Na escuridão densa e confusa, ele não parava de jogar cuias e mais cuias de água gelada do barril sobre a cabeça e no rosto. Xingava, gritava, dizia para virem pegá-lo. Ela tentava acalmá-lo enquanto ele berrava, mas suas súplicas caíram no vazio.

Sentou-se na cama sem se despir. O vento rugia em volta da casa. Dentro do quarto, as vigas pintadas com alcatrão rangiam e vergavam, enquanto lá fora o cata-vento girava em torno de seu suporte de metal, raspando-o a cada passagem. Ele não subiu. O vento tinha muitas vozes e ela ficou lá, sentada, ouvindo-o descarregar sua fúria, as notas lentas e lamentosas quando amainou, depois elevou-se e aumentou de intensidade, os próprios uivos pareciam determinados a destruir tudo à sua frente. Será que o vento cruzara todo o mar do Norte, na trilha do pequeno avião? Ou teria vindo das longínquas tundras, abrindo caminho até o hospital para lançar o canário Busby em seu louco turbilhão? Mais tarde, quando se debruçou sobre o balaústre, viu que ele dormia no chão, coberto com o tapete berrante, os braços dobrados como em penitência.

Sentou-se para esperar o dia, a hora de partir, quando de repente a janela se abriu com estrépito, girou sobre as dobradiças, como se alguma coisa estivesse prestes a acontecer. E ela esperou, apavorada, pensando no que poderia ser.

Tempestade

Uma figurinha magra e inquieta está ao pé da cama, sussurrando:

— Acordei a senhora?

— Não, estou acordada... o vento não me deixou dormir — responde Dilly.

— Pat, o porteiro, pediu-me para trazer-lhe isto. Sua filha esqueceu. Pode haver joias ou objetos de valor aí...

— E que barulheira é essa?

— O vento e também os hooligans saindo dos pubs... destroem tudo o que encontram pela frente. Temos sorte de estar num lugar protegido — diz a jovem, que larga a bolsa nas mãos da mulher e sai de fininho.

Dilly acende a luz de cabeceira para enxergar. É uma bolsa salmão de tapeçaria, parecida com uma que ela mesma já tivera, com desenhos de pequenos bibelôs e duas alças de osso em forma de lua crescente. O que acontecera com aquela bolsa? O que acontecera com tantas coisas? Sem pensar, abre. Dentro encontra um diário de capa verde marmorizada, com a insígnia de uma águia marrom sobre uma base. Na América havia águias por todo lado: de ouro, de prata, de bronze, nas moedas, numa das notas de dólar, sobre as portas dos grandes bancos e dos escritórios das seguradoras, até naquele cantinho onde ficava o retrato generoso da Sra. McCormack.

Leu de relance a frase assustadora: "O leite com o qual me alimentaste transformou-se em mármore."

Deitou-se imóvel, mas completamente acordada. As palavras escritas com tinta da cor favorita de Eleanora espraiavam-se sob a luz, e o coração dela batia descompassado como as asas de um pássaro selvagem dentro do peito.

PARTE SEIS

O diário

Ela, a mãe sem mãe; eu, a mãe sem mãe; os milhões e zilhões de mães sem mãe com seus frágeis mistérios.

Quando ela tossiu sangue, olhamos juntas para aquilo, na torneira da pia da cozinha, a porcelana creme com milhões de pequenos pontos pretos feito carvão; olhamos para aquilo, os pequenos coágulos vivos, impudentes, causando-nos medo e desolação, e o presságio de sua morte iminente. Morte, para ela, significava morte para nós duas. E eu achava que, se colhesse prímulas e pusesse num vidro de geleia para alegrá-la, ela não morreria.

Muito, muito mais tarde ela me deu as flores que tinha mandado vir de uma floricultura da cidade a um custo considerável, flores compradas e uma taça de um vinho alemão excessivamente doce para me trazer de volta ao rebanho.

Em seus olhos, uma gama de azuis que tinham o poder de captar o mais leve sinal de falsidade, e depois ferviam de raiva.

*

Os dois sentimentos estão costurados juntos e formam uma forquilha, como o osso da sorte. É quebrar um e o outro escapa, e vice-versa. Você veio de novo a noite passada ou esta manhã muito cedo, e o terror, que já era grande, se amplia com suas visitas frequentes. Você decidiu me estrangular. Sim, você, ninguém mais. Acredito que eu pare de respirar por um instante, porque, mesmo em minha covarde cretinice, prefiro morrer a minha própria morte a tê-la a mim infligida por você. Depois que você partiu estou paralisada, assustada demais para abrir os olhos a menos que você tenha ficado na porta, assustada demais para ajeitar meu pálido ser sobre o lençol, a coberta ou sei lá o quê. As pernas estão tão finas... Passo uma hora ou mais pensando em gritar por ajuda. Eu também tenho filhos, mas tenho vergonha de gritar, de implorar.

Acordo do sonho, consigo escapar dele e penso em você, também sozinha, numa noite de verão, sozinha no quarto com o linóleo azul-violeta, as imagens suntuosas dos santos e o cheiro sufocante de bolas de cânfora quebradas. Você já não é jovem — é velha, na verdade; sim, velha — e usa um casaquinho de dormir azul de crochê. Sente falta de sua vida antiga, talvez sinta falta da mãe que lhe trouxe ao mundo, de seus filhos tomados pelos mórbidos pensamentos que vêm com o crescimento, com pavor daquilo que cresce dentro de você. Insetos arrastam-se pela janela aberta e naturalmente dirigem-se para a massa de carne morna que é você e na qual, apesar dos seus temores, a decadência já deixou alguma impressão digital. Como tenho pena de você! Senta-se e tenta, quase sempre em vão, capturar e exterminar esses insetos, esmagá-los entre as palmas de suas mãos nodosas, dizendo a si mesma:

— Ao final, só restaram mesmo você e esses insetos que tenta matar.

Palavras. Palavras que dão pena. Situação que dá pena. Algo cresce na sua mente. Cresce e se banqueteia dentro de você. Seu antiamante, seu antifilho, seu antisser. Você tomou providências para investigar esse estranho. Procurou uma pessoa aqui, outra ali. Todos se calaram. Buss, o motorista, foi contratado para encontrá-la na porta de entrada, ajudá-la a se sentar no banco da frente e conversar contigo sobre o tempo ruim e a escassez de turistas em consequência disso. Você procurou um homem com poderes especiais, o sétimo filho de um sétimo filho. Ele correu as mãos sobre o seu corpo, elas se detiveram na barriga, e ele lhe disse que podia ver a massa verde e mole dentro, a bile verde que, ao toque da sua mão, se transformaria em ouro e você voltaria para casa curada, mais vitalidade enquanto envelhece. Mas você não ficou convencida. O próximo ponto foi um grande mercado de móveis. Grupo de cura. Você recuou diante dos que estavam à sua volta, seus eczemas, sua tosse, seu catarro. Teve nojo deles. Quando todos ajoelharam e choraram, num surto de emoção, você rezou para escapar dali, para estar de volta em sua própria cama, debaixo de sua colcha, a cadela no esconderijo debaixo de um pedaço de cerca enferrujada, soltando seu estranho latido, sua última companhia — ou, como você diz de um jeito tão singular, a única amiga que lhe resta.

Você me pede em nome de Deus para ir contigo, para confortá-la, e eu gostaria muito mesmo de fazê-lo, só que para isso eu teria de voltar para casa, voltar para aquela franqueza que pode levar a um assassinato, uma franqueza que só permitimos dentro da loucura do sonho.

Basta alguém falar rosas ou violetas e eu sinto esses "transportes"... emanações tão suaves, fugidias, as flores de muito tempo atrás, um mar delas, azuis na época dos jacintos, amarelas na época dos botões-de-ouro, colchas de retalhos coloridos desfraldadas lá embaixo nos campos onde corríamos, e as madressilvas com suas plantas de néctar para a gente sugar. Espinheiros e pilriteiros, confeitos em branco e rosa, os frutos caídos e ensopados pela chuva, manhãs de tanto êxtase, diademas de orvalho, à noite menos, vozes elevadas e a noite chegando, a escada altíssima, quartos e mais quartos, rangidos, choros, degraus a tremer, tremer, hostilidades lá fora nos campos, os cães encostados em seus donos e uns nos outros. O silêncio cortante...

Aquele pedaço de rocha me assustou. Apareceu misteriosamente num dos meus armários; de algum modo deu um jeito de entrar lá e aninhou-se nos panos, instalou-se como um animal. Não estava lá no dia anterior. Pensei que poderia ser sinal de boa sorte ou má sorte, já que sou propensa a augúrios. Era meio cinza e partida, um pedaço de ardósia e uma substância venosa que fica entre o mármore e a pedra-sabão. Quando erguida num determinado ângulo, parecia um rosto de homem, solene, com um olho só como o deus Lug ou o gigante Balor, que com apenas um olhar de seu único olho podia matar instantaneamente seus inimigos. Eu podia jurar que tinha vindo lá de casa, alguma coisa dolorosa e pendente em relação a ela. Estava lá, num dos meus guarda-louças. Joguei fora, mas depois mudei de opinião e, no meio da noite, saí para fuçar na lata de lixo e recuperá-la. Os objetos têm tanto efeito sobre nós quanto as pessoas. Talismãs, talvez.

Conheci um rapaz bastante perturbado, com uma série de ataduras em torno da cabeça, numa sala de espera. E ele me disse que tinha ido a um hipnotizador por causa de uma fobia: tinha aversão às próprias orelhas e às orelhas dos outros, causavam-lhe náuseas. Pois esse hipnotizador mandou que ele escrevesse numa folha de papel toda a saga relativa à sua fobia e entregasse à mãe, para que ela guardasse em uma de suas gavetas. Não nas gavetas da cozinha, mas numa gaveta com sua roupa íntima, sachês de lavanda e coisa e tal, e com isso a fobia acabou muito rápido. Estava numa sala de espera, a cabeça coberta por ataduras, e uma expressão vingativa nos olhos.

Eu estava lá por causa das minhas hesitações, erros, fragilidades, amizades congeladas, rejeições, o caminho não percorrido e por aí vai. Consulta às sextas-feiras. Cinquenta minutos de cada sexta dedicados a revirar o passado. O inquisidor numa cadeira atrás de mim, completamente imóvel. Às vezes eu não conseguia falar de jeito nenhum, o influxo era grande demais. Um dia eu estava deitada naquele divã, com sua discreta manta de algodão, o médico numa cadeira atrás de mim, quando algo lamentável aconteceu. Tive uma espécie de surto, tudo veio como se fosse uma inundação: verdades, meias verdades, dificuldades, desordens e, dentre todas essas coisas, um ovo sem casca que era mole de pegar, e que Shane, o nosso empregado, chamava de Bugan. O médico continuou imóvel e sentado. Depois foi um mergulho enorme dentro desse lugar manchado de sangue, de sangue e água, uma porta muito baixa que vem nadando, uma porta fechada, entrada proibida, sem saída, nem dentro nem fora, as regiões alagadas tomadas pelo fogo do inferno e o dom da fala secando até sumir. Tudo desapareceu. Era morrer sem estar morta. Quase não existia, mas resisti por meros fios de sangue. Falava, falava à toa para manter o surto sob controle. Em vão. Veio em ondas, em ondas, e aquele choro infantil que implora para segurar uma mão, qualquer mão, a dele ou outra. A cuia do pedinte. Deus Todo-Poderoso, que mendigos somos nós!

Ainda não sei como saí de lá. Talvez cambaleasse. A rua parecia um hospício, mas na copa das árvores era o silêncio, os galhos mais altos assentiam graciosamente, e o chão era tão macio que parecia coberto de vime.

Devia ser inverno. É estranho como todas as sessões desembocaram umas nas outras, enquanto as cinquenta libras por sessão se acumulavam. Um dos cheques que dei foi perdido, tive de pagar de novo. Alguém que nunca vou conhecer foi beneficiado por esses delírios.

Incursões destemperadas na nata da sociedade. Salões iluminados por cascatas de luz solar. Pérolas. Safiras. Banalidades. Risadas em coro. Um jovem corado com uma gravata borboleta de bolinhas e maneiras expansivas me garantia que já não há mais tantas árvores na minha ilha cor de esmeralda como havia antes. Tinha visto o país inteiro de um helicóptero, fora visitar Teddy e sua linda esposa nova, as azaleias absolutamente esplêndidas e belas, mas os velhos carvalhos irlandeses estão minguando.

Minha "virada" mexeu com o inquisidor porque, na semana seguinte, a recepcionista me segredou que ele a tinha mandado à sala de espera para ver em que estado eu estava. Ela não devia me contar isso, mas contou. Gostava de mim e até me deu um quadro que tinha pintado, tirou do cavalete. Era um campo ensolarado com um portão vaivém que levava aos céus. Logo depois disso, ela morreu de repente. O portão vaivém que levava aos céus...

Tinha-se mudado para seu próprio espaço, mais para o lado norte da cidade, longe da saudável rua dos médicos, profissionais da saúde, curadores e curandeiros. A gente subia no elevador apavorada, porque fazia muito barulho e balançava. Ele vem me receber à porta, convida-me a entrar. Sento-me constrangida numa sala com móveis quase indiferentes, três flores de íris num vaso, não dava para sentir o perfume. Na parte da casa onde vivia, o barulho era constante; alguém fazia sentir sua presença. Imaginei ser a esposa, e que ela não gostava que eu estivesse ali com ele, pensava no que poderia estar acontecendo naquela sala, no mesmo lugar onde os dois se sentam à noite. Uma vez a vi de relance, na saída do elevador; peguei-a espiando do final do corredor. Mulher pequena e arrumada, o cabelo preso num coque e a expressão perplexa, um tanto nervosa. Pois bem, depois de mais algumas sessões eu a encontro. Está na rua, caminhando para lá e para cá em frente ao portão de entrada, cabelos longos e soltos, pintada como uma prostituta, aparência vistosa. Anda por ali para que eu a veja, para que a enfrente. Rivais. Achei isso engraçado mas também triste. Gostaria de dizer-lhe algo, dizer que ela era personagem de uma peça de Tchekhov, uma mulher desfilando sua insensatez, seus ciúmes, bem no meio da rua, em busca da beleza perdida, dos amantes perdidos e por aí vai... mas não disse nada.

Não lembro quando o deixei, ou talvez tenha morrido. É só para mostrar o quanto sou insensível e também covarde.

Havia uma toalha de seda que eu via sempre em toda a sua suntuosidade. Vermelhos vivos com lagoas na cor turquesa. Era sobre ela que eu fazia o dever de casa, o tinteiro inclinado quando a tinta estava para acabar, ia ter muita briga se derramasse na toalha. Então um dia, estranhamente, alguém enfiou um catálogo por debaixo da porta. E nele havia uma toalha de mesa nos mesmos tons de terracota, traços azuis espalhados e uma franja comprida, castanho-avermelhada. A loja ficava num conjunto de estabelecimentos comerciais abrigados sob um vasto domo de vidro; e foi preciso subir vários lances de escada, pegar escadas auxiliares, perder-me duas vezes e rezar para que não tivesse sido vendida, pois me parecia muito necessária.

Depois, e por fim, encontro o local certo, um espaço bastante grande, rolos e rolos de carpete, almofadas, tapeçarias penduradas e, no mais distante recanto, um jovem sonolento que não se mexeu do lugar, simplesmente ignorou quando chamei. Tive de berrar para perguntar o preço e então ele veio até mim, relutante. Mostrei a toalha na vitrine. Parecia encantadora sobre uma mesa redonda, num ambiente montado para dar a impressão de que ali haveria uma pequena reunião. Fiquei meio desapontada ao sentir o material; era um tafetá. Não tinha a suntuosidade do veludo, a sensação é de que era mais fino. Perguntei de novo o preço. Era 100 ou 150 libras. Quanto? Algo entre essas duas cifras. Não tinha certeza e a dona estava no exterior. Será que podia conferir o preço num livro ou coisa assim? Não havia livro. Estava tudo com a dona. Tudo o que ele queria era se livrar de mim, voltar ao seu cochilo, esconder-se entre milhares de almofadas debaixo das tapeçarias, que pareciam bordadas com fios de prata.

Gelo fino. Plantas queimadas pelo gelo. Gente gelada. Bonecos de neve. Eu e minha mãe atrasadas para a missa. O sino tocou uma vez, tocou a segunda, a grama alta empinada, engomada, o estrume coberto por uma camada de gelo, e as poças congeladas pareciam aquela camada de açúcar que fica nas frutas verdes e cor de laranja cristalizadas, guardadas para os bolos de Natal. Corre-corre. Minha mãe e eu. Atrasadas para a missa outra vez.

No portão da capela os vizinhos se acotovelam para entrar, sorrindo ou taciturnos, cristais de gelo como brincos, pingentes de pérola nas pontas da grade, e dentro, no altar, uma profusão de flores e pétalas picadas, como coco ralado em cima dos biscoitos, flores que devem ter vindo de alguma loja em Limerick, porque nem as ervas daninhas vingavam no inverno. O padre, que fazia os sermões da cruz, falou primeiro dos pecados que aumentavam sempre, depois de penitência, e depois sobre a mensagem do Evangelho segundo Mateus, Marcos, Lucas e João — e concluiu com alguns rumores sobre novos e inovadores métodos de agricultura.

A Santa Comunhão. Todos na fila, com exceção de três homens, os pagãos lá no fundo conhecidos por suas incursões noturnas. E quando chegou o momento, lá na frente, baixo minha cabeça e me abstenho. *Senhor, eu não sou digno de que entreis em minha morada.*

De volta ao banco, olhares furiosos de minha mãe, que não para de beijar a medalha do seu rosário e leva-a até meus lábios como castigo.

— Mocinha — disse minha mãe, quando subíamos a nossa rua. *Por que eu recusara a Eucaristia? Não tem por quê. Tem de haver um porquê, sempre há. Por quê? Por quê?*

Era o que acontecia certas noites. Três ou quatro de nós íamos à ponte ao anoitecer. Sabíamos perfeitamente que o homem com calças de golfe estaria lá. Curiosas a respeito dele, suas calças, seus charutos, seu deboche, e o papo casual que levava à mesma brincadeira: ele nos fazia rodar e rodar, uma de cada vez, e terminava com um beijo com gosto de charuto. Inocência e mau comportamento. E depois o conhecido olhar que lançava para Oonagh, a mais safada de todas, que o seguia até o topo de uma pilha de entulho, onde um pedaço da ponte explodira. Ia pelo caminho de pedras na beira do rio para ficar sozinha com ele no forno de calcário, no escuro, que é para onde iam os casais que não eram casados.

Você acredita, mãe? Um desses especialistas teve a coragem de me perguntar se havia alguma história de insanidade na família. Neguei enfaticamente. E no entanto nunca esqueci nossos pequenos surtos, para não falar dos grandes. Pensei nas traças que se banquetearam nas lãs e nas peles, e no escândalo que fizemos quando achamos que iam nos atacar. Foi no quarto azul com os móveis de nogueira. Todos aqueles souvenirs que apreciávamos, uma tigela de alabastro com uma rachadura no meio e uma caixinha inútil de osso ornamentada com a cabeça calva de um bebê. Sim, as traças dentro das nossas roupas, no nosso cabelo, nas nossas axilas, em cada canto e compartimento do nosso ser, enquanto nos contorcíamos e protestávamos em vão uma com a outra.

De vez em quando você cismava que tinha de encontrar um determinado broche dos seus tempos do Brooklyn. Era âmbar, e guardava as perninhas murchas de um mosquito que ficou preso dentro dele.

Naquele dia você me segurou em cima de uma cadeira para alcançar a prateleira mais alta do armário e puxar as nossas roupas que tinham sido enfiadas ali, guardadas por nenhuma razão especial a não ser guardar mesmo: chapéus de palha amassados, cardigãs, echarpes puídas... e em meio a essas coisas deparei-me com a redinha verde de cabelo que levou ao ataque. Estava literalmente tomada por traças, ovos e larvas. Ficamos arrepiadas. Você decidiu tomar uma atitude; foi pegar a vassoura de pena de ganso e um pedaço de papelão para varrer aquilo. Depois disso as coisas ficaram muito piores. A gordura de ganso que tinha saturado aquele cabo deve ter passado o seu óleo para eles, porque adquiriram vida nova, mais ímpeto e começaram a se contorcer.

— Meu Deus, elas vão nos comer vivas. — Você não parava de dizer, e tirou sua jardineira, acreditando que elas já tinham entrado na roupa.

Do que tínhamos tanto medo? Não sabíamos. Tudo que sabíamos é que aquela forma de vida e quase-vida vinha se desenvolvendo havia anos dentro daquele guarda-roupa.

Ao descermos as escadas, você segurava a tira de papelão do tamanho de um braço e eu cantarolava para distraí-la. Você não a despejou no velho canteiro de ruibarbos; seria muito perto da casa. Descemos pelo campo, além da área dos varais, até o velho forte onde os maus espíritos e os maus segredos se escondiam, e você atirou tudo — vassoura, papelão e a redinha cheia de traças — num pântano que já estava mesmo cheio de matéria em decomposição.

E no entanto, naquele mesmo pântano, os narcisos azuis com riscas amarelas acabariam por florescer.

— Não conte a ninguém — disse, enquanto voltávamos. Tantos segredos para enterrar...

Uma noite fomos à casa de sua mãe nas montanhas. Eu sabia que devia ser uma crise. Fomos pela estrada vicinal, que diziam ser mais curta, cheia de pedras, um duro teste para os pés. Eu pedia para a gente sentar um pouco, mas você não recomendou, sabendo que isso seria fatal, pois precisaríamos de uma enorme força de vontade para levantar e seguir em frente.

Sua mãe era uma criatura distante, vestida de preto, lenço preto na cabeça, uma profusão de anáguas pretas e uma bolsa de pano preta, de onde às vezes tirava uma moeda e me dava, com a recomendação de não desperdiçá-la.

Houve confusão quando chegamos; minha avó, um pouco zangada, perguntava por que não avisamos, e você argumentava que uma carta levaria dois dias para chegar. Minha tia tentou acalmar a mãe, dizendo que não importava se a cozinha não estava arrumada ou se não tinham doces para nos oferecer. Afinal, éramos uma família e não tínhamos cerimônia. Você deu a entender que um desastre iminente pairava sobre Rusheen. Minha avó perguntou se meu pai andava comemorando de novo, ou seja, se andava bebendo. Você fingiu não ouvir. E lá estávamos, naquela cozinha escura e azulejada, fogão de lenha, potes de água para ferver ou referver, uma lâmpada de Aladim bem no meio da mesa, a tampa cônica frágil, ainda não se desmanchava, mas soltava um barulhinho. Três mulheres adultas; a tensão entre elas era evidente. Minha tia falou de um novo tipo de batata que tinham plantado e disse que devíamos levar algumas, porque nada as superava em sabor.

Tínhamos a caminhada de volta pela frente, a noite mais escura, cães, gatos, texugos, martas, raposas... isso sem falar nos bêbados que podiam nos importunar.

Quando você pediu diretamente, não acreditaram. Quinhentas libras. Quinhentas libras! Onde, por Deus, iam conseguir quinhentas libras? O que você pensava que eram, milionárias? Minha avó ficou furiosa. Você mencionou um desastre iminente. Minha avó disse:

— *Tudo o que plantares colherás.*

Você levantou as mãos grossas, prova do trabalho duro que

tinham feito. As coisas chegaram a um ponto crítico quando você trouxe à baila o assunto do seu dote, a quantia que tinha sido prometida naquela manhã de fevereiro quando você saiu para se casar, o futuro marido já na cidade a mais de 300 quilômetros de distância, pois saíra com outros rapazes para a despedida de solteiro. Minha avó pegou as tenazes e descarregou um pouco da sua raiva revolvendo as brasas no fogo.

— *Um dote, mocinha.*

O tom em que disse a palavra "mocinha" foi quase como uma punhalada. Você teve a audácia de ir pedir essa quantia, demonstrou uma terrível falta de caráter, para não dizer ingratidão. Você disse, em vão, que nunca tinha pedido antes e cometeu o erro de lembrar à minha avó que, quando tinha dinheiro, abriu mão de muita coisa.

Minha tia concordou, mas minha avó, num acesso de raiva, já tinha começado a falar da vez em que meu pai foi lá no meio da noite, bêbado e aos gritos, jogou pedras na janela e berrou para meu avô se levantar, sair e entregar as quinhentas libras que tinham sido prometidas antes do casamento. Retratou em detalhes o meu avô de pijama, tremendo, implorando tempo para pagar, também com medo e incapaz de lidar com meu pai, pois já era um homem idoso e frágil, e meu pai batendo com a bengala dele na mesa, repetindo as exigências e infundindo neles o temor a Deus. Meu avô foi aos três esconderijos onde as economias deles estavam guardadas, sendo um deles o estábulo, e entregou tudo ao meu pai, tudo que lhes era caro, caro como o sangue.

Você não sabia disso e a vergonha que a cobriu foi de cortar o coração. Parou, cambaleou e disse, com a voz trêmula:

— Juro por Deus que eu nunca soube disso.

Seguiram-se o desalento, as lágrimas, os lamentos, o aperto de mãos. Minha avó jurou que preferia ter a língua cortada a revelar aquilo. Como era de boa índole, ainda que teimosa, saiu mancando, foi pegar sua bolsa de pano preta e depositou-a em suas mãos.

— Toma, toma — disse.

Dormimos, eu e você, nas cadeiras perto da lareira e, quando o dia amanheceu, voltamos com o dinheiro e as batatas novas, ainda com os talos, pois minha tia garantiu que as folhas também eram saborosas e que devíamos acrescentá-las à panela na hora de fazer a sopa.

Os mais belos salões da Lacedemônia não seriam descritos com imagens tão tentadoras como as que minha mãe usava para descrever Rusheen quando começava a nos seduzir para a visita anual. E aquele era um verão em que eu não queria ir.

Por causa de Quentin.

Eram meses numa gangorra de emoções quando ele vinha das Terras Altas para minha casa em Londres. A expectativa da sua chegada era tão intensa que eu quase sempre precisava ir caminhar e deixava a porta da rua destrancada para que ele pudesse entrar. Ele trazia poucos pertences: uma bolsa de couro muito fina, na qual havia algumas camisas e um de seus melhores pares de sapatos, que a esposa enchia com bolas de papel de seda. Era ela quem fazia a mala dele. Aparentemente, suas viagens eram a trabalho. Sim, ia ficar na minha casa, ao pé da lareira, como se vivesse ali, tão à vontade, o cabelo caído, um entardecer violeta, as luzes da casa ainda apagadas e Quentin tímido e amoroso ao mesmo tempo. Durante aqueles meses houve várias cenas em casa: lágrimas, ameaças, bolsos vasculhados, reconciliações possíveis, embora ele tenha sido suficientemente cavalheiro para me poupar daquilo tudo. Contou, sim, que os dois tinham ido a uma festa a fantasia, talvez por medo de que eu lesse em alguma revista. Foi um grande evento num castelo. Sua esposa vestiu-se de Norma e ele escolheu Simbad, o Marujo, porque era a única fantasia disponível para alugar. Sim, cenas em casa, visitas de primos, parentes, parentes dela, todos pedindo a ele para criar juízo. Semanas de angustiante silêncio e depois um cartão-postal. "De repente vejo seu rosto." Reatamos o romance e ele voltaria com sua mala de couro amassada, o cabelo caído no rosto, a reconciliação em meio a generosos beijos.

Mas no final os imperativos do lar e da família venciam.

No entanto, continuei com ele.

Um dia falou que queria me levar à Holanda, a um museu, para admirarmos bem de frente um dos seus quadros favoritos. Era um cisne com as asas bem abertas, protegendo os sete ovos em seu ninho de um cão nadador que os rondava. Acreditei tanto que estávamos destinados um ao outro que fiz a viagem até a Holanda sozinha e tive certeza absoluta de que ele estaria lá, naquele museu, a contemplar o cisne e sua prole prestes a sair do ovo. Ao sentir que eu chegava, se voltaria e choraria de felicidade.

Não tive dificuldade em encontrar o quadro; na verdade, ele me encontrou e interrompeu meus passos. Pude ver a imponência e a fúria das asas do ganso, o cão faminto, mas nada de Quentin.

Nas férias de verão, meus filhos e eu demos uma parada em Dublin. E então fiz uma coisa vergonhosa: pedi ao gerente do hotel onde estávamos que ligasse para a casa de Quentin e pedisse para falar com ele. Era o hotel onde uma vez tínhamos passado uma noite clandestina numa cama de dossel — e onde um homem, fantasma, intruso ou sei lá o quê apareceu no nosso quarto usando uma touca de dormir de tricô que combinava com as ceroulas, como um elfo saído de um conto de fadas. E o meu amante, que naquele momento estava em cima de mim, disse, muito despreocupadamente:

— Acho que você está no quarto errado, meu velho! — E o homem deu uma risada maliciosa e repugnante.

Quando pedi ao gerente do hotel para ligar, sabia que Quentin deduziria que eu estava por trás. Porém, sua mulher atendeu e repetiu o nome do gerente do hotel — a quem ela também conhecia, pois estivera no hotel para verificar o registro de hóspedes quando descobriu que tínhamos ficado lá. Ao que parece, respondeu com gargalhadas e disse:

— Sinto muito, querido, mas meu marido já terminou aquele casinho.

Depois fui para casa. Ia de quarto em quarto, sentava nas camas, acariciava as rosas de chenile nas colchas, mergulhava as mãos nas fontes de água-benta de porcelana, secas havia muito tempo, e depois ia até o quintal, a qualquer canto, para escapar ao questionamento dos olhos azul-cobalto de minha mãe. Debaixo de alguma árvore, ou de várias árvores, voltava a imaginar a situação: Quentin perturbado pelo telefonema, possivelmente alguma briga, e a risada amarga da mulher.

Minha mãe, que observava meu estado de espírito e as lágrimas mal contidas, decidiu entrar em ação. Era hora do jantar. Eu olhava absorta para uma gorda costeleta de porco, brilhante em meio ao espesso molho, e para uma batata que ela se dera o trabalho de descascar para mim, para me estimular a comer. Chamou meu filho no quarto que cheirava a maçãs, pois era lá que ela as armazenava no outono. Ele voltou meio derrotado. Ficou em silêncio, um pouco frio comigo. Debaixo da mesa apertei seu joelho para tranquilizá-lo com relação a qualquer coisa, mas ele ignorou. Antes de dormir, contou-me o que tinha acontecido: minha mãe o fez sentar-se, depois sentou na frente dele e perguntou se tinha percebido como a mãe estava alterada, e como isso tinha estragado o feriado inteiro. O menino não disse nada. E depois veio a maldita pergunta:

— Ela está fazendo alguma coisa errada?

Fazendo alguma coisa errada. Quando contou isso, eu disse que teríamos de ir embora naquele momento, e ele protestou, explicou como uma atitude dessas soaria estranha e só serviria para magoar. Ao final chegamos a uma espécie de acordo: caminhamos até a vila e eu bati à porta de uma confeitaria de uma viúva que mal conhecia. A mulher abriu e nos levou a um salão onde não seríamos vistos pela clientela local do bar. No estado de espírito em que me encontrava, mal consegui falar com ela, mal registrei a oferta de vinho e bolo. Só ouvia aquela pergunta — *Ela está fazendo alguma coisa errada?* — e roía as unhas até o talo.

De volta à casa, deitei-me e fiquei acordada maquinando a melhor forma de arrancar os olhos azuis da minha mãe e deixar só os buracos. Depois lembrei que tínhamos guardado uma boneca de porcelana grande e pálida na parte de cima do armário. Puxei uma cadeira e subi para pegá-la, para destruí-la, sentir seu estômago saliente, as excrescências quebradas que eram os mamilos, os fios de metal que a faziam mover as mãos... Quis atacá-la e, assim, puni-la como desejaria punir minha mãe.

Meus filhos tinham ido para um internato no interior. A casa ficou fantasmagórica, sem nada além das coisas deles, roupas que não lhes serviam mais e um violão quebrado. A cada 15 dias eu os visitava aos domingos e eles podiam ver pelos meus olhos que eu estava perdendo o juízo. E estava mesmo. Perguntava, sem uma razão particular, por que Shakespeare deixara a segunda melhor cama da casa para sua mulher, Anne Hathaway. Bobagens soltas escapavam da minha boca, como o pedido da pobre marquesa bêbada para que sua criada Pepita fosse buscar uma tigela de neve para suas têmporas. Uma amiga ia comigo. Eu levava guloseimas, galinha cozida, patê de presunto, sherry e porto, tudo numa grande cesta coberta com um atraente papel vermelho, e colocava nos braços deles para suas festinhas noturnas. E minha amiga dava a desculpa de que precisávamos ir porque tínhamos um compromisso urgente em Londres. Mas eles sabiam.

— A mamãe vai embora para sempre? — perguntou o mais velho, e criou um caso danado na despedida, acenando com um lenço para esconder sua sincera tristeza.

Foi nessa época que tomei como companhia o ex-padre. Vivia numa comunidade mas tinha sido expulso; alegou que os outros tinham ciúmes dele porque fazia questão de ser útil, não apenas na cozinha mas nos consertos e na manutenção do prédio. Conheci-o num parque. Parecia faminto, com sua batina cáqui e sandálias rasgadas.

Ainda posso ouvi-lo no vestíbulo no dia em que teve de partir, os gemidos e o ranger de dentes enquanto esperava o táxi que eu chamara, o choro, as ânsias de vômito e depois uma avalanche de orações, na esperança de que eu saísse e dissesse que podia ficar. A comutação de pena que todo condenado, homem ou mulher, espera conseguir até o último momento. As coisas correram bem no princípio. Era impecável, usava uma túnica branca limpa todo dia e uma bata larga cáqui; o bater de suas sandálias gastas nas escadas era reconfortante. Contava suas bênçãos, dizia que se não tivesse me encontrado viraria um mendigo, condenado a correr o mundo com sua tigelinha de pedinte. Ofereci-lhe um quarto e, em troca, ele deveria cozinhar e fazer as compras. Ainda lhe sobrava tempo para continuar a fazer seus croquis, todos idênticos: perspectivas inofensivas e enevoadas, com flocos dourados muito decididos a atravessar a neblina. Ainda assim, minha casa encheu-se de uma espécie de alegria com a sua presença. Saía todas as manhãs com sua cesta de palhinha; andava muito em busca das promoções, ia à cata de ervas e temperos especiais para os pratos especiais que fazia. Cheiros tentadores chegavam da cozinha, o ritual noturno, a mesa posta, luz de velas e conversa agradável. Falava de sua falecida esposa e do sofrimento que o levou a entrar para uma ordem laica.

Deve ter sido algo simples como um par de brincos de jade com pingentes. Sem querer, passei a mensagem errada. No térreo, onde costumávamos nos despedir formalmente antes de ir dormir, ele me agarrou com força e declarou seus sentimentos. Na manhã seguinte tremia — a cor da sua pele, que se assemelhava ao tom amarronzado da casca da noz, tornou-se transparente da noite para o dia, e a todo momento suspirava. Quando foi pegar as xícaras e as outras coisas para o café da manhã, fez uma enorme desordem.

Mais tarde ajoelhou-se, queria que eu soubesse que estava arrependido, mas que não tinha tocado em ninguém desde a morte de sua querida esposa há 15 anos. Não acreditava que pudesse apaixonar-se de novo, mas apaixonado estava. De dar pena. Era horrível. Era ridículo. Começou a fazer milhões de coisas desnecessárias para mim, como deixar flores ou bilhetes com frases carinhosas, acender incensos pela casa inteira. Quando eu chegava em casa em dias de chuva, corria até lá fora com uma enorme sombrinha de golfe que encontrara em algum lugar.

À noite passava horas no banho para purgar-se de seus desejos ou para chamar minha atenção. Eu odiava ouvir o barulho da água em meu encanamento antigo e falho, odiava imaginá-lo refestelado lá, esperando que eu demonstrasse alguma compaixão. E a cada manhã ele usaria qualquer pequena desculpa, enquanto punha um prato ou um copo na mesa, para quase me tocar, ainda que sem realmente tocar. Cheguei ao ponto de não conseguir mais digerir a comida que ele fazia. Aquilo o magoou. Tive de me fingir de doente e acabei ficando mesmo doente, com náuseas. Levava alguns bolinhos de aveia para o quarto e ficava remoendo a horrível atitude que ia tomar: pedir que fosse embora.

Falando do meu quarto, eu o encontrava a qualquer hora do lado de fora da porta, em posição de lótus, rezando por um retorno à nossa antiga harmonia.

Na manhã em que pedi que fosse embora, recebeu a notícia como um homem. Curvou-se, disse como tinha sido maravilhoso ter tido um abrigo tão acolhedor durante aqueles meses, e fiquei agradecida a ele por aceitar o dinheiro, na verdade a esmola, que lhe dei.

Só quando chegou mesmo a hora de partir é que ele desmoronou. Enquanto eu esperava que saísse, confinada na cozinha com uma cadeira atrás da porta para o caso de ele irromper de repente, rezava para que o táxi chegasse na hora. Tocaram a campainha muitas vezes, e eu sabia que ele estava obviamente sem condições de atender. Quase tive de passar por cima dele, deitado de bruços, com o rosto para baixo, no chão da entrada.

Tinha chegado a hora que para ele, em termos rituais, correspondia ao momento da morte. Tinha encontrado o amor e um porto seguro, ou pensava ter encontrado, e o fato de aquilo lhe ser tirado o destruía.

O motorista do táxi e eu o pusemos de pé. Tivemos de ajudá-lo a se acomodar no banco de trás com seus poucos pertences: a bolsa de pano, seu tapete de orações e uma agenda com a foto de uma jovem sorridente, com um bindi vermelho na testa. Seu olhar de despedida, na janela traseira do táxi, é algo que prefiro esquecer. Foi uma Senhora Não-Sei-das-Quantas que me informou sobre sua morte. Tinha encontrado meu nome, o telefone e uma foto minha entre seus pertences marcados com a inscrição "Segredos". Tinha sido cozinheiro dela e do Sr. Anthony por pouco mais de três semanas e portara-se muito bem. Disse que sabia que eu ficaria consternada com a triste notícia. Parece que era domingo e, como estava de folga, saíra da cidade para fazer um pequeno piquenique sozinho, em algum lugar no interior. Descera do trem em alguma estação isolada, um lugar com muitos delfínios, malvas-rosa etc. e tal. Era o mês de junho. Forçou-se a subir uma escarpa íngreme para fazer seu piquenique em comunhão com a natureza. De acordo com as hipóteses que ela e o Sr. Anthony levantaram, ou ele adormeceu e rolou montanha abaixo e perdeu o equilíbrio, ou estava descendo e perdeu o apoio, mas caiu diretamente nos trilhos e foi esmagado pelas rodas de um trem em alta velocidade que passava por ali. A última linha de sua carta me fez tremer por saber o que eu sabia, por saber do meu crime. "Pobrezinho", escreveu, "não conseguia comer. Foi tomado por uma tristeza profunda. Se comesse melhor, talvez estivesse mais forte e evitasse a queda."

*

Mas o médico do norte superou todos os outros. Casa grande, sala de estar grande, sala de jantar, cozinha, revistas, uma cesta de frutas à guisa de boas-vindas. A esposa estava no interior. Tinha escutado ele dizer isso ao telefone; soube que estava em Lincolnshire e pensei, inutilmente, em Lady Deadlock, aterrorizada com o som de passos no caminho fantasma.

No entanto, apesar das salas de recepção com vista para o jardim externo, os pacientes tinham de esperar num cubículo onde não se poria nem um cachorro. Uma cadeira de cozinha tinha sido colocada lá com esforço; era um lugar tão escuro, tão melancólico que só poderia ajudar a piorar os tremeliques.

No dia em que contei meu sonho "suicida" ele tornou-se muito falante. O sonho foi assim:

Eu tinha ido à Holanda para aproveitar a hospitalidade deles para com os suicidas. O local era uma espécie de garagem, a luz assustadoramente clara das lâmpadas fluorescentes. Disseram-nos para ficar sentados por um determinado tempo. A espera era, talvez, para permitir que os sofredores ficassem em paz consigo mesmos, ou escrevessem uma última carta para amigos ou parentes. Nem uma vez sequer tomamos conhecimento da presença uns dos outros.

Depois, alguns minutos antes da hora marcada, tocaram uma campainha como a que anuncia os intervalos num teatro. Então ficamos de pé e formamos uma fila organizada para entrar e encontrar o nosso fim. No último minuto, entrei em pânico. Percebi que meus filhos veriam aquilo como uma última traição, então fui até o atendente e pedi para ser liberada, para ter permissão de voltar; mas era tarde demais.

Quando contei, ele ficou pensativo; examinou as anotações que já tinha feito sobre a minha condição e veio com a mais crassa das explicações que se pode imaginar. Algumas semanas antes eu tinha acordado de manhã e vira que, no meu jardim, havia vários pares de sapatos masculinos jogados por toda parte, alguns engraxados, outros não, alguns sem cadarço, e todos pretos. Além disso, uma maçã que estava crescendo numa macieira jovem tinha sumido. Não caíra no chão e não havia caroços ou cascas; apenas um pequeno ferimento no tronco de onde tinha sido arrancada. É claro que fiquei apreensiva. Vinte ou 25 pares de sapatos jogados no meu jardim e uma maçã misteriosamente consumida. Alguém tinha estado ali enquanto eu dormia, eu estava certa disso. Ele ignorou o fato. Na sua visão, o sonho espelhava a minha ansiedade porque ia começar o tratamento com ele, um médico novo, e talvez eu tivesse tido vontade de provar uma das maçãs que estavam na fruteira sobre a mesa da cozinha. Pura bobagem. Eu estava no limite da minha paciência, tentando explicar a parte mais horrível do sonho: o momento em que mudei de ideia, mas não me permitiram voltar atrás. Fui confinada a um espaço sem saída, onde havia um grupo de mulheres em pé. Algumas seguravam escarradeiras brancas esmaltadas em formato de rim; e outras, navalhas. Tentei até descrever o grito, que era interminável, e depois contei que levantei tremendo e desci para ferver o leite, porque havia algo nesse simples ato que sugeria uma espécie de normalidade.

Só me sentei naquela sala apertada para mais uma consulta, e ele ficou muito ofendido com a minha decisão de interromper o tratamento.

Uma sala de jantar elegante, laranjeiras e limoeiros em grandes vasos de argila. Um maître sepulcral que me conduziu a uma mesa obscura. Pelos desígnios do destino, um cavalheiro, também desacompanhado, estava numa mesa próxima, dois solitários na ampla curva da janela da enseada.

Não demorou muito e ele começou a enviar doces mensagens sem palavras, como a Pórcia de O mercador de Veneza. E depois o maître, para minha surpresa, veio até mim e, com uma cortesia que até então não demonstrara, perguntou:

— Madame aceitaria uma taça de vinho tinto?

Madame aceitou um vinho branco. O cavalheiro assentiu, com uma leve mesura. Ródano, Reno ou Loire? Tanto faz. Algo que se possa cheirar, talvez. Sim, algo que se possa cheirar. Veio a garrafa num balde de gelo em estanho, orvalhado, e ele fez questão de oferecer-me a rolha para cheirar. Uma taça de vinho tinto e uma de vinho branco levantadas para o brinde. *Salute. Santé. Skol.* Saúde. *Slainte.* O Ocidente está acordado, o Ocidente está dormindo e bebendo.

Agora, e com presteza, o prato de *monsieur*, os talheres e copos são depositados na minha mesa. Ele próprio curva-se obsequiosamente, encantado com a naturalidade e suavidade com que tudo acontecera. Era provador de café, descia a minúcias a respeito dos grãos, seu poder estimulante, seu sabor, o aroma, o gostinho e os aromas ao final, os diferentes solos em que floresciam. Era de Turim. O Santo Sudário guardado em Turim, que dizem ter sido colocado sobre o corpo de Jesus Cristo e reproduzido sua imagem, era autêntico ou uma fraude? Quem o saberá, *bellissima*? Esse não era um assunto que o agradava. Os vinhos, os tipos de café e a cozinha das regiões por onde viajara eram o seu forte. Estudava a natureza humana e a beleza feminina a partir da perspectiva de quem já frequentara muitos salões de jantar.

Comeu com gosto: jambon com alcachofras, pato com laranja, e depois anunciou, de maneira exuberante, seu desejo incontrolável por uma zuppe Inglese. O garçom foi pouco compreensivo, depois debochado. Mostrou as opções do cardápio: soufflé, crêpe au poire ou tarte citron. Não, não. O provador de café quer a sua zuppe Inglese. Um contratempo.

— Uma piadinha, *monsieur*, piada de viajante.

Depois um *digestivo* e um passeio noturno. Uma avenida muito seleta, janelas altas de persianas, quase todas abertas, os moradores a passear com seus pequenos cães, a última palavra em respeitabilidade. De volta ao saguão, um cortês boa-noite ao dirigir-se a um bar na adega, sem dúvida para pedir um licor após ter feito a corte à *bellissima*.

A garrafa de vinho pela metade fora enviada ao meu quarto. Oscilava dentro do balde de gelo, e minha camisola azul-celeste fora cuidadosamente arranjada sobre o maior e mais volumoso travesseiro branco que já vira. O quarto tinha duas portas: uma externa, forrada de couro vermelho com botões também vermelhos, e uma segunda porta, que levava à parte íntima e garantia privacidade.

Toc-toc-toc. Havia ainda uma aldrava em miniatura na porta externa. Agora vestia um blazer e tinha um certo ar fanfarrão, os olhos penetrantes mas ligeiramente insolentes, como quem diz: "Eu sempre sei quando uma mulher quer ir para a cama." Sem qualquer cerimônia, curvou-se, apagou a luz do quarto e nos confinou a um confessionário sem palavras, a boca desconhecida, o membro desconhecido, a gruta desconhecida, a respiração, a entrada rápida, sem amor e ritmada, onde não havia espaço para mais nada, nem mesmo para você, mãe.

A médica que consultei não era uma parede como os dois graves cavalheiros anteriores. Chamava-se Bertha. Seus olhos eram meigos e escuros como ameixas, e o fato de ser do leste prometia ainda mais. Pensei que ela, ou talvez outra mulher, conseguisse ir mais fundo e trazer à tona toda a confusão e a gigantesca raiva acumuladas dentro de mim. Esse tipo de expectativa quase sempre se tornava fantasiosa e eu imaginava diferentes métodos, muitos deles cirúrgicos, e depois me lembrava de quando minha mãe metia um arame na traqueia das galinhas jovens para curá-las do gogo. Pensei que pudesse também curar o meu gogo.

Chegava cedo e ficava subindo e descendo a sua rua larga e varrida pelo vento. Digo varrida pelo vento porque sempre havia construções por ali, e, consequentemente, entulho e areia que voavam para todo lado, além dos parafusos que se soltavam dos andaimes — um perigo. Havia casas brancas de estuque, de vários andares, com porões. Uma delas era o seu consultório, o número 48.

Eu ficava de olho em sua porta — que era preta, com uma aldrava que rangia — e esperava que a paciente antes de mim fosse conduzida à saída. Era uma mulher mais jovem, numa cadeira de rodas; um motorista vinha buscá-la poucos minutos antes da hora de terminar a consulta, e depois a carregava degraus acima. Havia algo extremamente pungente em ver aquela jovem ser carregada daquele jeito... Fazia questão de sorrir sempre, mas depois, enquanto ele voltava para pegar a cadeira de rodas, ficava olhando da janela do carro, perdida e desamparada.

O paciente que vinha depois de mim era um homem alto, com jeito e olhos de coruja e um cabelo grisalho meio metálico, na altura dos ombros, que concluí ser uma peruca.

Um dia o homem-coruja chegou antes de mim e, para minha tristeza, logo que o motorista chegou e desceu as escadas vacilantes, ele o seguiu e postou-se à entrada. Falou com Bertha depois que o motorista subiu com a jovem. Naquele momento fiquei em pânico diante da perspectiva de perder a minha preciosa consulta. Ela assentia, ouvia, e ele obviamente devia estar inventando alguma história sobre ter de pegar um trem, um avião ou algo assim, e ela caía na conversa. Ela me viu, percebeu minha agitação e em seguida ele voltava pelas escadas, balbuciando alguma coisa com ar irritado.

Meses depois fiz uma coisa extrema. Telefonei para Bertha uma noite e convidei-a à casa, insinuando que era importante.

Ela veio, toda agasalhada. Que emoção foi, que emoção clandestina foi vê-la remover as peças de roupa e atirá-las uma a uma — o cachecol, o chapéu, o casaco e as luvas pretas de criança com seus zilhões de preguinhas. Veio das avenidas largas até a rua estreita onde eu vivo, com suas fileiras de chalés vitorianos, contíguos ou de frente um para o outro, mas ainda assim reservados. Num deles há uma jardineira na janela, com alguns gerânios que sobrevivem ao gelo; no outro, uma cortina poeirenta estampada com motivos persas, presa à janela. As glicínias da casa com duas janelas de frente dão flores duas vezes por ano; o tronco no inverno se descasca até o osso, fininho e acinzentado.

Estava radiante. A gola de pele em volta do pescoço me trouxe à mente um retrato que Rubens fez de sua segunda mulher, que, embora coberta de arminho branco, parecia completamente nua. Bertha tinha caprichado na maquiagem, lápis preto sob os olhos e a gargantilha de ametista que aprofundava os lagos escuros que eram seus olhos.

Comemos, bebemos e nos refestelamos em grandes almofadas ao pé do fogo, ela tão direta, lânguida e confidente, contando histórias da infância em Alexandria, um cavalo de balanço com olhos de jade; pomares de romãzeiras nas quais ela e a irmã subiam quando os frutos estavam maduros; visitas aos tios, todos com uma "quedinha" por ela. Já naquela época, sabia até que ponto alimentar a imaginação deles. Depois tinha a dança à noite, na sala de estar: pais, filhos, convidados e primos ao som de uma orquestra convocada na própria cidade. O fato de eu não saber dançar não tinha importância para ela. Disse que eu ia sentir tanta liberdade na dança, e possivelmente tamanho prazer... E de repente estávamos dançando, Bertha — minha médica — e eu. Seus braços femininos macios como coalhada, seu perfume novo e inebriante de almíscar, dançava como fazia nos campos em sua juventude, os passos fortes e fluidos conforme sua vontade. Entrava e saía dos vários aposentos do andar de baixo, aposentos que ansiavam por um pouco de vida, e depois no jardim, independentemente da estação, onde, após uma rápida chuva, o ar estava úmido e refrescante.

Logo que recuperou o fôlego, ela tocou no assunto, mas com muito cuidado. Eu tinha dito ao telefone que era importante que viesse me ver. Como podia dizer que era, mas que agora não era mais? Como podia dizer que durante 28 anos, desde que a li pela primeira vez, ainda recém-casada, eu havia me agarrado à fábula de Steppenwolf, e acreditava que a sua redenção seria também a minha? Tinha pensado muito em Harry Haller, quando se aventurou no brilho negro do asfalto molhado, numa área desconhecida da cidade velha. Aventurou-se num letreiro caído que, quando foi montado, dizia "Teatro Mágico Só para Loucos". Logo ao entrar, encontrou Hermione, o misterioso hermafrodita que lhe ensinou o tango e muitos dos doces venenos da vida. Sentada ali ao lado dela, eu sabia que o teatro mágico de Harry Haller não era o nosso teatro mágico, assim como os pilriteiros de Proust, em toda sua refulgência rosa e suave, não poderiam ser os nossos pilriteiros, meus e de minha mãe, nossos pilriteiros e nossos eus que faziam parte daquele lugar solitário e saturado. E, assim como eu tinha esperado ardentemente que ela viesse, agora ansiava para que se fosse, para que eu pudesse, enfim, deixar entrar o lobo da solidão.

A procriação humana crua, crua, crua. Um dia escorchante, o cheiro das flores de sabugueiro enjoativo, enjoando. Eu estava dentro de ti. Estava sendo banida. Onda após onda, hora após hora. Seu sangue, o sangue que você derramava, e minha última tentativa de viver. Entre nós, aquele feudo de sangue, aquele laço de sangue, a memória de sangue. Como posso saber? Não sei. E sei. É aquilo que sabemos antes de conhecermos a palavra. No limite de suas forças e sozinha. Sozinha como só quem vai morrer se sente. Só que as coisas não aconteceram como você planejou. Tão pouca coisa acontece como a gente... Vejo você quando voltou, arfando, desolada, o sangue escorrendo pelas coxas, pelas pernas, coágulos gelatinosos, e os pingos aqui e ali cintilando na grama. O seu Getsêmani. *Ó Pai, ó Mãe, perdoai-nos, pois não sabemos o que fazemos.*

Parte Sete

Dilly

Dilly está sentada, a cama feita, parcialmente vestida para uma viagem, o rosto pálido e abatido, olheiras escuras sob os olhos, ar acuado.

Tudo de que precisa é do casaco, do chapéu e dos sapatos, que devem ser trazidos do vestiário. É apenas questão de um dia, estará de volta antes do anoitecer. São suas palavras, que repete várias vezes, com medo de ser impedida de sair. A jovem enfermeira fica confusa, acha que isso precisa ser autorizado por alguém superior, e então Dilly pede para ver a irmã Consolata. Fica sabendo que ela teve de sair por dois dias para substituir uma freira com caxumba.

— Bem, eu sou mesmo dona da minha vida — diz com autoridade, e pede seus agasalhos e a bengala que a irmã Consolata tinha separado para seu marido.

— É um funeral? — pergunta carinhosamente a enfermeirinha.

— Escute, você conhece alguém que possa me levar?

— Conheço um cara, o Bronco. Pode levar e trazer, mas é um terror na estrada... já bateu várias vezes...

— Pode chamá-lo para mim, como uma boa menina? Faça isso por sua própria conta — diz Dilly, e então, ao contrário do que já tinha decidido, cai na asneira de contar que vai para casa ver o advogado, mudar seu testamento, pois do jeito que está só pode levar a problemas.

Procura na bolsa as moedas para o telefone público; a enfermeirinha recusa, diz que pode usar o telefone do escritório, porque ainda não chegou ninguém no serviço.

— Tem certeza de que aguenta a viagem, senhora?

— É uma visita rápida.

Toma o seu chá e come as torradas sem sentir o gosto, sem mastigar, o pensamento igual àquela bolsinha de pano na despensa na qual se jogavam todos os objetos de corte, tudo o que tinha ponta, facas, tesouras, ferramentas.

— Por acaso estamos tentando fugir? — pergunta a enfermeira Flaherty, que se materializa do nada, de capa de chuva e touca plástica. Era óbvio que tinha sido informada de sua escapadela.

— Estarei de volta em questão de horas — diz Dilly, determinada a não se perturbar.

— Não vou permitir.

— Você não pode me impedir.

— Minha cara senhora, se alguma coisa lhe acontecer nessa saída eu serei a responsável, nós é que levaremos a culpa... então volte para aquela cama e não quero saber de discussões.

Por um instante as duas se encaram, inimigas juradas, mas Dilly está decidida a não recuar.

Vendo a enfermeirinha retornar com suas roupas e a bengala, pergunta, com a maior calma possível:

— Falou com Bronco?

— Falei com a mulher dele. Está numa corrida... vão ligar de volta.

— Quem lhe deu autorização para ligar para o Bronco? — pergunta a enfermeira Flaherty.

— Ninguém — responde a enfermeirinha encolhendo-se, pronta para levar uma pancada.

— Tire esse chapéu e o casaco, Sra. Macready, e seu café da manhã será servido — diz a enfermeira e, ao saber que a paciente já tomou seu café, recebe também a informação de que ela não pode se agitar até que o médico passe a visita, e que isso não acontecerá antes de pelo menos uma hora.

Enquanto ela se afasta, sacudindo com veemência a chuva da touca plástica, Dilly adivinha em seus passos largos uma intenção qualquer.

Dilly senta-se no pórtico externo, próximo à porta de entrada, introspectiva, sem olhar para quem entra e sai, rola nas mãos as contas do rosário e reza para que Buss se apresse. Pelos seus cálculos, a essa hora já deve ter percorrido mais da metade do caminho, pois já faz bem mais de uma hora que ela ligou e implorou à irmã dele que lhe pedisse para vir o mais rápido possível. O porteiro, cuja voz parece o coaxar de um sapo, sai a toda hora de sua cabine para alertá-la sobre a corrente de ar e instá-la a entrar, porque o vento de março é mortal.

— Estou bem aqui... estou bem aqui — diz, e puxa a gola um pouco mais para cima para disfarçar.

Seu marido vai pensar que foi liberada, vai recebê-la bem. De volta à rotina deles: a sopa batida, de tomate ou de galinha com curry; a lareira preparada a cada manhã, mas só acesa às seis da tarde — a rotina deles, a harmonia duramente conquistada. Ele pode até contestar o fato de ser levado a um advogado, mas ela o lembrará que foram arrastados para aquele passeio cretino — um chá da tarde num hotel de luxo, a recepção enorme com um cachorro preto de papier mâché, olhos de borda laranja e um cartão no qual se lia "Coleção para Cegos". A sala de estar opulenta, com namoradeiras, poltronas, pastoras de porcelana sobre a lareira, lírios-d'água pintados no guarda-fogo de vidro, o fogo crepitante, uma janela pintada que dava para um moinho d'água, com a grande roda parada. E o chá para quatro, cubos de açúcar refinado e mascavo misturados numa só tigela, pãezinhos doces com geleia e coalhada. Em seguida, a bomba: Terence pergunta se eles o amam como filho, e se assim é que provem, deixando Rusheen e todas as terras para ele e Cindy. Por conta da estranheza, da arrogância e da brusquidão como fala, os dois não opõem nenhuma objeção; concordam apenas. Então ele anuncia que marcou uma audiência num conhecido escritório de advocacia, J. M. Brady & Co.

Quando vê seu filho subindo as escadas, vermelho e agitado, percebe que foi traída. Sente isso pela raiva que emana dele, pela forma como atravessa sofregamente a porta vaivém sem dar passagem a uma senhora de idade, o casaco desabotoado, e sente uma pontada diante do sarcasmo em sua voz:

— Muito bem, madame, soube que estava pensando em escapar.

— Quero ver a casa... caminhar por lá. É só isso que peço nesse momento da vida.

— Nada mais desonesto — diz, ajustando os óculos sem aro para vê-la melhor.

— Nada mais desonesto — responde.

— Então por que tem de ser tão sub-reptício, tão secreto? — pergunta.

— Estou doente, Terence... não faça uma cena aqui... — Enquanto fala, vê a expressão selvagem e infantil no rosto dele, seu próprio filho, que já foi o seu menino de cabelos quase brancos, agora prestes a matá-la a pancadas.

— Não me bata, Terence... aqui não — diz e, como se tudo já estivesse combinado, aparece a enfermeira Flaherty sacudindo um termômetro e um tapete de automóvel xadrez, a encarnação da solicitude. Diz que a enfermeirinha tola tinha esquecido de tirar a sua temperatura, o que é fundamental antes que um paciente seja autorizado a sair.

Em silêncio e assustada, é forçada a sentar-se numa cadeira, a pipeta de vidro na boca, incapaz de falar, ouvindo-os discorrer sobre a inconsequência — inconsequência não, a loucura de sua decisão — enquanto olha em volta na esperança de ver Buss. Sua temperatura está apenas um pouco elevada, como diz a irmã Flaherty, mas seu pulso está descontrolado. Na verdade, parece um dínamo. E os dois pegam cada um num braço e a conduzem ao pátio interno, mergulhada na profunda tristeza dos derrotados. Não opõe resistência, perdeu a batalha, ouve com desgosto a falsa preocupação deles com a condição das estradas — destruídas, árvores caídas por toda parte, um carro congelado e a probabilidade de ela pegar um resfriado que sem dúvida atingiria os seus pulmões.

Estão próximos ao pé da escada quando ela se volta e vê Buss cruzar a porta, tirando o gorro ao entrar na capela. Joga-se para trás e corre na direção dele num surto, chamando seu nome. O chapéu dela cai e, com ele, os dois pentes laterais de tartaruga.

O cabelo solta-se, despenteado, e nesse momento ela cambaleia, tropeça — e as mãos enormes e lentas de Buss não conseguem evitar que desabe sobre o duro e vasto arquipélago de azulejos. Sirenes, as enfermeiras correndo, dois homens de jaleco branco que parecem dois açougueiros aos seus olhos atordoados. Eles a levantam e colocam numa cadeira de rodas. E Nolan, saída do nada, grita:

— O que aconteceu à madame?

É a mão de Nolan que Dilly procura, não a deles. É a Nolan que pede baixinho para afastá-los dali, e é Nolan quem ouve seus últimos e funestos balbucios:

— É além de além de além.

Musgo

Eram dois homens, um velho e um jovem. Algumas estrelas ainda no céu, porém pálidas e leitosas, do jeito que as estrelas ficam antes de desaparecer nas primeiras horas da madrugada.

Ned, o homem jovem, fala pelos cotovelos como se estivesse bêbado, mas não está.

Sobem a estrada da montanha, um trecho esquecido por Deus. Passam pela estranha carcaça de um animal morto, trilhas e córregos e, nos campos de samambaias cor de bronze, apontam uns poucos pinheiros de Natal sujos, que nunca floresceram.

Estacionam a caminhoneta próximo à torre de televisão, um deus de aço que contempla o vale lá embaixo. O cabo em volta da torre balança fortemente ao vento, os fios e mensagens trafegam dentro dele sem serem ouvidos. Em seguida têm de percorrer um terreno acidentado e coberto de urzes até chegar ao muro que limita a área e escalá-lo. Já se sentem como dois criminosos.

Flossie conhece o dono e já esteve lá milhares de vezes sem dizer nada para caçar galinholas. Uma vez até acertou um peru selvagem, que Jimmy disse ter vindo de muito longe, dos Montes Apalaches. Flossie era um aprendiz naquela época, e Jimmy era o chefe. Iam juntos porque os musgos mais lindos e luxuriantes cresciam naquela floresta. Tantas variedades! O musgo do carvalho, o musgo d'água, a trepadeira e o musgo verde-ouro, cuja cor não encontra paralelo em nenhuma cortina, nem tapete e nem mesmo na montanha.

O dono, solteiro e o último de sua tribo, vive sozinho, confinado à área da cozinha, copa e despensa, pinturas sagradas em todas as paredes, cobertas com sagrados corações e uma miscelânea de santos. O filhinho da mamãe que nunca se casou e mantém uma espingarda em casa para o caso de haver invasores, mas ama suas árvores, sua floresta e honra um compromisso assumido por seu tio-avô, de que nenhuma árvore jamais deve ser cortada apenas por capricho.

Ned para, depois caminha, depois para de novo, tomado pela surpresa. Tinha visto florestas; até trabalhou em algumas — florestas jovens —, derrubando coníferas e outras, mas nunca tinha posto os pés num lugar como aquele. A paz que reina em tudo, o clima espectral, as árvores que parecem estar lá há várias gerações sem ser perturbadas... São mais donas do lugar do que qualquer ser humano, homem ou mulher.

Há quase um ano Ned vinha importunando Flossie; queria saber quando poderia sair com ele para colher musgo para cobrir um túmulo. Queria aprender o ofício, ser a pessoa encarregada de, no futuro, passar adiante os conhecimentos. Flossie só faz isso para amigos íntimos, parentes ou jovens que batem de carro na volta das discotecas. Mas toda vez que recusava, Flossie dizia com seu jeito ríspido:

— Veja, eu não sou Jimmy. — E nada mais.

Flossie aprendeu a arte com Jimmy, que por sua vez aprendeu com um sujeito da Cornualha, e o sujeito da Cornualha aprendeu com um bretão, e o bretão sabe-se lá com quem, talvez com os apalaches.

Quando Jimmy partiu, Flossie preferiu continuar sozinho, colhendo musgo para aquelas criaturas que significavam alguma coisa para ele. E agora para a mulher que mal conhecia, mas com quem tinha uma ligação — nunca admitida por ele e nunca, jamais, por ela.

Uma neblina envolta em mistérios paira sobre as árvores, acima delas, mais acima, rios de neblina correm, dançam e brincam por entre as sombras, como se fossem Pooka brincando de esconde-esconde.

Em meio à quietude, os dois homens avançam para o verdadeiro coração da floresta, onde até Ned teve bom senso de fazer silêncio. Flossie conhece as árvores que guardam os melhores ornamentos; já consegue antever como será a retirada dos abundantes e belos fios, o verde, o verde mais molhado e o laranja-amarelado, alguns emaranhados, outros compactos, e alguns — mesmo no inverno — entremeados de minúsculas florzinhas rosa e púrpura. E já imagina a magnífica visão que emprestarão às quatro paredes do túmulo da mulher. Trouxe consigo seis sacos plásticos pretos, dois para Ned e quatro para ele próprio, e recomenda ao rapaz que não faça nada correndo: a última coisa que deve fazer, aliás, é correr, pois os musgos se encolhem, se desmancham e tornam-se inúteis.

Muito devagar, com infinito cuidado, começa a retirá-los das raízes das árvores, da faia, do carvalho e do olmo, enquanto Ned observa e o segue, desenrolando fio após fio. Mesmo assim, de vez em quando Flossie tem de gritar:

— Meu Deus, não corra, assim você destrói o musgo.

Com todo esmero, juntam o que colheram e estendem as tiras sobre as pedras grandes, para secar.

— É uma pena ter de levá-los — diz Ned, sensibilizado com as ricas cores, ao entardecer.

— Ah, eles crescem de novo... crescem até mais bonitos... é a natureza que nos dá de presente — diz-lhe Flossie.

Ned não conhece a morte nem quer conhecê-la, e no entanto sente-se orgulhoso por colher um tapete que será cortado, aparado, pendurado em arames e depois fixado no túmulo, para torná-lo esplêndido. Conhece a casa deles, com os rododendros e muitas árvores em volta, duas avenidas, a de trás completamente tomada pelo mato, assombrando os casais de namorados. Um dia viu uma mulher com chapéu de homem pintando de prateado os portões de baixo.

— Era sua prima? — pergunta.

— Meta-se com a sua maldita vida. — É a resposta.

— Desculpa, desculpa — Ned diz, curva-se e, após um silêncio constrangedor, pergunta qual é a cor dos ossos de gente morta. E descobre que ficam marrons, um marrom meio sujo, e quase todos quebrados, com exceção dos crânios. Esses ficam intactos, em geral três ou quatro em cada túmulo, como se fossem uma família, ainda discutindo.

— Você a conhecia? — pergunta Ned.

— Mais ou menos — é a resposta.

Era apenas uma criança quando a viu cruzar o parque aquático e seguir na direção do rio. Podia dizer o que tinha em mente só pelo jeito como ela caminhava de um lado para outro — medindo os passos, sem lhe dirigir a palavra, de olho nele, desejando que ele saísse dali, que fugisse correndo por causa do que ela tinha vindo fazer. Apenas uma criança, mas ele sabia — e sabia que ela sabia que ele sabia, de pé ali com os dois grandes ovos de ganso que mal lhe cabiam na palma da mão, ovos de ganso que acabara de roubar. E ela esperava, e o rio tão selvagem, livre, veloz, faminto por algo que lhe caísse dentro — um pau, um ancinho, uma pessoa.

Estava branca como uma folha de papel e enfurecida com o descaramento dele em não arredar pé dali, os sapatos numa das mãos e as meias na outra, e a cachoeira a uns 90 metros de distância, jorrando sua espuma amarelo-esverdeada. Ainda hoje consegue ver, ouvir e tudo o mais, pois foi algo que jamais esqueceu e nem poderia esquecer — o quadro que jamais se apagou: a palidez da mulher, seus olhos desesperados, desafiadores, queria que ele se fosse por causa daquilo que tinha ido fazer e, sem palavras, implorava que ele fizesse a gentileza de se afastar. Mas ele não se foi porque achou que não devia. Apenas uma criança, mas sabia que devia defender a sua posição. O barulho tão arrebatado da água, o movimento, a superfície densa e gelada pronta para sugar tudo o que ali caísse e seguir seu fluxo predeterminado. Manteve sua posição, ainda podia lembrar com clareza, ele com os dois grandes ovos de ganso na mão, um deles prestes a cair, e ela com o olhar mais triste que já tinha visto, implorando em silêncio para que ele a deixasse fazer o que viera fazer. Mas ele não deixaria, e não deixou. E, após um longo tempo, ou pelo menos após o que lhe pareceu um longo tem-

po, ela afastou-se para longe do rio e retrocedeu em direção à própria casa, Rusheen. Episódio jamais mencionado. Como falar daquilo? Encontrava-a na missa e em vários lugares ao longo dos anos. Ele lhe devia aquele musgo.

— Veja, eu não sou Jimmy — disse em voz alta, e o rapaz lançou-lhe um olhar funesto, crivado de perguntas.

As camadas de musgo estão secando no modesto sol, cujo calor infiltra-se nelas, apurando as cores.

O cortejo

O mundo verde-escuro sobre o qual a chuva se derramou agora brilha com a luz do sol que se espraia sobre tudo: gramados de um verde pulsante; rios transbordantes, chicoteando as margens verde-musgo nas curvas; galhos que entortam nessa ou naquela direção; e no ponto exato onde a estranha folha se agarrava, marrom e encurvada como os pássaros; e ainda os alegres corvos em voo descendente. As estradas molhadas de chuva já estão secando. A distância, cadeias de montanhas de um azul embolorado confundem-se com o horizonte.

Tudo isso a traz de volta para casa, para a floresta que tão bem conhece.

O carro fúnebre vai à frente e os dois carros de luto atrás. Fizeram uma incômoda viagem pelos bairros no entorno de Dublin até além da cidade. Ganharam um pouco de velocidade na estrada para depois perder-se na primeira cidade grande. Tudo porque o idiota do motorista, um cara de Dublin, tomou o atalho errado e pegou a estrada de Cork em vez da de Limerick.

O estado de espírito do pai oscila entre lamento e uma cortante irritação. O pai, seu amigo Vinnie e Eleanora estão no carro da frente. Terence e Cindy vêm atrás, com o rádio tão alto que a música podia ser ouvida quando pararam no centro da cidade para perguntar se alguém tinha visto um enterro passar.

— Minha mãe está morta, minha mãe está morta — repetia Eleanora, em seu estado de entorpecimento, porque ainda não havia internalizado aquilo. É algo externo a ela, uma fantasia, porque foi muito súbito e porque ela não consegue determinar o exato momento, por ser tal hora num país e outra em outro. Tinha acontecido num tempo perdido.

Os três dias anteriores se misturam; a cama do hospital de onde ela fugiu, o frio azul do ombro da mãe, a consistência espessa e ácida dos filés de arenque enrolados, a gangue de motocicleta, depois o pequeno aeroporto com suas lembrancinhas insignificantes e o adeus arrependido de Siegfried. E depois a viagem aérea em meio à bruma, massas e mais massas de ar, os passageiros com os cintos apertados e cheios de presságios. A chegada em casa, pela porta da frente, direto para atender o telefone. Ouviu a voz e a reconheceu como sendo da irmã com o cabelo grisalho. Dizia que sua mãe tinha morrido e que os restos mortais seriam transferidos para casa no dia seguinte. Trombose coronária. Em outras palavras, um ataque do coração.

No banco da frente, seu pai acende um cigarro atrás do outro e repete o mesmo lamento, os olhos cheios de lágrimas de desolação e mágoa.

— Não pensei que ela se fosse tão depressa... achei que aguentaria... — e Vinnie fazia o máximo que podia para consolá-lo.

Vinnie é um homem grande, agitado, bate toda hora no ombro de Con. Mostra todas as casas, fazendas e porteiras por onde passam, conta que tal e tal proprietário veio dos Estados Unidos cheio de dinheiro, abriu uma loja de comida para viagem junto com um sócio e faturou outro tanto de dinheiro — o melhor frango da região, mas a saúde não é lá essas coisas.

— Então, dinheiro não é tudo — diz, e de repente Con vira-se para ele, pois não quer escutar bobagens sobre frango para viagem, por Deus Todo-Poderoso, sua mulher acaba de morrer e ninguém tem um pouco de piedade... Depois vira-se para a filha e pergunta onde estão suas lágrimas, onde está o sentimento natural por uma mãe.

— Ah, pobre homem, você está destruído... absolutamente destruído — diz Vinnie a Con. Sabe como agradá-lo, fez isso a vida inteira, com bebida ou sem bebida, e cutucando Eleanora, mas para o bem do pai, conta de novo, como já contou dezenas de vezes:

— *Eu poderia comprar um cavalo para algum bacana, mas seu pai teria de vir comigo para ajudar a escolher. É um gênio com os cavalos, um gênio absoluto... sabe ver o potencial de um animal e nunca erra... Por Deus, ele nunca errou: pangaré, cavalo de caça, puro-sangue, sempre soube o que cada um tinha... ele e eu ganhamos boladas para os outros, nunca para nós... estou certo, chefe? Estou certo?*

— Oh, certíssimo — Con responde com tristeza, enquanto Vinnie mostra outras fazendas que agora são propriedade de estrangeiros ou de gente de Dublin, advogados e contadores, sujeitos com diploma, que compram fazendas para praticar tiro no fim de semana... imitam a nobreza de antigamente.

É Vinnie quem sugere que parem para fazer um lanche. Depois de buzinar para o motorista do carro fúnebre, Buss aguarda que ele retorne e os segue enquanto fazem o contorno, saem da rodovia e entram numa longa avenida cheia de curvas, cercada por uma densa floresta dos dois lados, grandes árvores sem folhas em fila indiana e outras árvores menores, como soldados com malcuidados coturnos de hera.

Uma jovem os recebe na ampla porta de entrada, acenando delicadamente com os dedos para despachá-los. Veste uma túnica brilhante bordada, botas de cano alto com franjas, uma expressão triste no rosto.

— Sentimos muito, mas não podemos servi-los... Estamos no meio do inverno... — E aponta para as folhas cor de bronze que o vento varreu por baixo da pesada porta e que se espalham por todo o enorme salão. Os viajantes olham com saudade. Está vazio, salvo uma cadeira entalhada e o esqueleto de um carvalho-do-pântano, preto como carvão, numa mesa de centro, os galhos apontando para todas as direções. De um lado, um enorme gongo de cobre, lamentavelmente mudo.

Vinnie argumenta com a garota, leva-a até a lateral da casa onde o carro fúnebre está discretamente estacionado sob um dossel de faias, fala da tristeza das pessoas e pergunta se não pode oferecer-lhes ao menos um bule de chá.

Todos se reúnem no enorme salão de jantar, as várias mesas guarnecidas com toalhas brancas, quase sem louça, a não ser por alguns saleiros cujo sal endureceu. Sentam-se em lugares distintos; o agente funerário, um perfeito desconhecido para eles, decide sentar-se separadamente. E Buss, por ter sido o último a ver Dilly, não para de repetir que ela era uma grande mulher. Terence e Cindy sentam-se lado a lado, de mãos dadas; o pai pedindo um conhaque e, depois de muita discussão com o filho, aparece um copo com água quente e uma pequena dose de conhaque.

Por trás das cortinas fechadas aparece uma borboleta, perturbada pelas vozes ou pelo cigarro do pai de Eleanora. Abre e fecha as asas, em movimentos bem furtivos. O marrom-tartaruga de fora revela um vivo tom laranja por dentro. As antenas movem-se desordenadamente, como se a indecisão a dominasse, mas depois a natureza (ou talvez a insensatez) acaba prevalecendo, e ela faz uma pirueta meio atordoada em volta da sala e dança, como se estivesse em outra estação.

A jovem retorna com dois ramos de louro que acabara de colher, e os coloca na frente deles num gesto de boas-vindas e talvez de comiseração.

— A água demora a ferver — diz.

— E o que uma moça bonita como você faz no meio da floresta irlandesa? — pergunta Vinie.

— São os baixos salários na Latvia, que não dão para viver — responde ela.

— Aposto que agora você vive... Eu diria que os rapazes fazem fila na mata à noite.

— Sou uma rainha sozinha em meu castelo — diz, orgulhosa, e de repente chama a atenção deles para um bando de cervos cinzentos, curiosos e furtivos que chegaram para olhar, para espiar. O tom cinza-azulado-violáceo de suas formas se confunde com o dos arbustos da mesma cor. Os arbustos não se mexem e nem os animais parecem se mexer; apenas olham e depois, sem avisar e num belo movimento alongado, desaparecem como se fossem espectros.

— O pastor deles diz que estão aumentando muito... já matamos alguns — diz a garota.

— Quais deles vocês matam? — pergunta Vinnie.

— As velhas senhoras — diz e ri, mas logo percebe o passo em falso, leva a mão à boca e faz uma pequena mesura.

Cindy, numa demonstração de falsa simpatia, pergunta a Con se não seria melhor sentar em outro lugar, pois o sol está nos seus olhos. E ele explode de novo.

— Que diabo de sol está nos meus olhos? O que é que você sabe? Uma ignorante! — Terence então toma o braço dela e a afasta dali com solicitude.

A garota voltou com a bandeja, diferentes canecas lascadas amarelo-esverdeadas. Pediu desculpas por não ter conseguido destrancar o armário que guarda a louça fina. Trouxe um pudim de pão parcialmente descongelado, com pequenas gotas de gelo, como granizo, sobre a crosta amarela e nodosa. Não se senta com eles; apenas movimenta-se em torno do grupo, comenta sobre o frio que faz na sala, mas fica feliz porque vão abrir na semana de Páscoa. Porém, não será mais a rainha sozinha em seu castelo.

Enquanto ela circula por lá, Eleanora ouve o irmão e a mulher comemorarem o fato de que Rusheen é deles, impressionados com a sorte que o levou até o hospital naquela hora, e com a boa amiga Flaherty, que teve a perspicácia de avisá-los. Era deles no papel, mas sempre seria da mãe, e no tempo certo o fantasma da mãe demoliria tudo, como castigo pelo malfeito. Pensa nos três dias que tem pela frente: vigília, infindáveis bules de chá, infindáveis pratos de sanduíches, a missa de corpo presente, a missa de sétimo dia, barcos para o túmulo na ilha — o primeiro com as flores, como é tradição, os outros atrás —, e mentalmente sobe até o segundo andar para pegar algumas recordações: uma ventarola de gaze e, no quarto azul, uma caixa de osso decorada com a cabeça de uma criança em resina, na qual a mãe guardava antigos colares. É nesse instante que compreende. Primeiro nas entranhas e depois na mente, e então, mesmo sem saber, tem a certeza. Uma bolsa em tapeçaria que pertencia à mãe, com seus pássaros e seus grifos, é parecida com a que ela deixou no hospital, aos cuidados do porteiro. E tem uma visão aterradora: a bolsa sendo entregue à mãe, os dedos curvados a esquadrinhar tudo e as palavras que saltam para fora, como faria um animal. Sai correndo da sala, passa pelo pórtico, puxa a pesada porta de carvalho, vai até onde o carro fúnebre está parado, tão majestoso, sob um dossel de faias, algumas cascas caídas sobre o teto de vidro, a mãe em suas roupas fúnebres dentro do caixão novo, amarelo demais. Tudo em silêncio, a não ser um galho balançando ao vento. Ajoelha-se e reza para que não fosse verdade — orações rápidas, incoerentes e confusas.

Na despedida, a garota letã os escolta até a saída. Tem nos braços dois baldes de gelo metálicos, que bate um contra o outro. A música é alta, barulhenta e desafinada, a batida meio incongruente quebrando o silêncio velado e sombrio.

Pat, o porteiro

O porteiro com voz de sapo coaxando está de serviço, dentro de seu cubículo de vidro. Ao ver Eleanora, corre até ela, pois, como diz, há quatro dias que espera para lhe contar, as mãos levantadas e impotentes, a raiva inútil:

— É claro que ele a fez chorar... seu próprio filho... foi ele que a fez cair.

Viu tudo, ouviu tudo, com seus próprios olhos e ouvidos, a pobre mulher sentada no pórtico sozinha, cuidando da própria vida, à espera de que viessem buscá-la, a mente lúcida. Ia para casa por razões particulares, só que havia uma informante. O filho chega, lívido, ordena que volte para a cama, não quer saber de desculpas, e um demônio de enfermeira mancomunada com ele.

— Com certeza foi isso que causou tudo — diz, e a leva até o pátio interno para reencenar a tragédia, os dois levantando-a, arrastando-a. Para de repente, no exato ladrilho onde ela se virou e viu o motorista da família. Então escapuliu, mas muito precipitadamente, e, em sua atrapalhação, caiu. Um pandemônio: sirenes, enfermeiras correndo e a pobre mulher lá caída... Depois foi colocada numa cadeira de rodas.

Diz a Eleanora que, embora tenha sido cruel, aquele não foi o pior momento. O pior foi quando eles a interrogaram, fizeram-na cair em contradição, ela negou veementemente e o filho a desafiou. Perguntou se não era verdade que ela tinha confidenciado a uma jovem enfermeira a intenção de mudar seu testamento. Apanhada desprevenida, a criatura corou e teve de admitir. Implorou que ele a deixasse ir para casa de qualquer forma, com ou sem testamento, ela só queria ver o lugar, andar por lá, porque o Senhor do Tempo estava desacelerando seu relógio. Mas não deixaram... não deixaram.

— Com certeza foi por isso — disse, orgulhoso por estar lá e testemunhar tudo, mas envergonhado por não ter sido capaz de evitar o acontecido. Olhava-a com olhos pálidos e cheios d'água.

— A bolsa que deixei com você... podemos pegá-la? — diz Eleanora apontando para a cabine de vidro.

O porteiro não registra a pergunta. Ela o surpreende e vai até lá, ao seu pequeno abrigo, onde ninguém tem permissão para entrar.

— Uma bolsa com alças de osso... deve estar aqui — diz, fuçando nos cantos onde há pilhas de jornais, caixas, seu casaco e um chapéu masculino preto, duro.

— Ah, mandei lá para cima... nunca estou aqui às terças — diz, orgulhoso por ter se lembrado, mas abalado com a súbita mudança no tom de voz dela.

— Encontre-a! Encontre-a! — Está prestes a gritar quando ele, na intenção de acalmá-la, apresenta a nota fúnebre que seu irmão escreveu: "Para nossa querida Mamãe, que fará imensa falta."

— Onde você botou? — pergunta, o rosto quase colado ao dele, que está pálido apesar de confinado àquela cabine quente demais.

Então ele se dá conta e sorri um sorriso maldoso, de criança. Conseguiu lembrar.

— Mandei lá para cima... A pequena Aoife levou para sua mãe... é porque nunca estou aqui às terças — diz, e na mesma hora reconhece o erro, sua burrice, ficar repetindo mil vezes a mesma informação inútil de que nunca está lá às terças-feiras.

Eleanora já não o escuta.

Já voou daquela sala para o pátio interno, passou pelo corredor e foi direto para a enfermaria no terceiro andar, onde viu a mãe pela última vez e onde notou a bolsa ao pé da cama de ferro fundido, com uma colcha branca horrível em cima.

O porteiro vai atrás, tenta alcançá-la, o tom restritivo em sua voz aumenta, pede que ela o escute, explica que há ladrões em toda parte, roubando as joias das mulheres, hooligans roubando nas ruas.

— Pelo menos me escute — pede, mas ela não consegue mais. O desespero de encontrar a bolsa toma conta dela.

E o porteiro fica lá, sua figura macilenta e abjeta, se desculpando por seu erro bobo, até que as portas de aço do elevador se fecham e o expulsam.

A saleta

Irmã Consolata me esperava, a lareira elétrica ligada, uma bandeja com a foto de um chalé exótico ao fundo, um abafador para bule de lã, sanduíches, biscoitos sortidos. Na mesa redonda, escrito impecavelmente numa folha de papel pautado, estava o inventário dos pertences de minha mãe.

Eu desejava pedir-lhe para pegar logo a bolsa, mas a decência me proibiu. Tinha sido informada de que eu fora impaciente com Pat, o porteiro; lamentou o fato e me garantiu que não havia pessoa mais gentil e confiável que ele.

A sala estava gelada, apesar de a lareira estar acesa. Era uma dessas lareiras elétricas altas, decorada na frente com lenha falsa e pedaços de carvão, com uma lâmpada vermelha que dava uma impressão de calor, sem ser quente de verdade.

A chuva chegou sem avisar. Caiu forte sobre as árvores, salpicou a grama, cobriu os canteiros de flores e depois bateu contra a vidraça como se fosse granizo. Gotas congeladas escorriam pelas longas janelas duplas, que chacoalhavam. E como chacoalhavam.

A voz dela, embora muito baixa, era cheia de emoção. Enquanto falava, suas mãos pequeninas entravam e saíam o tempo todo de suas mangas negras, amplas, espaçosas. Contou que foi chamada na capela do retiro onde se encontrava para ser informada das notícias urgentes. Foi dispensada então por um dos padres e veio correndo do extremo sul da cidade, em meio ao trânsito da hora do rush. A jovem freira, sua motorista, atravessou vários sinais vermelhos, quase atropelando as pessoas, mas, por cinco minutos, chegaram à porta do hospital tarde demais. Minha mãe já estava na sala de operações. Ela e Nolan, disse, ficaram do lado de fora, as duas com seus lenços na mão, andando e rezando, e a pobre Nolan arrasada porque fora a última pessoa a estar com minha mãe. Ajudou-a a acomodar-se na cama depois do tombo na entrada, depois foi preparar-lhe uma bebida quente. Quando voltou ela não estava; foi encontrá-la inconsciente no banheiro. A pobre Nolan gritou, gritou o mais alto que pôde. A equipe cardíaca chegou em segundos com os aparelhos; um fez respiração boca a boca e o outro fez compressão no peito. Nolan chamava:

— Diga olá ao Elvis, madame!

Contou que, depois de tudo, um dos médicos lhe disse que a mente de minha mãe ia e vinha, lúcida num instante e confusa no seguinte. Dizia que o jantar não estava pronto e perguntava se, para fazer geleia, dobrava-se a quantidade de açúcar. Esperaram para colocar o marca-passo; às vezes sentiam seu pulso, mas às vezes quase não havia pulso, e eles temeram que estivesse morrendo. Chamaram o padre Conmee, que lhe deu a extrema-unção e ministrou os sacramentos. Ao que parece, ficou extremamente sensível nesse momento; pediu coragem para ir sem medo e perdão pelos erros que pudesse ter cometido. Num sussurro, pediu que se aproximasse um pouco e tirasse sua aliança, o que ele fez, mas não conseguiu ouvir seu último desejo, pois faltou-lhe o fôlego. Depois disso foi tudo muito, muito rápido.

— Algum pequeno coágulo no cérebro, provavelmente — disse.

— E ela morreu por causa disso? — perguntei, envergonhada.

— Morreu do coração, minha filha — respondeu, e teve um único momento de felicidade.

Pareceu-me uma eternidade até que fosse pegar os pertences. Eu continuava achando — como na véspera de uma prova — que se eu registrasse mentalmente cada detalhe daquela sala, seria absolvida e minha mãe não teria lido meu diário. Notei as manchas úmidas, amarronzadas, na borda azul do papel de parede, retratos de santos muito melancólicos, uma fotografia mais alegre da fundadora da Ordem e, enfiados numa garrafa de vidro verde, espigas de milho e talos de grama que há muito tinham secado.

Numa caixa de papelão estavam a boina angorá e o casaco castanho de minha mãe, seus sapatos, algumas bugigangas, sua aliança num pequeno envelope pardo e seu rosário de contas brancas dentro de um livro de orações, com uma prece escrita por um monge trapista, que a irmã havia copiado para ela. Leu por impulso e disse que tinha tudo para ser eficaz:

Anna era uma espécie de fenômeno local em Jerusalém. Todos conheciam a sua história: viúva jovem, um dia foi ao templo para rezar e desde então ficou lá, rezando e jejuando, durante sessenta anos. Era uma tradição, costumavam dizer. E Simeão era apenas um velho que ficava próximo ao portão, ninguém o notava. Anna, a figura do templo, e Simeão, um desconhecido; no entanto, a providência escolheu os dois como os profetas da infância do Salvador. Uma alguém e um ninguém, ambos igualmente instrumentos de Deus.

Fragmentos de preces, e exclamações enquanto se dirigia à janela, as mãos no reflexo escuro do vidro e suas amplas mangas abertas como asas, como se estivesse nos protegendo contra as hostes do inferno.

A bolsa parecia estar do mesmo jeito que a tinha deixado, as duas alças bem encaixadas, o diário ajeitado no lugar, a venerável lombada marrom, como a de um velho dicionário ou um livro de orações. Folheei-o rapidamente. Não havia manchas de lágrimas ou marcas, mas eu podia sentir que minha mãe o tinha lido; o espírito dela parecia permeá-lo. E naquele instante encontrei os seus óculos, a armação de aço emendada em vários lugares com fita adesiva amarelada, as pequenas lentes muito engraçadas, como os olhos arregalados de uma criança espiando a sala dos famintos. Houve um grito — que deve ter sido meu, porque não partiu da irmã, tão aturdida e silenciosa, olhando para cima como se questionasse as legiões de anjos a quem implorara com tanta confiança.

Foi terrível. Um momento de puro terror por ter sido descoberta, condenada para sempre.

Cruzou a sala de volta, pegou os óculos da minha mão e guardou-os em sua caixa de metal, fechou-a e depois colocou tudo na caixa de papelão, para se livrar daquilo. Não tentou amenizar as coisas; disse apenas que não poderíamos saber, nem agora nem nunca. Porém, ambas sabíamos. O próprio frio que imperava na sala parecia confirmar isso, assim como as sombras escuras nos quatro cantos do teto alto. De todos os lados pareciam descer pequenas vaias acusadoras, em algazarra.

Permanecia o mistério: por que minha mãe, mesmo tendo lido o diário e sentido, como imagino que sentiu, que muita coisa entre nós foi violada, ainda estava determinada a me deixar Rusheen. Seria amor ou desespero? Coloquei isso para a irmã.

— Este é o segredo que ela levou consigo para o túmulo — disse.

E num gesto de clemência, e talvez mesmo de continuidade, retirou a aliança do envelope pardo e enfiou-a no meu dedo, como para ligar passado e presente, terra e história, para criar o efeito de um pequeno réquiem entre os vivos e os mortos.

— Vamos nos sentar — disse, após algum tempo. Sentei-me, as duas cadeiras lado a lado, debaixo da janela, o frio enregelante entrando pelas rachaduras da moldura de madeira, a chuva agora suave e bem mais fina, quase um conforto.

Falou com um sussurro. Minha mãe tinha-lhe contado muitas coisas, abrira o coração. Coisas que mal podiam ser pronunciadas; os momentos críticos, nossa vida juntas, a dela e a minha, a noite em que meu pai nos fez reféns por várias horas, com um revólver carregado, naquele quarto abafado e mal-cheiroso, e a outra vez, quando ele quase incendiou a casa, nós duas jogávamos os móveis, os quadros e o enxoval no jardim, e depois o período que ele passou com os monges, contrito; alimentava-se de pudim de leite e jurou nunca mais tocar em bebida. A irmã tinha ouvido aquilo tudo. Minha mãe que nunca quis me deixar partir, mas teve de deixar, teve de suportar isso, suportar tudo — e seu único deleite eram as cartas que me escrevia nas noites de domingo, em que só pedia para ser ouvida, para ser compreendida, e cruzava o oceano para estar comigo.

— Ela sabia que você a amava... sabia o quanto você a amava — disse, a voz carregada de fé, o branco de seu véu e sua pala meio fantasmagórica em contraste com as sombras que se tornavam mais densas. Foi então que chorei. Chorei pelo fato de ainda não ter chorado, e também por aqueles primeiros sentimentos intensos e plenos que eram o melhor de mim, e que no entanto tinham morrido.

Ficamos ali sentadas por um longo tempo, a sala tomada pelo pranto suave, meu e dela, até que, em algum lugar não muito distante, soou uma campainha leve e agradável. Após um intervalo, soou novamente. Talvez o aviso para o jantar, porém não se ouvia o som de passos; só havia nós duas numa sala gelada, as sombras que invadiam e o momento em que eu teria de me levantar e me separar dela.

Na porta do hall, disse que teríamos de ser astutas e apontou para uma mulher pequena, louca, idosa, mas que pulava como uma criança para cima e para baixo, as mãozinhas tentando, em vão, lutar com a pesada aldrava de madeira para escapar. A irmã ralhou com ela, mandou-a voltar imediatamente para a cama e me disse que a Sra. Lavelle estava sempre tentando voltar para casa.

Os carros passavam roncando e, com uma espécie de alegria vingativa, jogavam na calçada a água das poças formadas pela chuva.

— Ligue quando voltar — disse, e tomou minhas mãos nas suas. Segurou-as com intensidade, e foi como se tivéssemos vivido uma vida inteira lá em cima, naquela fria sala. E, num certo sentido, vivemos mesmo.

Parte Oito

As cartas

As cartas de minha mãe, inteligentes e impetuosas, generosas e inclementes, descansavam numa caixa — na verdade, numa série de caixas forradas de veludo sintético, embalagens de água-de-colônia ou talco, que por isso recendiam vagamente a lavanda ou lírio-do-vale, perfumes que às vezes dava para sentir, às vezes não.

Querida Eleanora,
　　Outra foto sua no jornal, o cabelo mais sofisticado, porém talvez não tão natural. Ainda assim, você agora é dona do seu nariz. O rapaz que arrumamos para ajudar não entende nada de fazenda, mas como poderia? Trabalhou num jardim em Monasterboice, depois foi para a Inglaterra, virou um andarilho. Faz as perguntas mais estúpidas do mundo, assustou uma vaca e ela escorregou num portão de madeira que tinha caído; podia ter quebrado o pescoço. Seu pai não estava. Não contei a ele e nem vou contar. Quando se começa a envelhecer, há menos

coisas a esperar, e o único prazer é estar com os seus, mas nem sempre é assim que a vida dá as cartas. Se tiver alguma roupa para consertar, traga quando vier, pois é mais fácil fazer essas coisas aqui. Uma enfermeira da cidade viu você no palco em Dublin e disse que estava linda, mas que nunca a reconheceria a não ser pelo nome. Disse que você soube lidar muito bem com as perguntas. O ritmo da sua vida é rápido demais para você. Quanto ao segundo aquecedor que pretende nos dar, o inverno está quase no fim e depois o preço cai 25%. Portanto, é bem mais inteligente esperar do que desembolsar o valor total. Todo mundo sempre fica quebrado depois do Natal, e o Papai Noel volta para a Terra dos Alces, ou sei lá de onde ele vem. Sheila, a podóloga que conhece bem os meus pés, ficou doente, e a nova, uma abusada, teve de cortar a unha do meu dedão na lateral para impedir que encravasse. Cortou e machucou, um verdadeiro demônio, mas também, nós não nascemos para ser todos iguais. As coisas que você faz para mim! Deus há de cuidar para que seja retribuída algum dia.

Querida Eleanora,

A égua correu semana passada, chegou em terceiro. Só 30 libras para nós, contra 300 para o primeiro lugar. O que dá mais raiva é que ela pode ganhar, se quiser, mas é temperamental. Havia 20 éguas na corrida e 12 eram favoritas. Pode estar em último lugar e, do nada, ultrapassar todas as outras, se estiver a fim. Os cavalos são a ruína de qualquer pessoa, seu pai tem loucura por eles, mas afinal todos nós fazemos loucuras. Você trabalha muito, com o tempo isso vai afetar os seus nervos. Não tenho a mesma energia, mas já não fiz a minha parte por todos nós? Talvez Deus me dê mais alguns anos de vida, embora eu não vá ser uma grande perda para ninguém.

É triste dizer, mas agora os anos e os meses parecem ser uma coisa só. A mesma rotina: comer, alimentar os animais, sentar na frente da lareira à noite e ficar ruminando. Uso o casaco que você me mandou o tempo inteiro. Odeio vestir qualquer outra coisa. Preguei nele uma velha gola de astracã de um casaco preto de anos atrás, e as pessoas ficam encantadas. O cavalo não foi bem na corrida de ontem. Quando a gente vê que está perdendo sempre, é hora de dizer basta, mas não abro a minha boca, pois isso levaria a uma guerra civil. Na semana passada o tempo estava muito frio, geou inclusive. Passei o dia inteiro com meu velho casaco e um lenço sobre a cabeça, mas não é tão ruim quando não temos neve. Acho que não conseguiria fazer uma dieta de fome, até uma fatia de pão seco bastaria. Quase não como mais bolo. Quanto a este que estou mandando, faça um buraco em cima com uma agulha de tricô e derrame um copo de uísque dentro para mantê-lo úmido. Na semana passada, puxei não sei quantos baldes de água e borrifei a avenida inteira, para matar as ervas daninhas. É triste quando as coisas ficam largadas; eu deveria ter juízo suficiente para não dar importância. Acontece que, quando você passa sua vida inteira num lugar, gosta de vê-lo o mais bem-arrumado possível. Desde que voltei de Londres não saí; só para ir à missa e ao enterro de Tom Holland. O restaurante com os biscoitos da sorte era coisa do outro mundo, e o tempero do carneiro marroquino, inigualável. Os sapatos novos que me deu terão um descanso por enquanto. Você não me disse se eles trocaram o aparador ou se foram detalhistas a ponto de encontrar algum arranhão nele. Você foi muito corajosa de pedir a troca, considerando que já tinha se passado uma semana. Gosto de receber notícias das pequenas coisas: aquela túnica de renda preta que você usou na noite em que saímos é uma antiguidade? Espero que possa vir logo. Ontem te mandei 18 panos de mesa de renda grandes, 18 pequenos e quatro de centro. Espero que você faça uso deles; se não quiser, pode dar para alguém. Não sei como consegue trabalhar tanto; às vezes não tenho energia para pegar num lápis ou numa caneta. Você vai sentir isso também quando for mais velha. Tenho feridas do frio em volta do nariz e da boca há uma semana, e a última vez que comi alguma coisa foi num hotel, no dia em que seu pai teve de encontrar com um treinador por causa da égua. Desde então, anda com um humor diabólico. Suponho que tenha vontade de beber às vezes... Mas ele não é fantástico por ter deixado, por ter dominado a sua fraqueza?

Querida Eleanora,
    Obrigada um milhão de vezes por tudo o que faz por mim, e que o ano-novo lhe traga o que for melhor para você. Mas lembre-se: esse negócio de amor é tudo bobagem. O único amor verdadeiro é entre mãe e filho. Todas aquelas pinturas que os italianos fazem, com mães segurando seus filhos e os anjos acima delas, como aquela linda que está na capela em Limerick, não devem ser por acaso. Nem preciso dizer, você sabe por experiência própria: os homens acham que 5 libras têm de durar um ano. Fomos duramente atingidos pela febre aftosa, nada de feiras ou mercados durante três meses. Por isso não conseguimos vender um animal sequer. Se ainda fosse jovem, arrumava um emprego. Não tenho a sua inteligência, obviamente, mas sempre achei que me daria bem em hotelaria, conhecendo gente e mostrando a região. Confesso que chorei por causa do frio, que foi muito intenso. Tive de ligar para o pessoal da companhia de eletricidade para que viessem instalar um aquecedor daqueles que armazenam calor, mas o homem ficou doente e teve de ir para o hospital. Ainda por cima, a mulher dele morreu dois dias depois. É assim mesmo, todos nós temos problemas, com ou sem aquecimento. Minha querida, talvez eu tenha

parecido estranha ontem quando você ligou, mas às vezes fico distraída, não lembro agora se havia mais alguém na sala. Apenas gostaria de te ver com mais frequência. Costumava gostar de moda quando era jovem, o mundo era o meu umbigo. Os cavalos continuarão aqui, suponho, muito depois de mim.

Querida Eleanora,
    Esta é para lhe dizer que passei por um momento difícil. Fiquei muito confusa durante uma semana e nada me importava. Mas não se preocupe, não será desta vez que você vai me enterrar, aconteça o que acontecer. Gostaria de ver a Estátua da Liberdade mais uma vez, e meus antigos lugares favoritos do Brooklyn, que eu amava e onde amava. A saia que você me mandou ficou muito apertada. Estou tentando alargar. Sonho contigo com muita frequência, pensando que você não está feliz, e isso me entristece todas as noites quando me deito, mas sei que você ama os seus filhos, os pequenos príncipes. Que eles nunca a abandonem. Confie em Deus, Ele é o Bom Pastor, o único homem que nunca lhe faltará. Rover, o nosso belo pastor, foi morto e acho que não demora para que Spot, seu parceiro, junte-se a ele. A natureza dos animais é uma coisa admirável, muito superior à dos homens. Já instalou o lustre que lhe mandei? Se alguma parte se quebrou, posso mandar consertar. Estou enviando uma blusa de crochê que mandei fazer para você. O trabalho é muito tedioso. Talvez você tenha de fazer uma preguinha debaixo de cada braço se ficar larga. A única dificuldade é que não conseguirei outra, porque a pessoa que a fez disse que jamais teria coragem de repetir, é muito esforço para os olhos. Não sabe que penso em você constantemente? Muitos não sabem sequer o básico sobre o que é amar um filho. Aqui estava eu, me perguntando se você estaria viajando a serviço. Minhas preces foram atendidas, pois chegou uma carta sua.

Minhas pequenas necessidades estão muito bem supridas com o dinheiro que você me manda — e agora a extraordinária surpresa de saber que você virá no verão, então aqui vão algumas perguntas a serem respondidas: para o almoço de domingo, que é quando você chega, quer uma refeição fria ou quente? Não quero que gaste um centavo sequer no aeroporto de Shannon, é um desperdício de dinheiro. Desde que disse que talvez vá construir no quintal, tenho ido lá com mais frequência e tento imaginar você numa nova casa, com a velha parede de pedra do quintal a protegê-la, de volta às suas raízes, onde está o seu coração. Peço a Deus que eu viva para ver isso. Tanta burocracia para doar um pedaço de terra, mas isso será feito. O cirurgião que opera as varizes não vai me operar; disse-me para comprar um par de meias-calças e usá-lo permanentemente. Por causa da minha idade, sem dúvida. Quatro pessoas foram enterradas aqui esta semana: uma tal Sra. Whiley, na casa dos 30, e mais três que morreram de uma gripe que está dando por aqui, Hong Kong ou Kong Hong, seja lá que nome for.

Querida Eleanora,

Seu irmão esteve aqui com sua querida esposa; ficaram uma noite. Levantei às três da manhã e os encontrei no vestíbulo discutindo, sabe Deus por quê. As plantas que você pôs no jardim da frente estão indo bem. O homem do Conselho veio aqui. O Gate Lodge tem de ser demolido; não vão dar um tostão, mas tem que ir abaixo. A Sra. Noonan foi enterrada na semana passada, um cortejo imenso que chegou até Rock. Começamos os fogos, só pela televisão seria muito solitário. Seu bolo de Natal está a caminho; um confeiteiro vai decorá-lo, pois se eu o fizesse quebraria. Quando lavar minhas capas de almofada, faça isso você mesma se não quiser que as cores do bordado manchem. Nunca as dobre molhadas; foi o que aconteceu da última vez.

Você ainda usa o vestido preto de gorgorão e o broche turquesa do Tibete? Fui a Dublin com seu pai só para ter certeza de que ele voltaria para casa bem; vendeu três cavalos, mas o haras ficou com a maior parte. Fiquei feliz por passá-los adiante; os treinadores e jóqueis diziam que ele ganharia corridas, tudo bobagem. Os conselhos pelos quais se paga são os melhores. Rodei Dublin inteira na tentativa de conseguir uma colcha branca como as de antigamente para você, mas fracassei, portanto não me culpe. Não comprei nada, a não ser quatro pentes laterais para o cabelo. Não viveria na cidade nem por amor nem por dinheiro; é sempre uma grande competição. Agradeço a Deus pelo ar puro e pelo silêncio. Os medos vêm à noite, mas nunca durante o dia. Nos dias que virão, as cidades ficarão tão cheias e a vida será tão confusa que será impossível encontrar um lugar onde se possa ficar em paz, então faça planos para o quintal, que será seu e de mais ninguém. Será uma casa para o futuro. Comprei uma boa garrafa de xarope com uma parte do dinheiro — e obrigada pela linda jaqueta de veludo, mas para falar a verdade estou explodindo dentro dela, está apertada até mesmo nas axilas. Vou tirar a fivela e usá-la em outra roupa. Ao voltar de um baile, quatro rapazes daqui bateram num caminhão parado; a estrada virou um campo de batalha com os mortos e feridos.

Querida Eleanora,

O cobertor elétrico que você me deu enguiçou; na fábrica disseram que será necessário um controle novo. Faremos o mapeamento da área do quintal quando você estiver aqui, para o caso de eu morrer. De uma forma ou de outra, tenho pensado em você o tempo todo. Fui ver uma peça dramática no teatro da cidade, mas é aquilo: viu um drama, viu todos. Um rapaz a caminho de um espetáculo musical passou aqui; disse que queria lhe mandar alguns poemas. Um tanto simples, no final tive de despachá-lo; não é de todo burro. Acho que não comia havia uma semana. Nunca mais vou criar uma só galinha. Outro potro foi comprado, isso é uma doença. Com seu dinheiro comprei uma tonelada e meia de antracito. As pessoas daqui dizem que vão te processar por colocá-las nos livros — e os mortos te processariam se estivessem vivos. Seu pai fica cansado de correr atrás dos cavalos e tem que dormir numa cama de tábuas por causa da coluna. Você parece estar viajando muito, mas isso combina contigo. O preço das terras e das casas está estratosférico. Minha velha amiga, a Sra. Veller, está cega e precisa de ajuda para atravessar a rua. Eles se mudaram de Foxrock para Wicklow; a filha foi para a Austrália e sente-se só por lá, o vizinho mais próximo fica a 160 quilômetros de distância. Gostaria que viesse mais vezes, seria uma mudança para você. Disse que pensou em se mudar para a América; bem, tive aqui a visita de um homem que viveu 45 anos lá e o seu relato é assustador. A vida corre perigo até durante o dia. Ficou encantado com a beleza de Rusheen. Nem quero pensar em como estava, com todas aquelas ervas daninhas e urzes, tudo crescendo desordenadamente, nunca mais. Mantenho alguns hóspedes agora, quarto com café da manhã. Não sou materialista, mas eles preenchem algumas horas solitárias. Não gostaria que você fosse viver nos Estados Unidos, mas se for a passeio vou pedir que localize uma pessoa para mim. Deram-me um endereço mas minha carta foi devolvida após seis meses — e foi aberta, com vapor. A televisão vive no conserto. Suas remessas são uma bênção de Deus. Ter uma libra é liberdade pura, mas não dependo de você enviá-la. Estou mandando uma pequena espátula de cortar papel feita de marfim, pois alguma coisa me diz que você não tem aberto minhas cartas regularmente. Cambaleei e caí no degrau de trás da cozinha, levei séculos para chegar até o telefone e chamar um médico de plantão. Isso não combina comigo. Disse que eu estava carregando água e peso em excesso. Um verdadeiro idiota; acabou que o problema era catarata nos dois olhos. A garota da Todd's me mostrou um cardigã de caxemira com preço antigo, 20 libras, mas é desnecessário dizer que eu não gastaria isso tudo nem para cobrir o meu corpo inteiro. Fui ao oculista porque desmaiei e disse-lhe que tinha perdido a visão do olho esquerdo por cinco ou seis minutos; ele disse que foi um derrame, e que tive sorte de a visão voltar. Um cinzeiro grande que comprei para você ficou em pedaços na viagem de volta. Meus olhos estão melhores agora, mas não meus pés. Se tivesse pés saudáveis, caminharia pela avenida até o portão, para ver as pessoas passarem. Sonho contigo quase todas as noites, e uma noite dessas pensei que você tivesse se transformado num lindo gato preto que falava. Pintei a sala de café da manhã de amarelo-pálido.

Querida Eleanora,

Os passarinhos cantam gloriosamente o dia inteiro, mas não posso dizer que já seja primavera. Você se afundaria até os joelhos em estrume e umidade no gramado, e seu pai tem que alimentar o gado à noite, que é quando o rapaz volta de seu trabalho na fábrica. É praticamente impossível conseguir um ajudante por aqui. A instrutora de economia doméstica me garantiu que podia tirar as manchas de meu primeiro bordado, feito há 55 anos, mas em vez disso queimou-o com algum tipo de ácido que aplicou. Tive de fazer um cerzido invisível antes de dá-lo a você. Seu irmão ligou; pela voz, logo vi que estava bêbado. Os dois não pensam em ninguém além de si mesmos. Cobiçam esse lugar mas estão preparando alguma. O pequeno arbusto que você plantou está florescendo; é uma flor alaranjada, em forma de sino. Converso com ele porque é parte de você. Por favor, separe algumas economias para quando houver necessidade.

Querida Eleanora,
    Ganhamos dois novos filhotes, muito bagunceiros. Tinha deixado umas roupas na corda a noite toda, e de manhã o chão estava todo branco, como se tivesse nevado. Eles caíram em cima dos lençóis e fronhas e os reduziram a pedaços. Tinha vontade de matá-los. As chaminés estão cheias de ninhos de corvo, mesmo tendo sido limpas na última primavera. Eles destruíram o cano da chaminé a bicadas. Há quatro semanas estamos usando um aquecedor a óleo, e a parafina solta um cheiro desagradável. Sim, seu irmão acha que Rusheen é dele, tudo acertado. É ela quem o influencia, embora ele já tenha nascido egoísta. Se isto aqui for dele, você e seus filhos não terão o direito nem de passar pela porteira de baixo. Ele estava tão exasperado no último Natal que saiu com o carro e matou um dos filhotes. Choramos muito. Ele nem sequer parou; seguiu em frente e não nos disse nada, deixou que descobríssemos por nós mesmos. Não ama nem gente nem bicho. Algumas pessoas têm caráter, outras não. A outra filhotinha chorou por causa do amigo; não conseguia trazê-la para dentro da cozinha para se aquecer. Quando escuta algum cachorro latir a distância, fica atenta para ver de onde está vindo o som. Seu pai chora e eu também. A cerca em volta da casa está toda enferrujada e levará semanas para ser consertada, sem falar nas 40 libras em tinta. A casa que você pensou em comprar, Gore House, é um desastre. Trouxemos um homem que entende tudo de madeiras e ele disse que só serve para ser demolida, o teto também está acabado. Um alemão a comprou há muitos anos, mas nunca voltou, viu só de cima, portanto esqueça. Gostaria que você perseverasse e construísse no quintal uma antiga parede de pedra em toda a volta.

O preço do gado está lá embaixo, as pessoas estão matando para o próprio consumo, uma vez que a maioria tem congeladores grandes. Lembra daquele vazamento em cima da sua cama, no quarto azul, quando esteve aqui? Pois outro dia acordei e vi uma luz acesa; não acreditei, fui até lá e a luz estava acesa mesmo, embora o interruptor estivesse desligado. Quando fui tentar desligar, tomei um choque. Fiquei tão alarmada que liguei para Graham. A criatura veio à meia-noite e encontrou o tapete e as tábuas do assoalho encharcados e apodrecidos! Disse que foi sorte eu não ter pisado ali, caso contrário eu já estaria no Reino de Deus. Seu irmão nunca perguntou se eu ou o pai gostaríamos de dar um passeio em um dos seus dois carros. Não vale a pena a gente perder tempo com ele.

Querida Eleanora,
    A cabeça daquela estátua que você me deu está gasta de tanto eu tocá-la. Você ganhou aquilo no catecismo, um santo negro, o bendito Martin de Porres. Ficará no meu peito e será enterrada comigo. Aos 78 anos, já é hora de pensar nessas coisas. Se eu te pedir uma coisa, não se oponha: será que podemos ser enterradas no mesmo lugar? Sei que você ama esse país, apesar das coisas feias que as pessoas têm dito a seu respeito, e poderíamos ficar perto de um bonito recanto gramado, sob as árvores. Pode me prometer isso? Se não puder, não vamos nos preocupar. Tem um senhor holandês muito simpático hospedado aqui; o único problema é que ele tem de tomar o café da manhã às seis e meia. Seu irmão e ela ligaram e disseram que querem que as coisas sejam definitivamente acertadas, sem rodeios quanto ao que consideram deles; ele disse que sua bela mulher não quer tomar conta de você e dos seus. Ficamos calados. Antes, tinha se oferecido para levar-me a um especialista em Limerick, e no dia seguinte seu pai disse:

— Então vejo você amanhã.

E ele respondeu:

— Você não vai me ver nunca mais.

Disse que você tem muito dinheiro por causa das porcarias que escreve, e eu respondi:

— Você também teria muito dinheiro se não gastasse tão facilmente. Vivem para viajar, ficar em bons hotéis, ir a encontros de corrida. E ela compra roupas e móveis sem parar. Não enxergam as dificuldades que os pais passam nem o que fizeram por eles. Houve um tempo em que eu podia ir ao quintal torrar potes de farinha dez vezes por dia, cozinhar, fazer pão, manter a casa impecável e colher os frutos do sabugueiro para fazer vinho para as visitas. Espero que você não tenha enfiado aquelas capas de almofadas num armário qualquer, que você não tenha vergonha delas. Não gostaria que você renegasse sua mãe como Pedro renegou Cristo três vezes, quando o galo cantou. Fazemos um bom fogo e nos sentamos ao pé da lareira, eu pensando e seu pai pensando e coçando a cabeça, o vento correndo forte em torno da casa. Meu pai costumava contar uma história sobre a noite do grande vendaval de 1839: um pobre homem e sua pobre mulher tiveram a casa destelhada, ele amarrou a esposa a uma árvore e voltou para pegar alguns utensílios, e quando retornou não havia sinal nem notícias dela. Talvez a morte não seja tão terrível assim, acaba a luta, acabam os problemas, mas eu quero muito ver Coney Island antes de morrer. Ouvi dizer que não é mais a atração que era, mas para mim tem outros significados.

Querida Eleanora,

Michael Patrick morreu — e soubemos por vias transversas que 23 primos em primeiro grau foram lembrados em seu testamento, sendo seu pai um deles; mas, como era de se esperar, parentes mais próximos chegaram antes. O que queremos descobrir é se seu pai foi mencionado no resíduo, o que valeria a pena, pois a fazenda é muito valiosa. Ele foi morar com os vizinhos desde que ficou debilitado, e provavelmente eles ficarão com a maior parte. Nós também não sabemos se existe um segundo testamento. Pode haver, e talvez não consigamos conhecer o teor do documento. Tinha perdido muito peso e estava esperando para ver seu advogado quando caiu morto. Meus desejos são poucos à medida que envelheço, mas há algumas coisas que podíamos fazer para melhorar o lugar — fosfato e cal para os campos, portões e cercas melhores, pois os animais estão sempre entrando e saindo a qualquer hora. Fizemos preces para Michael Patrick no domingo, na primeira missa. Soube de fonte segura que seu irmão está bebendo bastante, e ela também. Estamos tentando mantê-los completamente fora da nossa mente; só pensam em corrida, bebida e hotéis. A pobre Ellie fez uma operação três-em-um, recuperação demorada. O funeral de Henry Brady estendeu-se por vários quilômetros. A Srta. Conheady, a instrutora de culinária, está muito triste: perdeu sua única irmã, Moira, que morreu do parto do oitavo filho. Foi a coisa mais triste que já vi, a finada estendida no necrotério e aos seus pés o nenenzinho morto. Homens e mulheres choravam. Os preços de postagem, aluguel de telefone e eletricidade subiram. Seu pai foi até Lisdoonvarna por causa das águas, e sua tia Bride e eu fomos pelo passeio. As pessoas cantavam e dançavam nas fontes dia e noite, algumas mulheres na esperança de encontrar marido. Nossos cachorrinhos estão crescendo e ficando muito levados. Subiram na mesa por causa de uma fatia de bacon, pregaram os dentes numa das minhas meias-calças do Dr. Scholl, em duas camisolas e alguns pijamas. Pulam muito alto. A máquina de fazer chá que você nos mandou é uma dádiva, especialmente de manhã. Tom Lahiffe morreu ordenhando uma vaca, e a irmã dele quebrou o pescoço ao correr em seu socorro. Sua remessa da semana passada foi alta demais, porém vou aproveitar para trocar o papel de parede da sala de jantar. Já tinha 16 anos, na época foi malfeito e há dois anos passei emulsão por cima, um remendo. Agora espero que o resultado passe no seu teste de bom gosto. Muitas vezes desejo ter uma conta no banco, como você. Nunca parecemos capazes de guardar uma libra sequer. Suponho que sejamos tolos. Penso em você toda hora. Peguei outra gripe, tive uma recaída, não sabia nem me importava se morresse. Bride também teve, ficou de cama, mas eu me levantei e até geleia fiz — aliás, uma tarefa tediosa, pois às vezes não se consegue acertar o ponto. Não teria feito de jeito nenhum, mas as maçãs foram derrubadas pelo vento e pela chuva, e seria pecado não aproveitá-las, com tanta gente morrendo de fome. O preço do gado caiu para 20 libras por cabeça, perdemos seis com tuberculose e o Departamento os comprou por quase nada; os bezerros foram vendidos por uma libra, enquanto uma galinha está valendo uma libra e cinquenta. Alguém ligou para nos desejar feliz aniversário de casamento e só assim me lembrei dos cinquenta longos anos. Nada de festança; não tenho condições de cozinhar para ninguém, e os fortes resfriados, as feridas do frio e as coceiras são lamentáveis. Se pudesse me sentir eu mesma, agradeceria a Deus, mas não sinto isso e nunca sentirei. Uma verdadeira multidão de homens veio aqui fazer a silagem e tive de alimentá-os, o que quase me matou. Temos agora uma onda de calor, e está sufocante. A silagem é muito mais prática do que economizar feno. Quando se vê um animal morrer, pensamos em como deve ser triste ver um ser humano morrer. Já vi passarem os meus melhores dias.

Querida Eleanora,

Tenho certeza de que ficará feliz com essas notícias. A égua venceu em Limerick, foi a segunda vez que correu. Mando o recorte de jornal. Seu pai ficou encantado, pois Sabre Point era uma vitória certa e as pessoas apostaram muito dinheiro nela. Havia também outros dois grandes animais e ninguém dava nada pela nossa Shannon Rose, mas ela surpreendeu muita gente e desapontou outras tantas. Bobby, o filho do treinador, estava pronto para montá-la na corrida quando um demônio — um treinador que cuidava dela antes a um custo altíssimo — foi até ele e disse:

— Esta é a pior égua que já foi montada na face da Terra, e é bem capaz de correr direto contra uma parede e jogá-lo no chão.

Bem, se fosse montada por um jóquei desconhecido, jamais conseguiria entrar na corrida, mas Bobby, que já a conhecia muito bem, sabia que é a criatura mais doce deste mundo. Galway Hobo nunca quis que ela vencesse, e a fez passar fome assim que botou as mãos nela. Depois da corrida alguns rapazes ricos quiseram comprá-la; devem ter pensado que seu pai não podia mais sustentá-la e que venderia barato. Pois ele está absolutamente em êxtase. Não é pelo prêmio que ganhou, pelas 200 libras; é porque o valor dela vai aumentar. Vai experimentar com obstáculos agora e, se ela conseguir, vai correr de novo. Fomos convidados para um chá na casa do treinador — uma mansão. Há tempos eu não saía de casa, só para ir à missa e ao galinheiro. Muitas vezes tenho vontade de dar uma volta num domingo à noite, mas não tenho essa sorte. As pessoas falam muito sobre espírito cristão etc. e tal, mas quantos realmente agem como cristãos? Quando eu estiver morrendo, espero que você esteja comigo, tenho sempre essa esperança. Vou trocar as pernas da chaise verde que fica lá em cima, e a capa também, talvez por vermelha ou roxa. O limpador de tapete que você me deu é uma dádiva, melhor do que o elétrico, tira melhor a sujeira. Tudo dobrou de preço desde que implantaram o sistema decimal. Você vai achar isso estranho, mas estive em Limerick recentemente e fui apresentada como sua mãe a uma senhora que disse:

— Vi sua filha na corrida de Phoenix Park há duas semanas, com dois homens muito atraentes.

Então eu disse:

— A senhora está enganada; não era minha filha, pois ela não estava por aqui.

E ela disse que as amigas com quem estava disseram que era você mesma; na verdade disse que você usava um casaco de veludo muito longo e diferente, e que foi isso que as atraiu. Então eu disse que você deve ter uma sósia. O único detalhe peculiar foi o casaco de veludo com debruns dourados, exatamente igual ao seu. Afinal, você estava ou não na corrida de Phoenix Park no mês passado? Estranho eu não saber disso. Por favor, não cometa excessos para manter a forma; a saúde deve estar sempre em primeiro lugar. Deus me livre ter de lidar com comerciantes, eles só fazem o que interessa a eles. No jornal tinha uma carta escrita por um homem de Carrickmines dizendo que a sua literatura é uma porcaria. Vi uma ótima foto sua tirada num festival de ostras; tão perto e no entanto tão longe! Gosto do seu cabelo solto. Será interessante ir à Finlândia, mas eu sempre tenho medo quando sei que você está num avião. Seu pai não pode ir a lugar nenhum, pois umas vacas estão para dar à luz e às vezes as vacas jovens não têm partos fáceis. Tivemos um na semana passada, e o bezerrinho morreu. Tivemos de achar outro bezerro para mamar na vaca, mas nem sempre elas aceitam. Tantas dificuldades numa fazenda. Tenho de ajudá-lo a cuidar do rebanho, das vacas e dos bezerros. Está além das minhas forças. Não consigo correr, mas o trabalho tem que ser feito. Mando junto umas medalhas de São Benedito benzidas pelos padres missionários na estação de trem. Foi uma bênção especial, portanto deixe uma em casa e use a outra em sua roupa, pois você viaja muito.

Querida Eleanora,
    Seu pai já está fora há duas semanas. Quando chegamos ao hospital, depois da operação, ele estava dormindo. Então saímos para tomar uma xícara de chá, depois voltamos e ficamos uns 20 minutos. Parecia cansado. O cirurgião disse que foi uma operação muito grande; tiraram dois terços do estômago dele. A úlcera estava muito avançada e difícil de alcançar, mas foi... bem, foi removida porque era maligna. Seu pai disse que prefere morrer a passar por tudo aquilo de novo. Você sofreria ao vê-lo ali, todo entubado. As enfermeiras são muito rudes e a chefe, que o conhece, seria mais agradável, porém está se aposentando. Precisou receber muito sangue. Suponho que eu não tenha sido muito solidária durante muito tempo; achava que andava nervoso ou era simplesmente do contra, mas agora vejo que estava errada. Estou muito aliviada porque ele está bem. Escreva-lhe umas linhas quando puder. Outra vaca doente foi levada no caminhão para o matadouro em Limerick. Manter uma fazenda é um verdadeiro pesadelo. Você tem sorte por ter inteligência e saber usá-la, ao contrário das tolas virgens da parábola. Vou fazer um check-up no mês que vem; já devia ter ido há muito tempo. Teria sido pior estar na beira da estrada, como nossos antepassados. Uma mulher chamada Cecilia Long, que foi enfermeira nos Estados Unidos por 35 anos, aposentou-se e voltou para casa para cuidar da irmã Lily, uma aleijada. No último domingo uma sobrinha foi visitá-las, mas quando chegou em casa à noite recebeu a notícia de que a tia Cecilia tinha caído da escada e quebrado o pescoço. Triste. Fiquei tão triste depois

da morte da Ellie que não consegui ir ao enterro. Fui vê-la quando ficou doente; quando entrei no quarto, fiquei apavorada com o barulho que fazia para respirar. Nunca vou esquecer aquilo. Estou cansada de nada e também cansada de alguma coisa. Telefonei para Bea Minogue outro dia para pegar o telefone do médico substituto, e quando eu menos esperava lá estava ela à porta para me levar. O médico aplicou uma injeção que doeu durante uma hora e meia, mas acho que ajudou, porque dormi e fiquei animada o dia inteiro. Bea disse que ele veio de novo para ter certeza de que a febre baixara. Bea é a gentileza em pessoa. Tenho medo de que você esteja confusa em relação às coisas aqui, talvez por isso não tenha vindo esse ano. O professor disse que vai procurar o livro que você quer, vai tentar num sebo. Aconteceu, afinal, o rompimento com seu irmão: eles querem muita coisa e partem do pressuposto de que não existe mais ninguém na família.

Querida Eleanora,
Agora, a bomba: talvez tenhamos que vender Rusheen. As coisas estão se complicando para nós. Seu irmão está fazendo exigências. Sabemos que é ela, que está falida, mas ele não é homem o bastante para enfrentá-la. Dissemos adeus aos dois pela última vez. Talvez a gente construa um bangalô. Ele exigiu dez mil libras imediatamente, e quer que todo mundo se dane. Soubemos que foram para a Espanha para se recuperarem. Não somos os únicos que têm de vender a propriedade. Ninguém jamais o apoiou, só ela, e acho que a vida dele é um inferno. Um irmão dela deixou escapar num enterro. O animal que venceu a corrida já está há um ano e meio em treinamento. São sete guinéus por semana, mais a taxa do jóquei, o estábulo, mais 50 libras para o jóquei de tempos em tempos... é prejuízo certo, mas se eu disser alguma coisa a confusão é gran-

de, então fico calada. Algum crítico comentou que você, como escritora, está tentando mostrar um quadro falso e perverso do seu país; disse que seu trabalho não sobreviverá. Outro crítico, para tentar superar o primeiro, disse que o seu trabalho é uma fraude. Por aí você vê o quanto gera polêmicas, mas às vezes sobra para nós. Sinto dizer que há mais problemas pela frente com relação ao seu livro mais recente. Alguns escreveram aos editores para dizer que vão processá-la. É claro que querem dinheiro, mas também estão ávidos pelo seu sangue. Digo que não quero ouvir nada a respeito disso, mas estão evidentemente transtornados e furiosos com você. Não esperavam que você voltasse no tempo para fazer deles objeto de zombaria e humilhação. Seu pai e eu não discutimos o assunto, pois eu sinto que ele também está magoado. No entanto, sei que posso recorrer a você quando preciso. Ouvi dizer também que você foi vista chorando em público. Espero que isso não seja sinal de algum novo desastre. Com o último dinheiro que você me mandou, vou comprar uma cadeira de balanço para mim e balançar pelo resto da vida. Gore House, aquela casa pela qual você se interessou, foi vendida por 35 mil libras. Dava para passar com o carro no meio das larvas, fungos por toda parte, tudo destruído. Aqui corre a notícia de que foi você quem comprou, e ontem à noite mesmo três pessoas felicitaram seu pai pela compra. Quando é que vou vê-la de novo? Você falou em morar em Nova York, e eu rezo para que isso não aconteça. Greve de bancos e greve dos barcos, com isso os turistas estão cancelando a viagem, pois não podem vir de carro. Seu pai chorou muito antes da operação; tinha medo de que a úlcera perfurasse a qualquer momento. Eu lhe digo, seria melhor ter casado com um homem assalariado e viver num chalé, pois não há dinheiro para manter uma fazenda. A noite passada sonhei que estava de volta à minha casa em Middleline; do campo em frente à casa, pela janela, eu via um crucifixo de metal e um rosário branco pendurados na parede. E dizia a mim mesma: "A sala está mudada, isto quer dizer mudança, mas o que significa?" Quando tiver um minuto, não quer fazer um desenho de seu casaquinho com debruns de gorgorão? Quero mandar fazer um igual, pois tenho uma saia preta mas não tenho um bom casaco para usar com ela.

Querida Eleanora,
    Ótima a notícia de que você virá passar um fim de semana. Tive de ler seu cartão-postal duas vezes, para ter certeza de que não era minha imaginação. Espero ter boas galinhas para matar; tenho também uma receita nova para o recheio, com maçãs e castanhas. Iremos até as montanhas para apreciar a vista, como antigamente. Preciso lhe dar a tapeçaria com o desenho da Estátua da Liberdade para que você a tenha quando eu não mais existir. É uma coisa que você não conseguiria comprar numa loja. Essa mania de corridas é uma espécie de alucinação, e ele continua a se endividar, na esperança de pagar as dívidas. É o cúmulo da loucura: trabalha para os cavalos. Talvez eu tenha feito mais pelo seu irmão do que por você há muitos anos, quando tinha algum dinheiro e ia a Limerick de trem e não tomava sequer uma xícara de chá para voltar com uma raquete de tênis ou calças novas de flanela para ele, que nunca se deu o trabalho de dizer um "obrigado". Tenho um pequeno pedido, mas na verdade não é tão importante: se não puder comprar, não se preocupe. É uma pulseira de cobre para reumatismo, para ser usada direto, sem nunca tirar do braço. Uma enfermeira me falou sobre isso, disse que é milagrosa. Até meus dedões estão rígidos e doloridos. Saí para pegar algumas amoras e acabei trazendo meia tina. Fiz mais de 20 quilos de geleia e gostaria de poder passar para você através da cerca. Por isso, traga muitas cestas quando vier. Os meninos adoram passar

geleia no pão de aveia. Você deve se sentir sozinha sem eles. Rezemos para que não cresçam insensíveis e ingratos, e que nunca se voltem contra você. O corte mais cruel de todos, como o trecho de um livro que você leu uma vez para mim.

Querida Eleanora,
    O casaco que você mandou é lindo, mas tem uma pele com defeito nas costas, que o fabricante esgarçou na tentativa de aproveitar. Levei à peleteria em Limerick, para ver se podiam colocar colchetes de pressão nas aberturas de trás para assentar, mas não fazem porque não foi comprado lá. Até me mostraram onde e como a pele foi cortada errado, como se eu quisesse saber. Comprei uma toalha de mesa para você, pois lembrei que disse que tinha gostado. Nossos cães brigaram com o cachorro do Saxton e levaram a pior: um deles teve de ser carregado, pois não conseguia ficar de pé. A geladeira nova que você encomendou foi entregue. É uma maravilha, pois antes o leite sempre azedava e a carne só durava de um dia para o outro. Tenho um hóspede alemão que vai ficar seis meses, mas é claro que não fala duas palavras em inglês. Muito alvoroço aqui por causa do seu último livro, 95 por cento das pessoas chocadas. Pegam emprestado uns com os outros só para ver como é revoltante — e perguntam se você não pode escrever parábolas que sejam uma leitura agradável. Troquei os cupons dos pacotes de cereal por lindas colheres de chá; são suas, se gostar delas. Outra morte na fábrica, um filho único. Então a garota que você contratou para ajudá-la fez alguma coisa desonesta? Não me surpreende. Meu forno não quer funcionar, então terei de ir até a casa da Teresa O'Gorman para assar o seu bolo de Natal. Há muitas partes da minha vida que eu não gostaria de reviver, mas devo dizer que tive momentos felizes no Brooklyn. Em Nova York só pus os pés uma vez, e numa missão muito triste: procurar um amigo

que nem sequer estava lá na época. Como eu sonho em conversar muito contigo um dia, pois há coisas que gostaria de lhe dizer! Você não esqueceu a gente ou nossos bichos, mas tem algo que me incomoda. Dói a forma como você se mantém tão arredia, sempre fugindo de nós, correndo, correndo... para onde? Por acaso somos leprosos ou o quê?
 Ou...
      O quê
          Ou...
  O quê

Epílogo

Estávamos sentadas perto do fogão, minha mãe e eu. Devia ser setembro, cedo demais para acender a lareira na sala da frente, mas ainda assim um pouco frio à noite. Até o cachorro, velho e reumático, tinha entrado em sua casinha, e não tivemos a menor dificuldade em fazer as galinhas entrarem, por livre e espontânea vontade. Depois que ela fechou a porta, levantamos para ver um pôr do sol dos mais arrebatadores, um forte tom rosado que abarcava uma imensa panóplia de céu, rios e regatos que se tingiam de carmim, avermelhando as árvores sombrias, e crescendo dentro de uma nuvem que antes era pálida e sem forma.

— Nenhum lugar é bom como a terra da gente — disse, e concordei porque ela queria que eu pensasse como ela.

Uma vez na cozinha, abriu as duas portas do forno para o calor sair e nos sentamos para uma de nossas conversas. Com toda a naturalidade, correu as mãos pelo pescoço, pelos lados e pelas costas, para sentir como estavam rígidos, e, embora não tenha pedido, senti, sem palavras, que ela queria que eu a massageasse. Fiz isso, buscando dissolver os nós e o torcicolo, depois ao longo da nuca, no gogó, segurando a cabeça em minhas mãos, convencendo-a a relaxar, a esquecer os problemas, e ela respondia:

— Se a gente pudesse, se a gente pudesse...

Quando se sentiu encorajada, abriu o botão superior da sua blusa fina de domingo para que eu pudesse pôr as mãos no emaranhado de veias azuladas que engrossavam como tranças sobre o seu peito encovado. Começou a aquecer-se, a expressão tornou-se mais suave, feliz por ser tocada como nunca o tinha sido em toda a sua vida, e foi como se ela fosse a filha e eu a mãe.

O crepúsculo cai sobre ela naquela cozinha, naquela escuridão parcial, a luz bela e suave de um momento de proximidade; a alma aberta, a alma magnânima, espalhando-se timidamente sobre o universo, espalhando-se timidamente sobre nós.

Este livro foi composto na tipologia
Electra LH Regular, em corpo 11/16, e impresso
em papel off-white 80g/m² no Sistema Cameron
da Divisão Gráfica da Distribuidora Record.

Seja um Leitor Preferencial Record
e receba informações sobre nossos lançamentos.
Escreva para
**RP Record
Caixa Postal 23.052
Rio de Janeiro, RJ – CEP 20922-970**
dando seu nome e endereço
e tenha acesso a nossas ofertas especiais.

Válido somente no Brasil.

Ou visite a nossa *home page*:
http://www.record.com.br